Aux Éditions Alain Bargain

Dans la collection
ENQUÊTES ET SUSPENSE :

Bernard Larhant
- Quimper sur le gril
- Douarnenez, piège à Mouettes
- Les Galets de Tréguennec
- Les bas-fonds de Quimper
- Pas de pardon à Locronan
- Un pavé dans La Loire
- Psychose sur Bénodet
- Sang d'encre au Mans
- La Torche entre deux eaux
- Du Pastis dans l'Odet
- Les Ombres du Rennes-Quimper
- La Madone du Faouët *(épuisé)*
- Effet domino à Concarneau
- Le Môme de Fouesnant
- Hors la loi à Groix
- Omerta Bigoudène
- Alliance explosive à Audierne
- Jeux pervers à Quimper
- Chasse à l'homme au Ménez-Hom
- Dans les frissons de Nantes, *tome 1*
- Manhattan-Tréboul
- Diabolo Nantes, *tome 2*
- Tragédie à l'Île-Tudy
- Loire c'est noir, *tome 3*
- Stress de Brest à Trévarez
- Mort sur Erdre, *tome 4*
- Ricochets sur l'Odet

Bernard Enjolras
- Îlot mortel à Trégastel
- 3 petits singes en Côtes-d'Armor
- Mauvais sorts dans Le Trégor
- Micmac à Ploumanac'h
- Sale temps sur Penvénan
- Jeu d'échecs à Perros-Guirec
- Guêpier à Tréguier
- Jackpot dans le Léon
- Requiem à Paimpol
- Escale à Cancale
- L'inconnue de Saint-Thégonnec
- Code assassin à Trébeurden
- Les merlettes de Granit rose
- Liens de sang à Guingamp
- Treize gastel

Martine Le Pensec
- Onde de choc sur Fermanville *(épuisé)*
- Angoisse sur Penmarc'h
- Lumière noire sur la Penfeld *(épuisé)*
- Printemps funeste à Brest
- 13e lune à Concarneau *(épuisé)*
- 32 octobre à Roscoff *(épuisé)*
- Terminus à Lannilis
- L'Enfer de Plogoff
- Alerte rouge à Brest *(épuisé)*
- Bad Trip à Lorient
- Le Cobra de Brest
- Le Mouton noir de Roscoff
- Sang pour sang à Recouvrance
- Amnésie sur Quimper
- Chat noir à Brest
- Bain acide à Douarnenez
- Noces de feu à Plouzané
- Pot aux roses au Cap Coz
- Enquête corsée à Crozon

Gérard Croguennec
- Voile épais au Conquet *(épuisé)*
- Brest, Abri 668
- Morlaix en eaux profondes
- La martyre du Conquet
- Le silencieux du Conquet
- Effet papillon sur le Brest-Lyon
- Pleins phares sur Ouessant

Stéphane Jaffrézic
- Chili-Concarneau
- Ville bleue et beaux dégâts
- Disparitions en Pays Fouesnantais
- Tri Yann Tro Breizh
- Vengeances croisées à Nantes
- Escale forcée à Brest
- Dolmens sanglants en Bigoudénie
- Escapade à Landerneau *(épuisé)*
- Le mauvais fils de Guidel
- Murder party à Quimper
- Rendez-vous raté à Quimperlé
- La Korrigane de Concarneau
- Coup de chaud à Bénodet
- Trafic en Finistère
- Sirènes au Guilvinec
- Été torride à Névez
- Vendetta à Auray

ENQUÊTES & SUSPENSE

Aux Éditions Alain Bargain

Dans la collection

ENQUÊTES ET SUSPENSE :

Serge Le Gall
- La secte de l'Aven *(épuisé)*
- Sables mouvants à Bénodet *(épuisé)*
- La Douarneniste et le Commissaire *(épuisé)*
- Corps-mort à l'Île-de-Batz *(épuisé)*
- Traque noire à Audierne *(épuisé)*
- Fugue mortelle en RÉ *(épuisé)*
- Le moine rouge de Carantec *(épuisé)*
- La Sirène de Port Haliguen *(épuisé)*
- Coup fourré dans les Monts d'Arrée
- Vagues à lames à Noirmoutier *(épuisé)*
- Dépression sur les Glénan
- Belle-Île "Amère" *(épuisé)*
- Calvaire à Plougastel-Daoulas *(épuisé)*
- Course-poursuite sur l'Aven *(épuisé)*
- Cible ultime dans les Montagnes Noires
- Rouge baiser de Crozon *(épuisé)*
- Sac de nœuds à Trévignon
- Retour coupable à Pont-l'Abbé *(épuisé)*
- Quiberon Enrage *(épuisé)*
- Secrets salés à Fouesnant
- Fausses notes à Larmor-Plage
- Jeux de drames à Douarnenez
- Nature morte à Pont-Aven
- Châtiment à Port-Launay
- La belle endormie de Port-Manech
- Matin blême à Rosporden
- Coup de balai à Carnac
- Mortes-eaux à Riantec
- Héritage de sang à Concarneau
- Vengeance d'automne à Quimper
- Bain tragique au Pouldu
- Retour de bâton à Plogoff
- Le malin de Trégunc
- Le Loup gris de Scaër

Simone Ansquer
- Téviec, le Secret *(épuisé)*
- Aux tours de La Rochelle
- Grain de sable à Saint-Pierre-Quiberon
- Le mystère de la Cathédrale de Vannes *(épuisé)*
- Carnac, les menhirs disparus
- Bons baisers de l'île de Houat
- Nuit d'Enfer à Quiberon
- Belle-Île ne répond pas
- La captive de la ria d'Étel
- Dérive sur la Presqu'île
- Bruits de Vannes

Michèle Corfdir
- Le Crabe
- Mortel Hiver sur le Trieux *(épuisé)*
- Chasse à corps à Bréhat
- Larmes de fond *(épuisé)*
- Vent contraire à Loguivy-de-la-Mer
- Herbes amères à Belle-Isle-en-Terre *(épuisé)*
- Il court, il court, le furet des Abers *(épuisé)*
- Fest-Noz sur le Nil *(épuisé)*
- Eau dormante en Trégor *(épuisé)*
- Nuits assassines à Paimpol
- Crime à l'Armoricaine
- Vendredi noir sur l'Arcouest *(épuisé)*
- Sueurs froides sur le Goëlo
- Baignade clandestine à Bonaparte
- La route s'arrête à Loguivy-de-la-Mer
- Brest, bombes sur les murs
- Vent de terreur sur Bréhat
- Paimpol, portée disparue

Jacques Minier
- Traque mafieuse à Saint-Malo
- Double peine à Rennes
- Saint-Brieuc de mille feux
- Celtitude en Argoat
- Erquy on the rocks

Michel Courat
- Ça meurt sec à Locquirec
- Marée rouge à Plestin-Les-Grèves
- Coup de grisou à Pleumeur-Bodou
- Mort en vrac à Morlaix
- Sauvage farandole à Paimpol *(épuisé)*
- Mise à mort en Bretagne nord *(épuisé)*
- Masques de Terreur à Lanmeur
- Été meurtrier à Tréguier
- Le raisin coule à Lesneven
- Le Diable s'invite à Locquirec
- Morts à gogo à Plouguerneau
- Morlaix, TERminus !
- Les dessous de Plougasnou
- Granite écarlate
- Dernier tango à Plouescat
- Semaine noire en Pays léonard
- Vent de panique à Lannion
- L'Ange maudit de St-Michel-en-Grève
- Week-end de folie à Bégard
- Les secrets de Camaret

ENQUÊTES & SUSPENSE

Aux Éditions Alain Bargain

Dans la collection

ENQUÊTES ET SUSPENSE :

Séverine Le Corre-Mongin
- Drame en Morbihan
- Dernière note à Pontivy

Gisèle Guillo
- Dernier rendez-vous à Vannes
- Du Léman au Morbihan *(épuisé)*
- Tempête à Quiberon
- La Belle de Carnac *(épuisé)*
- Le Saigneur de Quimper *(épuisé)*
- Vol de pigeons à Arradon *(épuisé)*
- Cash-cash au Crouesty *(épuisé)*
- Le Diable noir de Saint-Cado
- Clair-obscur à l'Île-aux-Moines *(épuisé)*
- Port-Louis, les ombres de la citadelle
- La Maison au bord du Golfe *(épuisé)*
- Les Amants Terribles de La Trinité
- Ételcoupable ?
- Danger à Saint-Goustan

Élisabeth Mignon
- Fontaines mortelles à Quimper
- Jardins funèbres en Cornouaille
- Déferlantes au Guilvinec
- Cadavres exquis à Châteaulin
- Ultime refuge à La Forêt-Fouesnant
- Silences sur la Baie
- Cauchemars à Plozévet

Rémi Devallière
- L'esprit d'Hoëdic
- Calculs sévères à Saint-Nazaire
- Sacré bidule à Pornichet
- "Pari" au mois d'août
- Piriac et son caillou mystérieux
- Vol 744 pour Le Pouliguen
- Pornic, Poste restante
- Nantes, le passager du Jules Verne
- Contre-courants au Croisic

Jean-Louis Kerguillec
- Carantec à corps perdu
- Enlèvement en Baie de Morlaix *(épuisé)*
- Mauvaise passe sur l'île Callot
- Les Amours Noires du Léon
- Le disparu du Taureau
- Fraizh Connection
- Le Crapaud de l'île de Batz
- Saint-Pol, cathédrale infernale
- Pêche d'enfer à Cléder
- Le rôdeur des grèves

Jean-Michel Arnaud
- Cavale à Brest
- Blues en Rafale à Landivisiau
- Le bagad bombarde à Quimper
- Loto létal dans le Léon
- Fresque de sang sur le Ponant
- Lettres mortes à Lannilis
- Lame scélérate à Morgat
- À bout de souffle à Landerneau
- Brest, scène de crimes
- Allers simples pour Ouessant
- Peur bleue à Portsall
- Intox à Carhaix

Jean-Jacques Égron
- Marais mouvant dans le Golfe
- Tracto Breizh
- Embruns toxiques sur Lorient
- Les Privés du Croisic
- Vannes à l'encre rouge
- Les oubliettes de la Presqu'île
- Engrenages sur la Côte Sauvage
- Gros plan sur La Gacilly

Catherine Schubert
- Odeur de sang à Penvénan
- Le vilain de la Vilaine
- Sacré moine à Dinard
- Lucifer à Saint-Philibert

Pierre Engélibert
- L'Ours du Finistère
- Drôle d'oiseau à Brest
- Lavandières rouges à Daoulas
- Complot en Cap-Sizun

Philippe-Michel Dillies
- Meurtres à Monnaie *(épuisé)*
- Chasse à Tours *(épuisé)*
- Train d'enfer pour St-Pierre-des-Corps *(épuisé)*
- Les roses noires de Chartres *(épuisé)*
- Du raisiné à Vouvray *(épuisé)*
- Partie truquée à Descartes
- Embrouille à Amboise *(épuisé)*
- L'écheveau de Blois
- Anicroches à Loches
- Murmures en Saumur
- Les plumes noires de St-Cyr-sur-Loire
- Clash à Tours

PAS DE PARDON à LOCRONAN

Bernard LARHANT

PAS DE PARDON à LOCRONAN

Collection

ENQUÊTES & SUSPENSE

Quadri Signe - Editions Alain Bargain
125, Vieille Route de Rosporden - 29000 Quimper
E-mail : contact@editionsalainbargain.fr
Site Internet : www.editionsalainbargain.fr
Facebook : https://www.facebook.com/editionsalainbargain

DU MÊME AUTEUR :

- *La croisée des maux* - roman - 2006 - Art Média Éditions (à présent Arphilvolis).

Le blog de l'auteur : http://motsdebernard.canalblog.com/

REMERCIEMENTS

- Sylvaine Le Berre, pour son regard averti.
- Nathalie Gloanec, pour ses précieuses anecdotes.

PRINCIPAUX PERSONNAGES

PAUL CAPITAINE : La cinquantaine, capitaine de police, ancien agent des services secrets français. Natif de Quimper, il connaît bien la ville et la région. Désabusé sur la société à l'issue de sa carrière à la Cellule-Élysée, il trouve au sein de la brigade criminelle de Quimper une seconde jeunesse grâce à Sarah, sa partenaire mais aussi sa fille. Il est très proche de la magistrate Dominique Vasseur.

SARAH NOWAK : 27 ans, d'origine polonaise, lieutenant de police. Engagée dans la police pour retrouver son père, originaire de Quimper, elle va le découvrir derrière les traits de son partenaire et mentor Paul Capitaine. Dotée d'un caractère fort et généreux, elle conserve en elle des rêves d'absolu. Son souci majeur : ne pas avoir encore croisé le grand amour.

DOMINIQUE VASSEUR : 44 ans, célibataire, substitut du procureur de la République. Elle a échoué à Quimper après une affaire confuse à Marseille. Intelligente, opiniâtre, loyale, elle est complexée par un physique replet. Elle a vite apprécié la compagnie de Paul et cela fut réciproque. Seulement, entre eux, rien n'est jamais simple et le mauvais sort se joue en permanence de leurs sentiments.

ROSE-MARIE CORTOT : 26 ans, d'origine antillaise, enquêtrice de police. RMC pour tout le monde. Le rayon de soleil de l'équipe par sa bonne humeur permanente, le plus de la brigade criminelle par son génie de l'informatique. Et surtout la confidente et la meilleure amie de Sarah.

RONAN FEUNTEUN : La cinquantaine, divorcé, journaliste et patron de l'agence quimpéroise d'*Ouest-France*. Camarade de jeunesse de Paul Capitaine. Entre eux, un accord tacite : le journaliste transmet ses informations au policier ; en échange, celui-ci lui réserve la primeur du résultat des enquêtes.

JULIE VARAIGNE : 29 ans, célibataire, secrétaire du substitut Vasseur. Grande blonde élancée, au comportement très libre, elle est devenue la maîtresse de Paul, en attendant que Dominique se déclare. Franche, loyale, à l'écoute des bruits de couloir, elle met souvent, même involontairement, le policier sur la bonne piste. De plus, Julie est un fin cordon-bleu…

PROLOGUE

Dans mon existence, il m'avait été donné d'assister à bien des enterrements, en tout lieu, au milieu de tout public, en toutes sortes de circonstances ; le décès de membres de ma famille, de proches, de collègues, de victimes d'affaires dont j'avais la charge, même de truands. Cependant, jamais je n'avais vécu moment plus sinistre que celui que nous endurions avec Sarah, sous un ciel gris métal digne de l'apocalypse, une pluie battante bien bretonne, qui glaçait les gens jusqu'aux os et les cris stridents de corbeaux qui avaient squatté le clocher de l'église. J'avais connu le bourg de Locronan plus hospitalier, notamment sous les chaleurs d'été ; il ressemblait alors à une ruche turbulente aux activités rythmées par le bourdonnement de touristes enthousiastes. Mars nous offrait son plus funeste décor et la cité médiévale, une bien pathétique mise en scène pour le départ d'une femme de quarante-neuf ans vers ce que l'on appelait si pudiquement sa dernière demeure. Autour de nous, autant d'employés de la société de pompes funèbres que de proches de la défunte, pour l'accompagner et lui dire adieu.

Pas de passage à l'église, pas de service funéraire,

juste quelques mots émus, lancés d'une voix tremblante par Lucas, le fils de la victime, Anne Collinot. Il avait vingt-cinq ans et venait de recevoir sur la tête, le poids du ciel et de ses tourments. Près de lui, Anaïs, sa jeune sœur qui ne cessait de pleurer, ajoutant ses crises de larmes au pathétique de l'instant. Puis Philippe Gerbaut, le patron de l'hôtel-restaurant du Puits d'Amour situé sur la place du village ; Roland Guiffant enfin, le maire de Locronan, grand personnage dégingandé de plus de soixante ans, au visage fermé de circonstance. Et personne d'autre !

Même Marie Le Men, la sœur de la défunte, n'avait pas daigné se déplacer… Le cercueil au fond du trou, les employés allèrent chercher leurs pelles. Le petit groupe se retira après un dernier regard plongeant sur le cercueil, accompagné d'un pétale de rose symbolique. Philippe Gerbaut annonça qu'il offrait un café chaud à ceux qui le désiraient. Personne ne répondit ; on emboîta pourtant tous son pas. Sarah se collait à moi pour tenter de trouver un peu de chaleur, pour le corps et le cœur, sous son parapluie un rien trop petit pour deux têtes.

Un peu plus tard, installés tous les six autour d'une table du bar du Puits d'amour, on demeurait muets, faute de trouver la première parole à prononcer. Lucas, le fils, releva le premier les yeux pour me demander si nous avions recueilli de nouveaux indices susceptibles de confirmer la thèse du sabotage de la voiture. J'opinai de la tête, avant d'expliquer que les freins du véhicule avaient été trafiqués, comme nous l'avions subodoré, sans que, pour l'instant, cela nous mène vers une piste solide ; il était encore trop tôt. Sa jeune sœur prit le relais en me demandant si c'était vrai que je connaissais sa mère depuis longtemps. Je replongeai dans un passé lointain :

— Oui, nous avions dix-sept ou dix-huit ans et nous étudiions tous deux en section G3 au lycée de Cornouaille. Elle était en terminale, j'étais en première ! Elle était interne au lycée Brizeux et venait suivre les cours avec nous, comme bon nombre de filles. On se voyait seulement durant les intercours ! Nous étions une bande de footeux à investir un préau disponible pour taquiner inlassablement une balle de tennis. Anne nous regardait avec envie, on l'avait invitée à se joindre à nous. Elle avait d'abord refusé, tout en restant nous observer, puis elle s'était laissée tenter… Elle nous avait expliqué un peu plus tard qu'elle connaissait beaucoup de filles qui aimeraient pratiquer le foot. Nous en avions parlé aux dirigeants du Stade Quimpérois, ils n'avaient pas été convaincus de l'intérêt de la démarche. Pourtant, peu après, la ville possédait son équipe féminine et Anne en représentait l'un des moteurs. On se voyait parfois aux entraînements, les filles utilisant le terrain de Kerhuel après nous, les juniors du club.

— Et c'est en venant vous rencontrer au commissariat de Quimper qu'elle a eu l'accident ? poursuivit Anaïs, au bord des larmes. Enfin, accident…

— La veille, en fin d'après-midi, elle avait déjà repris contact avec moi, pour me faire part de ses craintes, précisai-je en fixant la jeune orpheline avec beaucoup de tendresse. Depuis son retour à Locronan, elle était l'objet de menaces, d'appels anonymes, du mépris de tous les gens. Cette fois, une personne avait pénétré dans la maison en pleine nuit pour y déposer un corbeau mort qui tenait dans son bec, non pas un fromage, mais un message : « Fiche le camp d'ici, Keben, vieille sorcière ! » Elle m'avait expliqué que Keben était le nom d'une femme redoutable des temps anciens, sans doute une druidesse qui avait affronté saint Ronan durant toute son existence. Elle semblait effrayée par cette menace directe et violente, choquée par le contenu explicite du papier…

— Mais pourquoi l'appeler ainsi ? interrogea la fille, incrédule. Que signifie ce mot en breton ? J'imagine qu'il s'agit d'une insulte… Pourquoi les gens d'ici lui en voulaient-ils autant ? Elle n'était pourtant pas une étrangère… Et pourquoi ne nous en a-t-elle jamais parlé ?

— Elle se posait les mêmes questions que toi ! Depuis sa jeunesse, les gens d'ici l'affublaient de ce surnom méprisant, je crois qu'il signifie sorcière, mégère… Ses parents n'avaient jamais voulu justifier les raisons de cette profonde animosité. Un secret de famille ou de village, à coup sûr ! À cette époque, il était de bon ton de cacher aux enfants les problèmes de la maison… Elle n'en savait sans doute pas suffisamment pour aborder le sujet avec vous, ses enfants… Pas davantage avec moi, en venant me rencontrer, à moins qu'elle n'ait voulu révéler ce que cachait ce mystère… Devant son désarroi, même s'il ne m'était pas autorisé d'enquêter sur Locronan, je lui avais suggéré de revenir à mon bureau le lendemain, avec les indices dont elle disposait. Notamment le mot qui accompagnait la dépouille du corbeau ; je cultivais l'espoir d'y découvrir quelques indices exploitables, des empreintes de doigts notamment… Par malheur, elle n'est jamais arrivée à Quimper…

Les regards se penchèrent aussitôt sur les grandes tasses de café. J'en fis de même et ne pouvais m'enlever du crâne ces instants étonnants de retrouvailles. Quand elle s'était approchée de mon bureau du commissariat de Quimper, je n'aurais pas reconnu aussitôt Anne, sans son imposante chevelure rousse qui partait dans tous les sens. Trente années s'étaient écoulées, pour elle comme pour moi ! Bien sûr, elle avait forci, même si elle était restée une belle femme, nantie d'un caractère bien trempé qui faisait d'elle la capitaine de l'équipe. Je ne pouvais non plus oublier ses yeux gris bleu très clairs, capables de subjuguer tous les hommes !

Elle commença par me parler de son parcours. Le foot d'abord, le Stade Q, puis Juvisy, un club huppé de la région parisienne. La rencontre avec Sébastien Collinot, un kiné originaire de l'Ile-de-France, à la suite d'une blessure à la cheville. Le coup de foudre réciproque, un mariage rapide, l'arrivée de Lucas, l'aîné. Elle avait décidé de quitter son poste au secrétariat de la mairie de Juvisy pour assumer le suivi de l'agenda de son mari. Ils vivaient bien, ne manquaient de rien, filaient le parfait amour, envisageaient plein de projets. Anaïs pointait son nez mutin trois années plus tard, assez turbulente pour inciter ses parents à en rester là. Ils nageaient tous les quatre dans le bonheur, jusqu'à ce que Sébastien ne contracte une maladie sanguine, une mononucléose infectieuse, qui allait attaquer la moelle osseuse et le terrasser en quelques mois. Tout s'écroula alors autour d'Anne.

Il lui avait fallu retrouver un travail pour s'assumer et financer les études d'Anaïs. Elle voulait devenir maquilleuse, évoluer plus tard dans le milieu artistique et côtoyer les stars. Elle fréquentait une école située vers Marseille, histoire de commencer son existence professionnelle sous le soleil... Elle ne comprenait pas pourquoi il fallait apprendre autant de matières inutiles pour devenir diplômée en mascara, blush et autre fond de teint... Lucas, pour sa part, s'assumait déjà et volait de ses propres ailes. Un bon poste à Wall Street après un stage réussi dans une banque américaine au sortir de l'université à laquelle il avait accédé avec deux années d'avance sur ses congénères. Une trajectoire brillante, exemplaire, précoce et sérieuse...

Anne avait fini par décrocher une place de serveuse dans une brasserie, un job harassant qui lui permettait cependant de boucler les fins de mois. Elle trouvait peu à peu un nouvel équilibre, aidé par son fils qui avait décidé de revenir en France poursuivre sa carrière, soucieux de soutenir sa mère. Ses collègues américains ne comprenaient pas sa volte-face alors que la fortune s'offrait à lui. Il voulait seulement ne pas fonder son existence sur les seules valeurs de la réussite sociale. Il avait toujours été proche de sa mère, attentif à ses soucis et à ses désirs, même si leur entourage s'accordait à dire qu'il ressemblait davantage à son père ; une sensibilité à fleur de peau qui n'avait d'égale qu'une intelligence intuitive et une vivacité d'esprit hors du commun. Et aussi ce côté renfermé, peu loquace, taciturne même, parfois… À l'inverse d'Anaïs, au tempérament aussi impétueux et volontaire que celui de sa mère, à l'énergie hyperactive dans la réalisation des projets qu'elle poursuivait ; le choc de deux silex, origine d'étincelles permanentes entre elles !

Et puis arriva l'anniversaire des cinquante ans de mariage des parents Larvor pour lequel toute la famille fut réunie à Locronan, dans la maison familiale. Ces moments intimes se terminaient mal, le plus souvent, car les deux sœurs se détestaient depuis des lustres. Il fallait dire que tout les opposait ; l'une s'agenouillait dans les églises quand l'autre courait en short après un ballon. L'une avait dû se contenter d'une scolarité locale quand l'autre avait poursuivi des études à Quimper. L'une avait épousé un sculpteur sur bois du pays quand l'autre avait pris pour époux un kiné parisien… Cette fois encore, Marie reprocha à

Anne sa vie facile, ses tenues extravagantes, la mauvaise éducation d'Anaïs. Les accusations ne restèrent pas sans réponse. Le ton monta, les portes claquèrent, la fête était en partie gâchée…

Les parents eurent cependant le temps d'apprendre à leurs filles qu'en cadeau d'anniversaire, ils s'étaient loué un voilier pour voguer dans la baie de Douarnenez, comme du temps de leur jeunesse, alors qu'il était mousse sur un chalutier et elle "*Penn Sardinn*" dans une conserverie, comme bien des filles de la région. Il se sentait encore la force de tenir la barre et elle de hisser les voiles. Ils avaient présagé de leurs forces, le voilier s'abîma sur les Tas de Pois et tous deux périrent dans l'accident. Un nouveau drame dans l'existence d'Anne qui se remettait à peine de la mort de son époux.

Peu après l'enterrement, Marie décida de vendre le magasin de brocante des parents et réclama la signature de sa sœur. La promptitude de la démarche choqua l'aînée qui réclama un moment de réflexion. Après en avoir parlé avec Lucas, son meilleur conseiller dans toutes les affaires financières, elle décida de revenir au pays pour reprendre le commerce familial. Il l'aida, avec ses premières économies, à payer sa part à Marie, pour qu'elle n'ait rien à devoir à sa sœur. Il effectua les démarches pour trouver un poste à Quimper, dans une succursale de banque du groupe qui l'employait, sabordant sans remords tout plan de carrière. Il se chargeait déjà du loyer de sa jeune sœur, pour soulager financièrement sa maman ; une fois de plus, il restait présent à ses côtés, désireux de la soutenir, en nouveau chef de famille.

Je me souvenais, confortablement installé dans mon fauteuil d'officier de police, avoir avoué à Anne, lors de sa visite, qu'elle ne manquait décidément pas de courage. Accepter de quitter la vie confortable de la grande ville pour le climat rustique d'une bourgade où elle n'était visiblement pas la bienvenue, cela relevait presque du masochisme. Elle avait souri en rappelant que déjà, à l'époque, quand elle voulait pratiquer le football, elle avait engendré beaucoup de sarcasmes et de méfiance de la part de son entourage, qu'il s'agisse de membres de sa famille ou des relations de Locronan. Elle était habituée, depuis sa naissance, à avancer à contre-courant, à affronter les railleries de ses proches, à ne posséder que la solitude pour compagne. Elle avait fini par s'habituer à cet état de fait ; mieux même, à prendre l'adversité comme une drogue stimulante qui la forçait à se dépasser sans cesse. Une leçon de l'école du sport, à coup sûr ! Peut-être aussi des aléas de son enfance, avait-elle ajouté à voix basse…

La journée s'achevait, l'obscurité tombait lentement sur Quimper, je lui proposai de manger un bout ensemble, histoire de se remémorer le bon vieux temps. Elle me parlerait de sa carrière sportive, de la vie parisienne, de ses enfants… Elle accepta à condition que, de mon côté, je lui explique comment un contestataire invétéré comme moi, leader de bien des manifestations lycéennes de l'époque, avait fait son compte pour finir son parcours installé dans le fauteuil d'un officier de police. Une erreur d'aiguillage, rétorquai-je en haussant les épaules. Un comble pour le fils d'un chef de gare ! Anne éclata de rire avant de prononcer sa conclusion : je n'avais pas complètement changé ; j'avais gardé l'humour qui me permettait de toujours retomber sur mes pieds...

J'avais décidé de mener mon invitée à la brasserie de l'Épée. Comme Anne se dirigeait vers sa voiture, j'eus l'idée de la guider au préalable pour un détour vers le quartier de l'Hippodrome, où les promoteurs de zones d'activités artisanales n'avaient éprouvé aucun remords à raser les vestiges de nos premiers pas sportifs. Ils n'avaient laissé sur place qu'un unique terrain de foot, et encore à un endroit bien éloigné du théâtre de nos exploits passés ! Après un moment de recueillement, nous avions éclaté de rire. Je n'avais pas oublié le rire communicatif d'Anne ; il faisait si bon de l'entendre à nouveau...

Une fois tous deux installés à la table du dîner, elle me demanda si j'étais marié. Je lui avouai que non, cela sembla la détendre. Je tins à lui préciser que j'avais noué une amitié solide avec le substitut du procureur, Dominique Vasseur, en stage à Paris pour la semaine, ce qui attrista immédiatement Anne, même si elle trouva cela super pour moi. Elle accusa encore un peu plus le coup quand je lui annonçai que j'étais le papa d'une fille de 27 ans qui, comme moi, travaillait dans la police.

— De toute manière, je ne me serais jamais vue dans la peau d'une femme de flic ! ponctua-t-elle dans un sursaut d'énergie, chez elle si caractéristique. Tu sais, il m'arrive souvent de penser au chemin d'une existence, de choix hasardeux à un croisement jusqu'aux accidents de parcours, en passant par les déviations obligatoires… Nul ne peut dire ce qu'aurait été sa vie si, à un moment, il avait pris une direction différente… Voilà pourquoi je regarde toujours devant moi…

— C'est plus prudent, au volant ! arguai-je, mi-sérieux, mi-goguenard.

— Décidément, tu n'as pas changé, tu tournes toujours en dérision les conversations les plus profondes ! Heureusement, je te connais, tu utilises l'humour pour éviter de t'impliquer dans un dialogue trop personnel…

— Disons que je n'aime pas résumer en une phrase une réflexion plus complexe ; je ne possède pas instantanément l'esprit de synthèse. Là où je suis d'accord avec toi, c'est dans le fait de regarder l'avenir ; le passé me déprime ! Pourtant, j'aime m'y replonger, certains soirs, va comprendre…

On passa cependant une agréable soirée à évoquer des instants heureux de notre jeunesse, des anecdotes cocasses ou encore le souvenir de camarades communs, perdus de vue depuis lors… Lorsque le moment vint de nous quitter, Anne eut beaucoup de mal à monter dans sa petite Peugeot 107 pour regagner Locronan. Je lui rappelai que tout indice de sa part pouvait me permettre de retrouver plus rapidement la trace de l'individu qui s'était introduit chez elle en son absence. Elle me proposa de passer à son domicile, pour la bonne avancée de l'enquête ; je lui répliquai que cela m'était impossible, car je travaillais à la Crim' et il n'y avait pas eu meurtre. D'ailleurs, avais-je ajouté, à ma connaissance, il existait sur Locronan une brigade de gendarmerie dont les membres verraient certainement d'un mauvais œil un policier quimpérois piétiner leurs plates-bandes.

Elle avait haussé les épaules dans un sentiment de frustration volontairement affirmé et m'avait asséné d'une voix ironique, sur le ton du reproche, avant de prendre place derrière le volant :

— S'il faut que je sois morte pour que tu t'intéresses à mon sort, tant pis pour toi ! Peut-être que ce fou m'attend dans ma chambre pour me faire la peau…

— À demain, avec le mot qui accompagnait le corbeau ! avais-je répliqué en accompagnant ma parole d'une esquisse de sourire et d'un clin d'œil complice. Une analyse graphologique, une prise d'empreintes, c'est tout ce que je peux faire pour t'aider, je suis désolé ! Viens en fin de journée, nous dînerons encore ensemble… Prends soin de toi, en attendant, va dormir dans la chambre d'amis, par exemple…

Le lendemain, j'attendis vainement l'arrivée de mon ancienne copine au commissariat et je commençai à m'inquiéter de son retard ; j'appelai son portable sans résultats jusqu'à ce qu'un gendarme me réponde à la place de la correspondante, pour m'apprendre qu'Anne Collinot était morte accidentellement, son véhicule ayant quitté la route dans les virages de la descente sur Plogonnec, dans la direction de Quimper. Je restai un moment sans voix, en colère contre moi-même, pressentant un coup de ses adversaires.

— Vous la connaissiez bien ? interrogea le gendarme, suspicieux comme tous les gendarmes, toujours enclins à poser une question insignifiante pour glaner quelques miettes pour leur enquête.

— Elle se dirigeait vers Quimper pour venir à mon bureau apporter un message qui lui avait été transmis en accompagnement du cadavre d'un corbeau déposé à son domicile ! exprimai-je, mal à l'aise devant le mauvais enchaînement des circonstances. Elle craignait pour sa vie, elle m'en avait déjà touché deux mots, des gens de Locronan lui voulaient du mal. Sinon, je la connaissais, oui, même si nous avions perdu le contact depuis trente ans, ce qui n'est pas rien. Pourtant, le temps ne semblait pas avoir eu de prise sur le lien amical qui nous unissait…

— Dans ce cas, puisque vous la saviez en danger, pourquoi ne pas nous avoir contactés à la gendarmerie de Locronan ? Nous aurions assuré sa protection ! Remarquez, cela m'a tout l'air d'un accident…

— L'hypothèse d'un sabotage n'est pas à exclure, ne négligez pas cette piste ! insistai-je timidement. Merci de me tenir au courant de vos conclusions...

Ce même vendredi matin, Dominique rentrait de Paris. Elle était heureuse de me retrouver, cependant elle comprit aussitôt qu'une ombre évidente masquait mon plaisir de la revoir. Je lui évoquai les retrouvailles avec Anne, son parcours dramatique, ses craintes devant un danger qui la menaçait et l'issue funeste de son existence. Alors que, si j'avais décidé de me rendre à Locronan pour enquêter discrètement sur place, elle serait encore en vie. Dominique me sermonna, elle m'interdit de cultiver des raisonnements aussi stupides. Pourtant, peu après, je reçus de la gendarmerie de Locronan le premier rapport de l'équipe scientifique : le câble de freins avait été sectionné, l'accident était inéluctable. Il s'agissait donc bien d'un meurtre, même si l'intention première des auteurs n'était pas forcément une issue mortelle, peut-être juste d'impressionner la conductrice. Le dossier avait été transmis à la brigade criminelle pour une enquête approfondie. Je rappelai aussitôt Dominique à son bureau du palais de justice pour exiger d'elle qu'elle me charge du dossier. Elle frôla le coup de sang ! Elle me rappela, à toutes fins utiles, qu'il était d'usage que le service qui se trouvait le premier en possession de l'affaire la suive jusqu'au bout. Elle n'entendait pas bousculer ce principe fondamental, au risque de réveiller une guéguerre stupide entre police et gendarmerie.

— Vous ne comprenez pas que je me sens mal et que je ne m'en sortirai pas tant que je n'aurai pas déniché le coupable ! m'emportai-je, excédé. Anne est venue réclamer mon aide et je n'ai pas pris ses craintes au sérieux ! Si vous ne possédez pas suffisamment de psychologie pour comprendre cela, nous n'avons plus rien à construire ensemble, nous ne plaçons pas les sentiments dans le même ordre…

— Pas de chantage de ce genre, Paul, c'est trop facile ! s'offusqua-t-elle aussitôt. En sens inverse, vous seriez le premier à hurler au scandale si un magistrat vous dépossédait d'une affaire que vous aviez entamée pour la confier à une autre équipe… Et puis Locronan, c'est le secteur rural, cela concerne donc la gendarmerie ! Je vous laisse, j'ai du travail en retard, Julie attend que le courrier soit paraphé pour pouvoir aller le poster…

Sarah arriva peu après, elle saisit la situation et m'expliqua que je n'avais pas le droit de placer Dominique devant un tel cas de conscience. Il existait des découpages territoriaux pour définir les compétences des uns et des autres, que je le veuille ou non. La magistrate ne pouvait se mettre la gendarmerie à dos, surtout pour privilégier l'homme qui partageait sa vie, même si notre relation n'était pas officiellement déclarée. Je savais que, l'une comme l'autre, elles avaient raison et cela m'irritait un peu plus. Sarah réalisa à quel point je culpabilisais de n'avoir pas répondu à l'appel d'Anne. Elle aussi me parla de la destinée, contre laquelle je ne pouvais rien ; il se trouvait des situations qui nous ramenaient à notre véritable et modeste condition humaine. Elle faisait ce qu'elle pouvait pour tenter de me redonner le moral, usait de la patience et de la délicatesse d'usage pour me sortir de ma mauvaise spirale. Le téléphone retentit, je répondis par un grommellement caverneux car mon correspondant, quel qu'il fût, tombait au plus mauvais moment.

— C'est Dominique, j'ai pu m'arranger, la gendarmerie vous adresse le dossier au plus vite et vous êtes chargé de l'enquête en compagnie de Sarah. Mais ne me refaites plus jamais un chantage de ce genre, je n'apprécie pas du tout... En raccrochant, j'avais mauvaise conscience, la désagréable sensation de passer pour une femme sans cœur à vos yeux... Pire, une mégère jalouse qui règle bassement ses comptes avec une ancienne rivale... Et quand elles obtiennent satisfaction, certaines personnes bien élevées disent merci, voyez-vous...

— Merci Dominique, et pardon pour mon comportement maladroit, agressif même ! Je regrette mes paroles, je n'ai pas contrôlé ma colère, cette affaire me touche au plus profond de moi-même, elle remue des souvenirs si forts, me rappelant ma jeunesse... Je vous promets de vous tenir au courant...

— Elle comptait tant que cela pour vous, cette amie d'enfance ? questionna la magistrate d'une voix plus douce.

— J'ignore s'il existe un appareil pour mesurer l'affection qui unit les êtres humains ! répliquai-je, embarrassé par une interrogation que je savais suspicieuse et piégeuse. Si j'avais viscéralement tenu à Anne, j'aurais repris contact avec elle, au cours de ces trente années ; si elle m'indifférait totalement, je ne me serais pas intéressé à son histoire ; d'ailleurs, elle ne serait pas venue m'appeler à l'aide. Que pourrais-je ajouter d'autre ? Le tracé de deux existences est parfois parallèle et proche, puis il s'éloigne durant des décennies, avant une nouvelle rencontre… Si vous voulez savoir si j'aurais pu vous quitter pour elle, la réponse est non ! Nous n'avions rien à construire ensemble, elle et moi… De plus, pour vous quitter au profit d'une autre, encore faudrait-il que nous vivions ensemble, que nous ayons une histoire ensemble…

— Vous êtes stupide, Paul, je m'intéressais juste à votre douleur, en toute amitié, sans aucune arrière-pensée… Pardonnez-moi, je dois vous laisser, Julie s'approche de moi avec une nouvelle pile de paperasse à signer…

L'après-midi, je reçus le dossier complet de la gendarmerie, avec le rapport du légiste et celui des services techniques. Rien de nouveau à nous mettre sous la dent, pas d'empreintes exploitables sur le véhicule, pas de traces de produits suspects dans les analyses sanguines de la victime ! Nous partîmes aussitôt avec Sarah vers Locronan pour poser les scellés sur la boutique. C'est là que je fis la connaissance de Lucas, le fils, qui fouillait tous les tiroirs dans l'espoir d'y trouver les papiers familiaux, soucieux d'accomplir au plus vite les formalités administratives. Il semblait dans un état second et en voulait à la terre entière, jurant que jamais personne, à part Sébastien, n'avait aimé sa mère comme elle l'aurait mérité. À quoi bon le contredire, après un tel drame ? Je n'en possédais ni le droit ni la volonté. Sarah lui conseilla de boire un verre d'eau, cela aidait le corps à surmonter la douleur. Toujours pratique, ma fille ! Elle lui parla de son expérience et, étonnamment, le garçon s'apaisa ; elle avait trouvé les paroles justes pour toucher son cœur, elle possédait aussi ce talent, parmi tellement d'autres, cette sensibilité sans cesse disponible, une telle force innée de persuasion ! Tout simplement parce qu'elle aimait sincèrement les gens qui se trouvaient en face d'elle.

Le garçon expliqua qu'il avait prévenu sa jeune sœur qui allait arriver à Quimper par le train du soir, en provenance du Midi. Sarah se proposa de l'accompagner à la gare, mieux de l'y piloter, s'il ne se sentait pas la force de conduire une voiture. Il accepta volontiers et remercia Sarah de la proposition. Après l'accident de sa mère, il appréhendait de prendre le volant…

Elle lui répondit que son offre était normale, le minimum qu'elle puisse proposer, au vu de ces circonstances douloureuses.

Le soir venu, nous dînâmes tous les quatre au

restaurant du Puits d'amour. Anaïs semblait absente, comme si elle ne réalisait pas encore la nature des événements. Si elle avait un petit air maternel, elle possédait des cheveux moins roux et un regard un peu moins pétillant qu'Anne. Il suffisait pourtant de peu de chose pour que son superbe regard félin gris bleu ne recouvre son éclat. Sarah la brancha sur ses études et Anaïs nous parla de son futur métier avec passion et plaisir, humour et dérision aussi, avant que son frère ne lui rappelle que le cadavre de leur mère se trouvait à la morgue. Elle répondit, avec aplomb, que la terre n'en continuait pas moins de tourner et la vie de s'écouler.

Sarah me regarda, très embarrassée, ne sachant que penser de cette fille au tempérament si semblable au temps breton, souvent capricieux.

La discussion se poursuivit encore quelques minutes durant lesquelles Anaïs-la-Rebelle jouait les cartes de la provocation ou de l'indifférence, affichant un tempérament qui ne pouvait que me rappeler celui de sa mère. En forçant trop le trait pour rester crédible, ce qui s'avérait rassurant. Cela se sentait tellement que je me demandais comment elle pouvait tenir si longtemps dans son rôle de composition. J'étais certain qu'elle saignait à l'intérieur, sans oser le reconnaître devant un public, même restreint, par pudeur ou par bravade. D'ailleurs, peu après, son visage se déforma en un instant et ses yeux prirent une teinte métallique.

— Vous allez coincer les salauds qui ont fait cela, Paul ! lança à voix haute la jeune orpheline, ce qui poussa les dernières personnes attablées autour de nous, à lever le nez de leur tasse de café. Il faut qu'elles paient, ces ordures, promettez-le-moi ! Pour le meurtre de Maman et pour tout ce qu'ils lui ont fait endurer depuis sa naissance…

— Je vais faire mon possible pour…

— Pourquoi lui en voulaient-ils autant, comme si elle avait la peste ? reprit Anaïs de plus belle. Je les déteste tous ! Tu fais ce que tu veux, Lucas, moi, je reste à la boutique jusqu'à ce que le mystère soit éclairci ! Et lundi, à l'enterrement, je ne veux de présents que ceux qui l'estimaient sincèrement, je me fiche des bondieuseries de la région ! Vous avez entendu ma volonté, vous tous qui avez arrêté de parler et feignez de regarder ailleurs, alors faites passer le message à tout le village, vous ne tuerez pas ma mère une seconde fois en jouant les hypocrites devant sa tombe !

— Je vous en prie, calmez-vous, Anaïs, me sentis-je le devoir de proférer à voix basse, les mots dépassent votre pensée…

— Et prévenez ses assassins, quels qu'ils soient, que leurs jours de liberté sont comptés ! surenchérit-elle en repoussant la main que j'avais posée sur son avant-bras. Paul Capitaine s'est déplacé spécialement de Quimper pour les débusquer et leur faire payer leur crime, ils ne lui échapperont pas…

— Viens, Anaïs, on va rentrer se coucher, on est tous les deux fatigués ! proposa le grand frère en saisissant la benjamine par le bras. Excusez-la, Messieurs-Dames, ce sont les nerfs qui ont lâché. La cérémonie est bien sûr ouverte à tous…

I

Retour à ce mardi pluvieux et frisquet de mars qui nous filait le bourdon. En plus, mouillés jusqu'aux os, nous ne parvenions pas à nous réchauffer. Sarah surtout, moins rompue que moi au climat de la région. Une fois le bol de café chaud avalé, nous décidâmes de quitter la table du bar du Puits d'Amour pour suivre Lucas et Anaïs en direction de la boutique de brocante, à l'autre bout de la place ; de son côté, le maire, bien silencieux et circonspect, retourna à ses dossiers de sa démarche nonchalante tandis que Philippe Gerbaud avait déjà rejoint ses cuisines depuis une demi-heure, même si la saison était calme. Locronan était une ville à découvrir à cette époque de l'année, même si un rayon de soleil n'aurait rien gâché à la beauté du site. Existe-t-il en France une place médiévale plus authentique que celle-ci, avec des bâtiments anciens, superbement restaurés, le sol recouvert de pavés inégaux, le puits central à la margelle duquel on imagine venir bientôt s'attacher un fier destrier, délaissé par son hardi chevalier, le temps d'une halte dans la taverne voisine ? Oui, il existe sûrement d'aussi typiques sites de par le pays, mais les Bretons ont le droit de se montrer chauvins, eux aussi, une fois de temps en temps…

La boutique de la famille Larvor, qu'Anne imaginait reprendre à la suite de ses parents, se trouvait diamétralement opposée au restaurant de Philippe Gerbaud. La bâtisse était reconnaissable au tronc de la glycine venu enlacer le barreau de la fenêtre, avant de proposer son appréciable ombrage à la façade de granit, une fois la belle saison arrivée. La vieille porte en chêne tenait encore le coup, malgré des décennies de bons et loyaux services. Les propriétaires pouvaient l'ouvrir à la faveur d'une grosse clé plutôt rouillée, que Lucas tenait dans sa main comme un trésor inestimable. Anne m'avait expliqué que l'inconnu s'était introduit par la porte arrière qui donnait sur un jardinet accessible à partir de la venelle voisine, descendant vers l'entrée d'une école. Sitôt l'électricité remise, on découvrit la caverne d'Ali Baba ; on se trouva rapidement au milieu d'un étonnant bric-à-brac, résultat d'acquisitions récentes des parents Larvor ; ils imaginaient remettre tout en ordre avant le début de la période estivale, qui commençait officiellement ici le 1er mai, avec la plantation du fameux Arbre de mai.

Lucas expliqua que sa mère envisageait de se débarrasser petit à petit des meubles, pour se spécialiser dans les objets de décoration et diversifier le commerce avec des articles plus modernes, notamment des produits régionaux et des œuvres de l'artisanat local. Il ouvrit les vieux volets patinés par le temps et l'on découvrit mieux un univers enchanteur qui racontait plus que des mots la vie du village et de la région. Il nous expliqua, avec une fierté touchante, que c'était l'une des plus vieilles maisons du bourg, qu'elle appartenait à la famille depuis plus d'un siècle, son grand-père l'ayant lui-même reçue de ses parents. Le carillon de l'angle du magasin, dont Anne avait certainement remonté les poids à son arrivée, sonna onze fois d'un tintement solennel. Il me semblait évident que le lieu ne nous donnerait aucune indication supplémentaire sur l'identité du criminel. De plus, il me tardait de me rendre à la gendarmerie pour signaler ma présence et ne pas créer un incident diplomatique. On prit donc congé des deux jeunes en leur confirmant que nous avions retenu deux chambres à l'hôtel du Puits d'Amour jusqu'au dénouement de notre enquête et qu'ils pouvaient nous y laisser un message à tout moment.

Nous traversâmes à nouveau le village, Sarah et moi, pour prendre la direction de la rue de la Montagne, avant d'obliquer sur la gauche pour emprunter la rue des Bruyères. Nous arrivâmes devant la bâtisse moderne qui abritait la gendarmerie, un peu à l'écart du bourg.

Nous n'en avions toujours pas fini avec cette pluie fine qui traversait les habits, rien qu'en courant de la voiture jusqu'à la porte d'entrée, ce qui eut l'heur de déclencher de nouvelles fulminations de la part de Sarah qui était justement passée à la hâte chez le coiffeur avant de rallier Locronan et devait déjà dire adieu à ses jolies bouclettes.

Dans des enquêtes en secteur rural, j'ai toujours compris mon intérêt à me placer dans le sillage des pandores locaux, pour peu qu'ils acceptent le concours d'un policier. En plus de leurs compétences aussi avérées que les nôtres, ils ont développé un sens aiguisé de la récupération de renseignements, à force de laisser traîner une oreille distraite sur la place du marché, au sortir de la messe du dimanche ou encore dans la salle d'un café. Les gendarmes amassent ainsi un nombre incalculable de renseignements dans leur mémoire quasiment informatisée. Et le moment venu, ils actionnent leur unité centrale pour établir un lien évident entre la menace d'un poivrot, la critique acerbe d'une bigote, la rancœur à peine masquée d'un vendeur de légumes et l'affaire qui les concerne.

Pour être précis, les facteurs possèdent eux aussi leur connaissance du terroir et de sa faune bigarrée. Un petit mot de réconfort par ci, un petit verre par là pour saluer l'arrivée de la pension, un coup de main ailleurs pour remplir un document administratif, le facteur représente un lien essentiel dans le paysage rural. Cela, c'était hier, avant les nouvelles organisations, les suppressions des bureaux non rentables, les poses de boîtes à lettres qui coupent la relation humaine, la rentabilité à tout va, le minutage des tournées quotidiennes... Et l'on s'étonne de compter tant de suicides que personne n'avait vu venir, de découvrir des cadavres dans des maisons désertes, bien des jours après un crime, d'entendre des gens se plaindre de solitude… Le service public est un lien social dont la rentabilité ne se mesure jamais à court terme, mais cela est une autre histoire…

Un planton nous reçut derrière son comptoir et nous conduisit très vite vers le bureau de l'adjudant-chef Jocelyn Rivoal, un athlétique quadragénaire d'apparence sympathique, dont le sourire jovial me rassura quelque peu. Nous n'avions pas besoin de faire les présentations, il savait qui nous étions.

— Capitaine Paul Capitaine et lieutenant Sarah Nowak ! déclara-t-il, en se levant, un sourire sans doute un peu forcé aux lèvres. Votre visite m'a été doublement annoncée ; d'abord par mes collègues de Quimper qui m'ont esquissé un portrait plutôt positif de vous deux. Vous avez déjà eu l'occasion de collaborer, je crois… Il est vrai que les opportunités sont plus nombreuses, depuis le rapprochement de nos services, d'échanger nos savoirs…

— Je pressens même que, dans peu de temps, nous deviendrons les membres d'une même famille recomposée ! appuyai-je, au fait des volontés gouvernementales.

— Nous verrons bien comment tout cela évolue… Ensuite, j'ai reçu un appel du substitut Vasseur qui semblait craindre ma réaction à l'annonce de votre venue et m'a demandé le service de vous épauler dans votre enquête. Un scrupule inutile de sa part, je ne suis pas homme à polémiquer pour de telles histoires ; si mes cinq hommes et moi-même pouvons vous aider dans votre travail et vous faire pénétrer dans un microcosme assez hermétique, n'hésitez pas à nous solliciter. En cette saison, les activités sont moins importantes qu'en été, naturellement... Tout le paradoxe d'une petite cité de 800 âmes qui reçoit près de 4000 visiteurs chaque année...

— Merci pour votre accueil qui nous va droit au cœur ! répondis-je en poursuivant l'échange de civilités. Nous sommes un peu gênés, nous aussi, de nous imposer sur votre territoire, seulement le substitut du procureur a insisté pour que je prenne l'affaire en main. Anne était une amie d'enfance et avait fait appel à moi, la veille de sa mort, se sentant menacée... Vous la connaissiez, Adjudant-chef ?

— Appelez-moi, Jocelyn, par pitié... J'avais eu l'occasion de la croiser à quelques reprises, alors que ses parents étaient encore en vie. Elle m'avait également fait part des appels anonymes qu'elle recevait, sans que nous puissions en identifier l'auteur qui changeait systématiquement de cabine pour la terroriser ; nous nous trouvons dans un secteur rural où elles sont encore nombreuses et en état de fonctionnement, ce qui ne facilite pas les remontées d'appel... Par contre, elle n'est pas venue me parler de la lettre et du corbeau mort ; j'ai appris ces nouvelles menaces à son encontre par mes collègues de Quimper. Anne recelait une part de mystère qui désarçonnait son interlocuteur autant qu'elle le fascinait, mais aussi une fêlure invisible et cependant évidente, qui la rendait attachante.

— Elle n'avait pas connu un parcours facile…

— Elle semblait en conflit contre le monde entier et plus particulièrement en proie aux rancœurs vivaces des habitants de la commune. Je n'ai jamais pu percer son secret et je me demande si elle n'a pas vécu durant 49 ans avec un énorme point d'interrogation dans le crâne : pourquoi ces gens m'en veulent tant ? J'ai tenté d'en savoir un peu plus, mine de rien, sans succès…

— Ses enfants n'ont pas pu nous en apprendre davantage et comme les gens d'ici semblent du genre taiseux, la partie s'avère d'emblée bien complexe… Nous sommes devant un crime et nous ne disposons d'aucun élément tangible pour débuter l'enquête…

— J'espère qu'à présent, les langues se délieront ! soupira le gendarme, dans un haussement d'épaules. Cependant, je commence à connaître les habitants de ce bourg, depuis cinq ans que je suis attaché à la brigade de Locronan. Je doute réellement de leur collaboration à notre travail. La population d'ici est organisée selon des codes dictés par des croyances ancestrales, mélanges de religion, de druidisme, de tradition locale et de légendes qui ont la peau dure.

— Bigre, vous nous faites peur dès l'entame de l'enquête ! répliquai-je en me tournant vers Sarah. Il va pourtant bien falloir découvrir la main mystérieuse qui a posé ce corbeau au domicile d'Anne Collinot, la personne anonyme qui s'est amusée à la terroriser, depuis son retour au pays, celle qui a trafiqué les freins de sa voiture et causé sa mort...

— Selon vous, à qui profite le crime ? intervint Sarah.

— Déjà, pour le problème de la lettre anonyme, je possède ici quelques échantillons d'écritures de suspects potentiels. Essentiellement des lettres de délation d'habitants mécontents de leur voisinage ; certaines sont anonymes, d'autres signées, beaucoup se recoupent... Je suis assez conservateur de ce genre d'indices, surtout lorsque je suis en poste en zone rurale. Les corbeaux, dans les deux sens du terme, y sont plus nombreux qu'en ville. Pour les suspects, la liste est assez longue, hélas ; sa sœur Marie en premier lieu, qui semble l'avoir toujours détestée ; elle possédait un double de la clé de la boutique familiale, suffisamment de rancœur dans le ventre et de moelle dans les os pour clouer un corbeau à une porte !

— Il s'agit effectivement de la première piste à laquelle on pense, car la mort d'Anne va lui profiter directement ! appuyai-je en opinant de la tête. Même si les enfants doivent se trouver placés en tête de liste pour l'héritage des biens de leur mère, il ne fait aucun doute qu'ils vont se dessaisir rapidement de ce lieu si funeste à leurs yeux... Marie va pouvoir à présent vendre la maison familiale et récupérer sa part de la somme glanée ; je ne vois pas Lucas et Anaïs lui poser de problèmes, rien ne les lie à cette commune, hormis de mauvais souvenirs…

— Autre possibilité, Marie-Pierre Macé, amie d'enfance d'Anne, dont je vous conseille de vous méfier, Paul ! Ne pas avoir fini dans son lit représente presque un exploit sur Locronan, pour un homme en pleine possession de sa virilité ; elle tient la crêperie de la place et aurait, selon certains ragots de comptoir, toujours cultivé un complexe d'infériorité envers Anne. De là à parler de jalousie, il existe un pas à franchir qui réclame des preuves… L'une avait su se libérer des contraintes des coutumes locales pour mener une vie à sa convenance, pas l'autre, rivée au granit de Locronan malgré ses rêves d'ailleurs… Ce qui ne fait pas d'elle une criminelle, je vous l'accorde, tout au plus une suspecte.

— De toute manière, elle doit en savoir long sur l'enfance d'Anne, peut-être connaît-elle les causes exactes de l'anathème qui semblait frapper sa meilleure amie, quasiment depuis sa naissance ! Dès que nous aurons percé ce mystère lointain, nous aurons bigrement avancé dans notre quête des raisons profondes de sa mort et peut-être même dans notre recherche de l'identité de son assassin…

— Pour conclure la première liste, je pourrais ajouter le couple Jansen ; lui est Belge, elle est native de la région, issue d'une famille de notables. Des antiquaires qui ont fait de multiples propositions d'achat de la boutique au couple Larvor, sans jamais obtenir la réponse positive escomptée. Ils ont ensuite conclu un accord avec Marie Le Men et pensaient l'affaire dans la poche, avant que sa sœur Anne ne refuse d'apposer sa signature obligatoire sur le document de vente. Les parents décédés, la fille récalcitrante disparue à son tour, ils ont désormais la voie libre pour réaliser le projet qui semble leur tenir tant à cœur ! Je sais, tous les commerçants qui convoitent un emplacement idéal pour augmenter leur chiffre d'affaires ne tuent pas forcément les propriétaires en titre pour permettre à leur rêve de se réaliser… Cependant, les Jansen sont ambitieux et l'épouse possède une volonté taillée dans le granit, une suffisance qui se lit sur son visage et suinte de sa personne. Posséder une boutique sur la place de Locronan semble représenter chez elle l'objectif absolu, le signe extérieur de réussite sociale indispensable pour asseoir son ambition…

— Voilà un excellent mobile de meurtre et le portrait au vitriol d'une maîtresse femme dans ses traits les plus aiguisés ! Il est bon de démarrer une enquête avec une liste de suspects, surtout dans un village aussi fermé…

— Attention, si l'ambition est un mobile possible de meurtre, cela ne signifie pas pour autant que je privilégie la piste de Vinciane Jansen ! Pour terminer, à la réflexion, j'ajouterai un nom ; dans le genre empêcheuse de dormir en paix, il convient aussi de mentionner Françoise Garry, une septuagénaire, la veuve de l'ancien notaire de la commune. Une langue de vipère qui colporte à souhait les brûlots calomnieux tirés des archives de feu son époux, mais aussi de son imagination débordante. Elle est au courant de toutes les intrigues locales et se plaît à verser de l'huile sur des bûchers… De plus, elle est la mère de Vinciane Jansen, ce qui pourrait nous orienter vers une collusion d'intérêts…

— À un tel âge, je ne la vois pas s'allonger sous une voiture pour trafiquer les freins ! réfutai-je, sourcils froncés, esquisse de sourire au coin des lèvres.

— Françoise Garry possède une influence énorme sur sa fille qui, elle-même, mène son époux par le bout du nez. Pourquoi ne pas envisager une action criminelle élaborée par un groupe de personnes ? Ce n'est qu'une hypothèse de plus… Cependant, à mon sens, le coupable se trouve sur cette liste ; néanmoins, celle-ci peut hélas s'élargir à d'autres individus, puisque la victime semblait n'avoir quasiment que des ennemis dans la place…

— Merci pour votre aide ! concédai-je devant le tableau précis proposé par le gendarme. Je crois que nous aurons encore besoin de vos services, à l'avenir… Bon, nous allons déjeuner au Puits d'Amour, puis nous allons entamer nos visites pour prendre le pouls de la commune…

— Nous sommes deux OPJ (officiers de police judiciaire, même dans la gendarmerie) sur Locronan, précisa le chef. L'adjudant Stéphane Fleury est absent aujourd'hui. Il est nouveau venu dans notre brigade, mais c'est un fin limier malgré son jeune âge… Là, Lieutenant, ce sera à vous de ne pas vous laisser séduire, c'est un fieffé charmeur…

Tout en nous dirigeant d'un bon pas vers le restaurant, je dialoguai à bâtons rompus avec Sarah. Elle pensait l'enquête bien partie, ils la boucleraient rapidement. Ce qui n'était pas pour lui déplaire, elle avait horreur de la vie de village, des gens qui reluquaient à travers les rideaux bonne femme de leurs petites fenêtres, des cancans dévastateurs, des journées de pluie incessante, des cris stridents des corbeaux et des hôtels d'une autre époque avec WC sur le palier ! Sur ce dernier point, je lui demandai de ne pas trop se plaindre, elle n'allait pas devoir sortir de l'établissement pour aller jusqu'à la cabane au fond du jardin. À quelques années près… Ma remarque ne la fit même pas sourire, elle avait les neurones trop humides ou les mâchoires trop crispées par la pluie glaciale !

Philippe Gerbaud nous avait réservé une table discrète, après nous avoir expliqué qu'en cette période de l'année, il accueillait uniquement des ouvriers des chantiers voisins, à commencer par ceux qui réhabilitaient ses plus belles chambres. Bien sûr, pour ces menus à tarif minimum, pas question de spécialités gastronomiques, juste de plats roboratifs pour caler des estomacs de travailleurs manuels. Il nous annonça cependant dans le creux de l'oreille, ravi de nous réserver ce plaisir, qu'il nous avait concocté des joues de lotte à l'armoricaine, l'une de ses spécialités.

Il nous proposa un petit sauvignon de Loire pour accompagner le plat, je n'y vis aucun inconvénient, au contraire.

Tout en mangeant, Sarah orienta la conversation sur les enfants d'Anne et plus particulièrement sur Lucas :

— Il est courageux, à vingt-cinq ans, ce garçon ! Et méritant… Imagine que, pour ne pas laisser tomber sa mère, il a quitté Wall Street pour Paris, puis la capitale pour Quimper ! Si ce n'est pas de l'amour filial, cela…

— Il est évident que tu n'en ferais jamais autant pour moi, voilà longtemps que je ne me fais plus d'illusions…

— Tu sais qu'en fait, son métier, c'est trader ? Ces gens qui bossent sur la Bourse, anticipent les variations du marché et gagnent des sommes faramineuses… Il faut une intelligence supérieure pour boucler des études supérieures avec deux années d'avance, s'imposer à New York à un si jeune âge…

— Ces gens spéculent avec l'argent des autres, ils gagnent, ils récoltent une commission, ils se plantent, ils ont rarement de comptes à rendre à leurs clients, il n'est pas nécessaire d'être instruit pour se lancer dans une telle aventure, il suffit de ne pas posséder trop d'états d'âme… Nous ne serions pas dans une situation économique mondiale aussi catastrophique sans ces funambules de la haute finance que la première leçon cuisante ne semble pas avoir assagis… D'ailleurs, ils ont déjà recommencé leurs spéculations honteuses…

— Il ne doit pas être marié, il ne porte pas d'alliance… poursuivit Sarah, à fond dans son trip. Note bien, avec l'amour qu'il vouait à sa mère, sans parler de la charge de sa petite sœur, il n'avait pas beaucoup de temps, jusqu'à ce jour, pour penser un peu à lui, à son bonheur personnel… J'aime bien ce genre de garçon sérieux, la tête sur les épaules, fidèle dans son éthique, pas carriériste pour deux sous, qui sait faire passer les sentiments essentiels avant les valeurs matérielles… car un parcours New York-Paris-Quimper, ce n'est pas un plan de carrière dicté par l'ambition professionnelle… Non, c'est vraiment un garçon très bien qui mérite le plus grand respect !

— Je ne connais pas de traders ou de brokers qui ne soient pas carriéristes ! Ils n'exercent pas ce métier par autre idéal que de ramasser un maximum de fric, de sentir l'adrénaline augmenter leur pression sanguine à chaque ouverture de marché et leur créer des décharges électriques intenses dans le corps à chaque prise de décision ! Je te concède que le niveau doit monter moins haut à Quimper qu'à Wall Street, cependant…

— Et puis, il est plutôt beau gosse, tu ne trouves pas ? Pas le style surfeur à la chevelure peroxydée et au torse glabre, non le mec pas sophistiqué, bien dans sa tête et dans ses pompes, qui ne se la pète pas en roulant les mécaniques, qui ne veut pas en mettre plein la vue pour attirer à lui les regards des nanas, en se mettant en valeur… Je le trouve même plutôt discret, vu ce qu'il doit gagner après un tel cursus ! Tu en penses quoi ?

— Tu veux mon avis sincère ?

— Oui, bien sûr !

— Je suis convaincu que ce n'est pas lui qui a tué sa mère, abandonne tout de suite cette piste, ma grande ! Il n'a pas les tripes pour clouer un corbeau à une porte et ne doit rien y connaître en mécanique ; la crasse de moteur, cela salit les chemises blanches… Un vrai délice, ce plat de joues de lottes ! Tu ne finis pas ton assiette ? Bon, on ne va pas laisser de ce délicieux sauvignon au fond de la carafe, je me sers, il t'en reste dans ton verre. Alors, comme ça, pour toi, Lucas Collinot aurait tué sa mère ?

— Tu te fiches de ma figure, c'est cela ? De toute manière, quand je parle de sentiments, tu tournes toujours tout en dérision ! Tu galèjes sur mon absence de relations sérieuses et tu étouffes mes espérances dans leur œuf ! Je me demande comment Dominique peut te supporter…

— Tu vois, quand elle veut respirer un peu, elle prend le prétexte d'un stage professionnel et elle va passer une semaine à Paris… De plus, au vu du niveau insignifiant de notre vie intime, nous ne sommes pas encore collés l'un à l'autre, et c'est un euphémisme…

Le repas avalé, nous prîmes le temps de poser nos bagages, de nous installer dans nos chambres et de nous reposer quelques minutes, histoire de tester les matelas. Sarah voulait quitter le costume sombre qu'elle avait enfilé pour la cérémonie et adopter une tenue plus chaude et plus confortable, davantage adaptée au temps pourri que nous allions devoir affronter, tout comme elle avait décidé de troquer ses bottines en cuir pour des brodequins capables de supporter toutes les conditions météorologiques. Quand elle revint vers moi, emmitouflée dans un gros pull de laine, je lui proposai de débuter notre après-midi par une visite à la mairie, histoire de prendre une nouvelle fois la température de la bourgade. Pas celle de l'air, elle était toujours glaciale, plutôt le pouls de la population. Et comme le premier magistrat était aussi le médecin du patelin…

Ensuite, nous irions à la rencontre de Marie Le Men, la sœur rancunière, inscrite en bonne place sur la liste de nos suspects, dans l'espoir de lui tirer quelques vers du nez. Ce n'était pas partie gagnée d'avance, seulement qui ne tentait rien ne risquait pas de glaner la moindre info… Enfin, je proposai à ma fille d'inviter Anaïs et Lucas à dîner, le soir, au Puits d'Amour ; je me doutais que la suggestion allait obtenir l'adhésion de Sarah, je ne m'étais pas trompé. Elle eut beaucoup de mal à cacher son enthousiasme et sortit aussitôt de sa valise une robe plus habillée qu'elle avait prise dans ses affaires, au cas où. Elle la pendit avec précaution à un cintre pour qu'elle se défroisse du court voyage…

La mairie de Locronan se trouvait au centre du bourg, non loin de l'église, et arborait sur les pierres de sa façade, en plus de l'inscription française, sa version bretonne : Ti-ker. Alors que nous approchions de notre but en admirant les maisons alentour, une jeune femme arrivait justement pour ouvrir, en discutant avec un garçon d'une petite trentaine d'années qui ne cessait de contempler Sarah, tout en concédant une oreille distraite à son interlocutrice. C'est lui qui s'adressa à nous : il se nommait Erwan Uguen et il était secrétaire de mairie. Il s'agissait d'un beau gars au visage basané par des heures de sports nautiques, à la coiffure brune volontairement en bataille et aux billes foncées en mouvement perpétuel. Quand il apprit que nous étions les policiers chargés de l'enquête sur le meurtre d'Anne Collinot, il nous pria d'entrer, il allait nous recevoir. Étonnant garçon, en vérité, qui agissait comme s'il était le maître des lieux. Je me permis de lui expliquer que nous désirions dialoguer avec le maire, Roland Guiffant, en personne.

— C'est mon grand-père, argua le garçon, tout en s'asseyant dans un confortable fauteuil, comme si ce lien généalogique était censé répondre à mon interrogation. Il est absent car il doit visiter ses patients. Dans ce village, il se trouve sans cesse au four et au moulin, on compte sur lui pour tout… Pour un presque septuagénaire, il est encore fringant, ne trouvez-vous pas ? Cependant, je tente de l'aider au mieux, de le soulager de certaines tâches administratives, de questions annexes, de rendez-vous impromptus. De plus, j'ai été nommé pour représenter la commune au sein du conseil de Quimper Communauté, le regroupement d'agglomérations auquel notre village vient d'accéder. Rassurez-vous, je lui fais part de tout, le soir venu, à la maison, avant le dîner ! Nous logeons tous dans la même propriété, cela facilite les dialogues, la communication. Alors, que désirez-vous savoir ?

— Nous venions voir le maire à propos de…

— Vous prendrez peut-être un café ? coupa le jeune malotru en se levant d'un bond. Maeva, je t'en prie, peux-tu nous préparer trois cafés ? Tu es un ange ! Ainsi vous êtes lieutenant de police, Sarah ? Je peux me permettre de vous appeler Sarah ? Cela me bluffe, vous êtes si jeune, une telle charge sur vos épaules, autant de responsabilités ! Profond respect de ma part devant un engagement aussi courageux, exceptionnel pour une jeune femme si charmante et gracile ; il faudra que vous me racontiez vos faits d'armes en aparté, je suis totalement fasciné…

— Avez-vous des connaissances en mécanique ? coupa sèchement ma fille, agacée par le comportement détestable de notre interlocuteur indélicat, qui la draguait sans vergogne et sans la moindre finesse.

— Oui, un peu, comme tout homme en milieu rural ! répliqua Erwan Uguen, décontenancé, ne sachant où son interlocutrice souhaitait en venir. Pourquoi, vous avez un problème avec votre voiture ? Je peux regarder cela, pour vous être agréable…

— Non, vous n'y êtes pas du tout ! ricana Sarah en se trémoussant sur sa chaise. Nous recherchons le coupable du sabotage qui a causé l'accident d'Anne Collinot. J'aurais aimé vous écarter de la liste des suspects, cela n'est hélas pas possible, au vu et au su de vos compétences manuelles. On vous demandera donc de ne pas quitter la commune et de rester à la disposition de la police durant toute la durée de l'enquête. Capitaine, vous avez des questions à poser à ce jeune homme ? De mon côté, je n'en vois pas l'utilité ; ce garçon n'aurait pas la moelle pour envisager un tel crime… Jouer les seconds couteaux à la rigueur…

En l'espace d'une trentaine de secondes, je vis le visage de notre interlocuteur se métamorphoser, au point de laisser quelques perles de sueur dégouliner de son front, qu'il effaça discrètement d'un passage de mouchoir. Au même moment, la secrétaire arriva avec le plateau et les trois tasses qu'elle posa sur le bureau, avant de s'en retourner en foudroyant Sarah du regard. Soit en raison de ses soupçons envers le petit-fils du maire, intouchable à ses yeux, soit pour l'effet que sa prestance de lieutenant de police exerçait sur un garçon dont la modeste secrétaire était secrètement amoureuse… En plus, elle claqua la porte derrière elle, ce qui extirpa une moue de dépit des traits jusque-là très lisses du maire en devenir. Il saisit un sucre qu'il laissa distraitement tomber dans son café, avant d'y tourner la cuiller. J'en profitai pour me lancer :

— Selon vous qui êtes originaire de Locronan, lequel, parmi vos concitoyens, aurait eu intérêt à voir Anne Collinot disparaître ? Je suis certain que, le soir venu, dans la maison familiale, auprès de la cheminée, avant ou après le dîner, vous en avez discuté tous ensemble. On doit émettre des hypothèses, dans la plus proche sphère de Monsieur le maire, non ?

— Même si Anne était une fille de Locronan, elle avait quitté le village depuis de nombreuses années, précisa Erwan Uguen, bien embarrassé, les doigts croisés devant sa bouche. Comment pourrais-je répondre à votre question ? Il est certain que la décision d'Anne Collinot de reprendre le commerce familial a surpris, car sa sœur Marie désirait vendre, ce qui semblait la solution la plus logique et raisonnable, au vu de l'activité saisonnière des commerces artisanaux de la commune. Seulement, on ne tue pas une femme pour cela ; du moins, je n'ose le penser, surtout à Locronan ! Pour moi, elle avait des ardoises à Paris, après la mort de son mari, et son passé l'a rattrapée. On ne quitte pas la capitale du jour au lendemain, si l'on n'a rien à se reprocher… De plus, je ne vois pas un habitant de la commune capable d'un tel geste.

— Et que lui reprochait-on au juste, quand elle a dû quitter Locronan, voilà trente ans ? Quel crime avait-elle commis pour subir l'anathème d'un village entier ?

— Cela, je l'ignore, je suis désolé, je suis beaucoup trop jeune pour en posséder la moindre idée ! Vous savez, dans des bourgades comme la nôtre, il existe des contentieux tellement anciens que personne ne se souvient de la raison initiale de la brouille ! Je ne pense pas que ce soit la bonne piste à suivre pour vous ; à votre place, permettez-moi d'insister, je chercherais davantage dans le passé parisien de la victime... À ce que je sais, son époux était kiné ; avez-vous eu vent de ce trafic de faux médicaments, voilà quelques années, dans son milieu professionnel ? Beaucoup de ses collègues y étaient mouillés, ce pourrait être une piste sérieuse, non ? La vengeance d'une victime, puisqu'Anne travaillait avec son mari qui est mort, lui aussi dans des circonstances mal expliquées ; une maladie foudroyante, à ce que j'en sais... Maintenant, je suis désolé, j'ai du travail, je vous prie de m'excuser ! Cependant, la porte de mon bureau vous est toujours ouverte...

— À quel moment pouvons-nous frapper à la porte de ce bureau et être certains de rencontrer votre grand-père ? questionnai-je en me levant de mon siège pour m'avancer vers la porte. Nous devons absolument nous entretenir avec lui ; comme vous le dites, vous êtes trop jeune pour connaître certaines histoires anciennes du village ; nous ne devons écarter aucune piste, dans cette enquête relativement complexe, aussi comptons-nous sur l'aide du docteur Guiffant pour éclairer notre lanterne, à propos de certains faits qui sont parvenus jusqu'à notre oreille...

— Je pense que demain matin, il devrait se trouver à son bureau pour signer le courrier. Seulement, il ne vous en apprendra pas beaucoup plus, car cette affaire ne concerne certainement pas les habitants de la bourgade. Maintenant, si vous avez du temps à perdre… Ce fut un plaisir de vous rencontrer… Agréable journée !

II

En quittant la mairie, Sarah ne décolérait pas devant le culot de cet agaçant freluquet. Lui faire du gringue d'une façon aussi éhontée, cela dénotait une suffisance sans bornes et un sang-froid suspect. Pour ma part, je sentais poindre la fastidieuse semaine en immersion dans un bocal d'eau trouble, à nager au milieu des carpes, et cela me crispait par avance. Une fois de plus, nous allions devoir nous débrouiller par nous-mêmes, affronter la méfiance de la population, ses préjugés envers la police, forcer des portes pour une pitance de misère. Il nous faudrait compter sur notre flair et la chance de trouver, parmi les échantillons d'écritures de Jocelyn Rivoal, celui qui correspondrait à l'auteur du papier griffonné qui accompagnait le corbeau. Avec la possibilité significative que l'auteur de ce mauvais canular ne soit pas le coupable de l'acte criminel et alors, retour à la case départ…

Dans ce cas très pessimiste, il nous faudrait tout reprendre de zéro, notamment le parcours d'Anne depuis son départ de Bretagne, chaque étape de sa vie, les relations du couple à Paris, la possible implication de son mari dans le scandale des produits illicites qui circulaient dans les salles de musculation de la région parisienne, grâce à la mansuétude coupable de quelques masseurs et kinés. J'avais effectivement entendu parler de cette affaire qui avait fait couler beaucoup d'encre. J'ignorais si Erwan Uguen en savait plus qu'il avait voulu nous en dire sur ces trafics et l'implication du mari d'Anne, ou s'il nous avait menés en bateau. Cela méritait cependant qu'on se penche sur l'hypothèse. Je demandai à Sarah de repérer, sur le plan de la ville dont elle avait pris soin de se munir, la direction de la rue des Charrettes où résidait la famille Le Men. Seulement, sous cette pluie et avec ce vent de face, pas facile d'ouvrir un dépliant… Elle y parvint pourtant, en pestant à nouveau contre ce temps de chien. Par chance, notre prochaine visite se situait dans le quartier, en contrebas, car sous les grosses ondées qui tombaient du ciel, nos imperméables semblaient ne plus l'être totalement. De toute manière, dans le bourg de Locronan, aucune rue n'était réellement loin d'une autre…

Moins de deux minutes plus tard, je frappai à la porte d'une maison plus humble que les autres, sur la boîte à lettres de laquelle était mentionné le nom de Joseph Le Men. Une femme vint m'ouvrir, elle ressemblait peu à Anne, malgré la chevelure blonde ; visage hautain de fausse bourgeoise, elle était vêtue comme si elle allait à l'église, ce qui me laissa penser que nous étions attendus. Il ne me fut pas nécessaire de me présenter, elle le fit pour moi, avec à la bouche un rictus ironique dont je ne perçus pas exactement le sens. Elle nous fit entrer dans un intérieur plus cossu que ne le laissait entrevoir l'aspect premier de la demeure, nous proposa un café que nous acceptâmes, pour ne pas freiner les élans. Elle ôta le pot de fleurs et le napperon brodé de la table en hêtre massif de la salle à manger et nous installa sur des chaises paillées, solides et rustiques. Marie Le Men jouait à la grande dame ; elle n'en possédait, ni les manières, ni la classe, ni les moyens financiers, cependant elle évoluait comme elle avait dû le voir en côtoyant quelque épouse de notable du pays, avec ce cérémonial apprêté dans les gestes les plus simples, comportement anachronique qui frisait le ridicule. Elle nous apporta deux mazagrans fumants et une assiette de galettes bretonnes, puis elle s'installa face à nous.

— Je suppose que vous souhaitez m'interroger à propos de mon absence au cimetière ? Comment une sœur peut-elle adopter une attitude aussi indigne, en un moment tellement dramatique, c'est ce que vous pensez de moi, n'est-ce pas ? Seulement, je vous le dis tout de go, j'ai mes raisons d'agir ainsi !

— Et quelles sont ces raisons ? interrogeai-je, avant de tremper mes lèvres dans le café bouillant.

— Ah, ça ! D'abord, Keben n'était pas ma sœur ! D'ailleurs, le curé lui a refusé la cérémonie religieuse pour l'enterrement, ce n'est pas pour rien... C'était une bâtarde, une enfant du diable ! Elle n'aurait jamais dû revenir au pays, elle le savait pourtant bien. C'était une nouvelle provocation de sa part, elle n'a jamais su faire que ça, elle avait le mal dans la peau ! Puisqu'elle était si bien à Paris, elle pouvait bien y rester, elle ne manquait à personne, par ici…

— J'ignorais qu'elle n'était pas votre sœur ! bredouillai-je, interloqué.

— Vous ne comprenez décidément rien à rien, vous ! s'emporta notre interlocutrice. Bien sûr qu'elle est la fille de mes parents, officiellement, seulement elle avait le diable en elle ! Déjà, toute petite, elle agaçait ses instituteurs avec ses questions… Une perverse, voilà ce qu'elle était… Je n'ai jamais pu m'entendre avec Keben et, dès qu'elle est partie à Quimper…

— Pourquoi l'appelez-vous Keben ?

— Ah, ça ! Il faut être d'ici pour le comprendre. Les étrangers n'ont rien à y entendre ! Ce sont nos affaires, nos secrets, cela ne peut pas sortir du village. Keben était une sorcière qui s'est toujours placée sur le chemin de saint Ronan. Il reste une croix, à l'endroit où elle est morte ; personne ne se décoiffe en passant devant ; on ne salue pas le diable ou l'une de ses filles, ce serait indécent, ce serait pactiser avec le Malin ! Pas une seule personne du village n'est allée se recueillir devant le cercueil d'Anne, non plus, au cimetière, à ce que je sais… Enfin, le maire car il était obligé et Gerbaud car il a toujours eu le béguin pour elle, cet imbécile… À part eux deux, personne d'autre… C'est bien un signe qu'elle n'était pas la bienvenue ! Même arrogance, même destin funeste que Keben… Cette vipère dans les veines de laquelle coulait une partie de mon sang ne méritait pas de vivre ! Pour moi, c'est le bon Dieu qui l'a punie…

— J'ignorais qu'en plus de ses multiples dons, le Tout-Puissant s'y connaissait en mécanique ! ricanai-je, un brin sarcastique. Car pour détériorer le système de freins d'une voiture, il doit avoir le bras long, de là-haut !

— Ne blasphémez pas, Capitaine, cela vous portera malheur ! cria la bigote en levant les bras au ciel. Je sais que vous connaissiez bien Keben, cela ne me surprend pas, vous me semblez aussi mécréant qu'elle ! Elle avait le mal en elle, vous ne pouvez pas comprendre…

— Vous êtes mariée et vous n'avez pas d'enfant, Marie, c'est étonnant… coupa Sarah que je sentais gigoter sur sa chaise. Vous ne pouvez pas ou vous ne voulez pas…

— Cela, c'est ma vie privée et ne vous regarde en rien, fillette ! s'offusqua la maîtresse les lieux en se levant d'un geste. Vous voulez une autre goutte de café ? Servez-vous en biscuits, ils sont d'ici, vous ne serez pas malades avec.

Sans même attendre notre réponse, Marie Le Men avait gagné la cuisine pour faire chauffer de l'eau, nous laissant seuls avec nos interrogations en suspens, dans un climat mystérieusement pesant. Je remarquai les superbes sculptures qui ornaient les meubles, œuvres pieuses ou portraits familiaux. De loin, je demandai à la maîtresse de maison s'il s'agissait de pièces issues des mains de Job, un fameux sculpteur qui fascina mon enfance alors que nous allions en famille passer la journée de dimanche à Locronan.

Il œuvrait à même la Grande Place, avec une dextérité aussi ébouriffante que sa tête hirsute de vieux druide à la barbe fleurie. Ses prunelles aiguisées semblaient regarder tellement plus loin que les apparences, et souvent plus haut que les lunettes qu'il devait chausser en fin de carrière.

Marie Le Men revint avec la cafetière pleine en éclatant de rire.

— Job nous a quittés depuis longtemps ! Maintenant, c'est Jos, artiste imagier-sculpteur, son meilleur élève, qui a pris la relève ! Jos est aussi mon mari ; Joseph Le Men pour l'état civil. Il est bourré de talent… et de principes… comme le fait que, dans cette société décadente à l'avenir si aléatoire, le meilleur service à rendre à des enfants, c'est de ne pas les mettre au monde ! Voilà pourquoi nous n'avons pas de descendants, Mademoiselle…

— Puisque vous semblez cultiver autant d'amertume, insista Sarah, pourquoi ne pas quitter votre mari et trouver un époux plus conciliant ?

— Ce n'est pas au motif que j'exprime un regret que je suis malheureuse avec lui ! Jos a ses idées, sa vie, mais il m'apprécie et il me laisse libre de vaquer à mes occupations quotidiennes sans me réclamer de comptes… Ainsi je m'occupe de l'entretien de l'église, du presbytère et du linge de

Monsieur le recteur. J'anime aussi la chorale paroissiale et les cours de catéchisme… Enfin, je fais partie de l'équipe de bénévoles du Secours Catholique sur le canton, dans laquelle je suis responsable du vestiaire. Vous le voyez, mes journées sont bien remplies, où trouverais-je le temps de trafiquer une voiture…

— Vous auriez pu aussi bien reprendre la boutique de la place, argua l'opiniâtre Sarah, tenir un commerce ne semble pas dépasser vos capacités… Anne avait à cœur de perpétuer la tradition, même si ce n'était pas forcément sa tasse de thé, il s'agissait à n'en pas douter d'une forme de respect familial de sa part. En voulez-vous également à vos parents ?

— Qu'insinuez-vous avec vos sous-entendus, Mademoiselle ? s'égosilla Marie Le Men, rouge de colère, prête à se dresser à nouveau sur ses avant-bras. Que j'aurais tué mes parents, puis ma sœur, pour hériter d'eux plus rapidement ? Oui, j'avais besoin de l'argent de la vente de la maison pour envisager des travaux dans ma demeure et Anne a fait exprès de venir s'installer à Locronan pour me pourrir la vie, une fois de plus… Elle n'était bonne qu'à ça, Keben, pourrir la vie des autres…

— Bien, nous n'allons pas vous déranger plus longtemps ! coupai-je, avant que la conversation ne s'envenime. Merci pour le café et les galettes bretonnes ! Nous serons certainement appelés à nous revoir dans le courant de la semaine… Votre mari travaille sur la place, là où œuvrait Job ?

— Non, il a son atelier au début de la rue Lann. Vous ne pouvez pas le rater, il a son nom inscrit en gros au-dessus de l'échoppe. Cela attire les touristes et même les gens du pays, le dimanche. Et s'il n'est pas devant son établi, une gouge ou un burin à la main, vous le trouverez forcément devant le comptoir du bistrot en face, c'est sa succursale...

Pas plus avancés après cette visite sur le fil du rasoir, nous remontâmes la rue pour revenir sur la Grande Place, laissant derrière nous la boutique de brocante de la famille Larvor, ainsi que tous les autres commerces qui entouraient le puits, comme, par exemple, la crêperie de Marie-Pierre Macé, la croqueuse d'hommes, à qui je me promettais d'aller rendre visite, hors la présence de ma fille. Non que je veuille replonger dans mes vieux travers, davantage pour laisser l'opportunité à la meilleure amie d'Anne de se sentir en confiance et de se confier de façon plus volubile. L'échoppe de Jos était fermée à clé, le café, pour sa part, était ouvert. Sarah me laissa pénétrer dans ce repaire de mecs pour aller visiter la boutique de vêtements bretons, située en face de la demeure de Marie Le Men ; elle y trouverait à coup sûr un bonnet de laine, une bonne écharpe, un autre pull chaud, une solide paire de chaussettes et peut-être même un kabig... Avec un peu de chance, il resterait des fins de soldes... Non seulement ce crachin breton lui glaçait le sang, mais en plus les éclaboussures des flaques comme les chutes d'eau de vieilles gouttières lui trempaient les habits en quelques heures. Et puis les bistrots bruyants des bourgs de la région n'avaient jamais fait partie de ses lieux de détente privilégiés…

Celui-ci ne se signalait pas par l'originalité de sa faune. Pas une femme, juste les habitués, retraités tapant le carton et artisans du coin meublant un moment de creux dans leur planning. Sans doute pensaient-ils que RTT signifiait Rassemblement Tous au Troquet… Ici, pas de stress, pas d'horloge, les clients avaient plus à redouter une cirrhose du foie qu'une rupture d'anévrisme ! Tous les regards se tournèrent vers cet étranger qui ne leur était pas totalement inconnu. Cela ne m'avait jamais impressionné, surtout en Bretagne.

— Ne vous dérangez pas pour moi, ne ratez pas un pli en vous retournant, ne gâchez pas une goutte de *gwin ruz* par ma faute, poursuivez votre conversation comme si je n'étais pas là ! lançai-je à la cantonade. Patron, un whisky, s'il vous plaît ! Eh oui, je suis un citadin, on ne se refait pas… Par contre, je vois une bouteille d'Eddu sur vos étagères, j'aime boire local…

Mon intervention détendue avait eu l'heur de susciter quelques sourires amusés et de relancer les conversations dans un breton que je ne parvenais pas à comprendre, pratiquant trop peu pour espérer suivre un dialogue. Ma mère le parlait à l'époque, avec quelques relations bigoudènes, j'avais retenu quelques mots ou expressions, cependant il s'agissait d'une période où l'opportunité n'était pas offerte aux enfants de l'apprendre à l'école. Le tenancier posa devant moi un verre de whisky avec un gros glaçon, puis une soucoupe avec le ticket de caisse ; il me demanda si mon enquête avançait.

— Non, elle est plantée sur la place, comme l'Arbre de mai, à l'arrivée des beaux jours, répliquai-je en levant mon godet, c'est pour cela que j'ai le temps de me rincer la dalle ! Dès qu'elle redémarre, je me lève et je la suis ; rassurez-vous, j'ai toujours un œil sur elle… Allez, *Yec'hed mad* !

Cette fois, j'avais extirpé quelques rires aux clients de la taverne, un capital sympathie que je me décidai à utiliser comme une planche pour surfer sur la vague de confiance établie. Je reluquai du coin de l'œil Jos Le Men, solide gaillard à la barbe aussi foisonnante que celle de Job, mais oscillant encore entre le blond et le châtain.

Je le soupçonnais même d'avoir composé un personnage proche de celui de son devancier pour embrouiller un peu mieux, à l'entame de la carrière, les estivants arrivés avec le vague souvenir de la figure locale, lors d'une ancienne visite.

— Mon intuition me dit qu'Anne Collinot n'était pas la bienvenue à Locronan, pour son retour aux sources, lançai-je avec candeur. On n'était pas nombreux au cimetière… Notez, avec cette pluie battante, les gens étaient mieux chez eux, au chaud, pour ne pas risquer une broncho-pneumonie qui aurait pu faire d'eux les prochains sur la liste du croque-mort…

— Une place dans le caveau familial c'est déjà trop pour elle ! grommela l'un des gars appuyés au comptoir. La fosse commune, cela lui aurait suffi… ou encore le bûcher, comme les sorcières !

— Tu y vas fort, rétorqua un second, nous ne sommes plus au Moyen Âge, tout de même ! Moi je voyais d'un bon œil son idée de reprendre la brocante des Larvor, car l'affaire restait à quelqu'un de chez nous. Cela me ferait mal de voir le Belge s'installer sur la place, avec ses minauderies pas très catholiques. Sans parler de "la" Vinciane avec ses airs de grande dame, depuis qu'elle travaille à la préfecture de Quimper… Elle a oublié que nous avons lustré les bancs de la même école maternelle… Nous ne sommes plus assez bien pour compter au nombre de ses relations… Il paraîtrait que ce n'est pas un accident ?

— On a saboté les freins ! précisai-je en savourant une gorgée de whisky breton. Quand elle a voulu freiner, dans la descente vers Plogonnec, elle a fait un tout droit inévitable et funeste. La personne qui a opéré ne s'est pas trompée dans son geste. Le travail d'un expert en mécanique, sans doute…

— Dis-moi donc, Fanch, elle ne t'avait pas laissé sa bagnole pour la vidange, en arrivant à Locronan ? questionna Jos, ravi de semer la zizanie. Tu n'aurais pas oublié de serrer un écrou, en revenant du bar, par hasard ? Ce ne serait pas la première fois…

— Cela m'est arrivé une fois, dans toute ma carrière ! rétorqua le mécano à la combinaison bleue et au nez cramoisi. Une malheureuse fois ! Et il s'agissait d'une roue ! J'ai l'impression que je vais me voir reprocher cet oubli jusque dans la tombe... Cette fois, il s'agit d'un acte délibéré, car on n'accède pas facilement aux organes de freins... Si je ne me trompe pas, Jos, puisque tu me cherches, ta femme fait elle-même ses vidanges, histoire d'économiser quelques sous, et elle détestait sa frangine... Note bien, je ne l'accuse pas, je dis seulement que nous pouvons nous compter des dizaines sur la commune, hommes ou femmes, à pouvoir saboter une bagnole...

— Le Belge, il n'avait pas fait des études de mécanique, avant d'épouser la fille du notaire et de s'installer ici comme antiquaire ? insista celui qui en voulait déjà à l'acquéreur potentiel de la brocante. Je vais même vous dire un truc : l'accident du père Larvor et de sa femme sur leur voilier, je n'y crois pas ! Si quelqu'un est capable de saboter les freins d'une bagnole, il peut tout aussi bien s'en prendre à la coque ou au gouvernail d'un voilier... La Vinciane, elle rêve de s'installer sur la place, c'est un secret pour personne. Il se dit même que pour elle, l'étape suivante, ce serait le fauteuil du maire... Et sa mère, la Françoise, même à son âge, elle ne serait pas la dernière à lui prêter main-forte pour lui dégager le terrain. Ce ne serait pas la première fois... Enfin moi, ce que j'en dis...

— Capitaine, je crois que nous sommes en train de vous faciliter le travail ! ponctua Jos Le Men, un sourire au coin des lèvres. Vous cherchiez des pistes, en voilà quelques-unes ! Parmi bien d'autres, certainement…

— Moi, ce que j'aimerais, c'est que quelqu'un m'explique ce que le village reprochait exactement à Anne Collinot, assénai-je après avoir achevé ma dernière gorgée de whisky. Quel crime épouvantable a-t-elle commis dans sa jeunesse, de quel acte assez honteux et condamnable s'est-elle rendue coupable, pour subir la vindicte de la population jusqu'à son dernier souffle ? Et même encore après, à vous entendre…

Un long silence ponctua ma question. Les gars installés dans mon dos rangèrent leurs cartes sans compter les points de la dernière levée. Les verres se vidèrent d'une traite, dans un même geste, sans qu'il leur fût nécessaire de se concerter au préalable. Quand il s'agissait de se donner une contenance, les quelques derniers millilitres d'un godet faisaient toujours l'affaire… L'un des gars apostropha le patron : *Pegement* ? Combien je dois ? Un autre lui demanda de rajouter la somme sur son compte. Un troisième consulta sa montre et nota, soudainement affolé, qu'il était en retard. Allez savoir pour quel programme… La salle se vida comme un frais labour couvert de mouettes après un coup de feu. Je réglai à mon tour ma consommation et me décidai à suivre Jos jusqu'à son atelier. Il ne sembla pas surpris de me remarquer sur ses talons, alors qu'il s'apprêtait à ouvrir la porte de son antre. Il laissa son bonnet et son kabig à l'entrée et m'invita à entrer d'un geste de la tête. Je ne pus que m'émerveiller devant les statues qui étaient alignées sur un présentoir, comme des bobbies anglais à l'heure de la relève de la garde devant le palais de la Reine.

— En cette saison, c'est calme, je prends de l'avance pour l'été ! m'expliqua l'artiste, appliqué à se gratter la barbe. Car à partir de juin, il m'est presque impossible de travailler, tant je suis dérangé ! C'est alors que j'apprécie d'avoir du stock, même si les temps sont plus durs, à présent. Les touristes ont moins de fric, avec la crise ! Et ceux qui en ont ne viennent pas en Bretagne, ils vont vers des destinations plus huppées, plus ensoleillées, du moins, à leur sens... En plus, les Anglais se font plus rares, comme s'ils boudaient leurs cousins... Sans parler des Américains qui ont déserté la région, comme si nous étions responsables de leurs malheurs, depuis qu'ils ont décidé de s'en prendre à l'Iraq et que Chirac ne les a pas suivis !

— Le dollar est moins fringant, cela joue aussi ! fis-je remarquer, pour éviter de perdre mon temps à polémiquer sur des questions politiques. Sans parler des prix des billets d'avion, avec la flambée du pétrole et des tarifs des locations saisonnières, qui ne semblent pas connaître la crise... Alors, votre avis personnel sur la mort de votre belle-sœur ? Un lien avec les fantômes du passé ?

— Je ne suis pas toujours d'accord avec Marie, ma femme, mais je dois reconnaître que le retour soudain d'Anne à Locronan n'était pas une bonne idée ! Cela remuait trop de vase… Puisque vous parlez des fantômes, il faut les laisser reposer en paix, ne pensez-vous pas ? Moi, je ne me mêle pas de ces histoires de curaillons, je suis agnostique et libre-penseur, mais le retour d'Anne ressemblait à une provocation…

— Jos, que s'est-il passé dans le passé de votre belle-sœur, qui l'ait contrainte à quitter Locronan comme une malpropre, pour trouver refuge à Paris et se noyer dans la multitude ? Quel secret couvrent les gens du village, pour s'en souvenir encore trente années plus tard et rêver de vengeance au point de passer à l'acte ? Quel événement dramatique s'est déroulé dans son existence, qui lui vaille un tel anathème ? Pourquoi les langues agiles du comptoir se sont paralysées à l'évocation de cette page du passé ?

— Là, Capitaine, vous empiétez sur l'Histoire de Locronan, le creuset commun de ses habitants, la vie privée collective…

— Non, pas vous, Jos, pas de tels arguments dans votre bouche ! m'emportai-je, excédé. Un crime sordide a été commis dans le secteur et une population entière fait barrage à l'enquête, c'est inadmissible ! Je veux bien me montrer tolérant, respectueux des états d'âme du pays, mais ne poussez pas le bouchon, tout de même…

— Pourtant, vous allez vous heurter à un mur aussi solide que les pierres en granit de nos bâtisses ! répliqua le sculpteur en saisissant un burin, décidé à reprendre sa besogne. N'y voyez rien de personnel, juste la fierté d'héritiers de traditions séculaires et d'un passé illustre ! Mais aussi de légendes, de croyances et de cultes ancestraux... Sans doute n'avez-vous jamais assisté à une grande Troménie, sinon vous comprendriez la ferveur intense qui anime les gens d'ici, une foi bien plus forte que les religions, une fièvre qui agite même les gens les plus athées...

— Vous en parlez si bien, Jos, vous allez me décrire tout cela !

— L'événement se déroule au mois de juillet, le deuxième dimanche pour la petite Troménie, entre le deuxième et troisième pour la grande. Un circuit de douze kilomètres jalonné de stations où les quelque dix mille pèlerins se prosternent devant les statues des saints. Un long cortège recueilli et passionné, avec à sa tête les bannières, portées par les bras solides des jeunes du pays. Même des types hermétiques comme moi peuvent ressentir le bouillonnement de la terre sous leurs pieds, puis la même ébullition du sang de leurs veines... Bien sûr, on y trouve les gens d'ici en costume traditionnel bleu, mais aussi les ovates, les bardes et les druides issus de la tradition celtique de la fête ; ceux-là voient en Keben une résistante, face à la christianisation de la région par saint Ronan ! Leur voix est à peine entendue, elle subsiste pourtant et se mélange aux mélopées des cantiques...

— Et Anne en pensait quoi, de la Troménie ?

— Cela, il aurait fallu le lui demander, je n'en sais fichtre rien ! En admettant qu'elle accepte de répondre à cette question, comme à toutes les autres... Elle vivait dans sa bulle et y laissait pénétrer si peu de gens... Sa vie restera un mystère, sa mort également... Finalement, son passage sur la terre aura ressemblé à celui de Keben ! Beaucoup la détestaient, certains l'aimaient sans doute, elle traçait son sillon, sans se soucier de l'opinion de son entourage. Je ne hurlerai pas avec les loups, je ne lui donne cependant pas raison ; elle semblait si souvent, par son comportement provocateur, se moquer des gens d'ici, railler nos traditions et nos coutumes...

En allant rejoindre Sarah à l'hôtel, je pestais contre l'adversité, conscient de piétiner au milieu de gens qui savaient et se taisaient. J'en voulais au monde entier et à l'ensemble des humains, peut-être à moi en priorité, de ne pas avoir su m'y prendre avec Jos, de n'avoir pas posé à Anne les bonnes questions, tant qu'il était encore temps, d'avoir imaginé que je serais plus futé que les gendarmes de Locronan, Douarnenez et Quimper réunis. Dès qu'elle nota ma démarche pesante, Sarah perçut mon désarroi et elle me permit de m'expliquer, me laissant le temps de préciser les raisons de mon flottement intérieur. Elle était ma plus solide alliée en de pareilles circonstances, capable d'analyser promptement mes carences pour les transformer, comme par magie, en piste à suivre ; enfin, d'ordinaire, il en était ainsi car, cette fois, elle séchait, elle aussi.

— Aurait-elle tué quelqu'un, crime que son entourage aurait couvert ? Ce qui fait que personne ne peut parler, car tous les habitants du village sont complices ? Ils avaient oublié leur cauchemar, repris une existence paisible, seulement la voilà qui rapplique dans le secteur, faisant resurgir les rancœurs à la surface… Il se peut aussi qu'il ne s'agisse que d'une sombre histoire d'intérêts et que les légendes du pays ne représentent qu'un écran de fumée destiné à voiler un acte barbare perpétré de manière froide et impitoyable… Bref, mon Papounet, nous pataugeons totalement, ce qui n'est pas surprenant avec les trombes d'eau qui s'abattent sur la commune depuis notre arrivée… Comment veux-tu avancer dans une enquête lorsque tu te heurtes à l'hostilité et au mutisme d'une population entière ?

— Merci pour ce constat édifiant qu'il m'aurait été impossible d'établir sans ton précieux concours, ma fille adorée ! Je t'apprécie pour des aides de ce calibre, vois-tu…

— Bon, tu te changes en vitesse, j'espère que tu as une tenue plus correcte pour le dîner ! coupa prestement Sarah en se contemplant dans la glace de l'armoire, satisfaite de sa tenue. Tu ne vas pas me faire honte devant ton potentiel futur gendre, tout de même…

III

Une fois de plus, Philippe Gerbaud s'était surpassé, avec son feuilleté de Saint-Jacques, puis sa sole meunière ! Un vrai régal que j'étais certainement le seul à apprécier à sa juste valeur, attentif au contenu de mon assiette. Sarah avait entamé une vaste entreprise de séduction sur la personne de Lucas Collinot qui avait bien d'autres idées en tête, en cette période troublée de son existence ; comme, par exemple, la décision qu'il devait prendre à propos de la boutique. Suivre l'élan surprenant de sa sœur et conserver la demeure ? Seulement, ne s'agissait-il pas d'un feu de paille de la part d'Anaïs, spécialiste des soufflés qui retombent rapidement. Ou alors vendre la bâtisse pour avoir la paix, une fois pour toutes ? Solution de facilité, assurément, qui ne lui convenait cependant pas totalement. Pour sa part, Anaïs semblait absente, submergée par l'intensité d'une journée trop riche en émotions diverses et par les contrecoups de l'absence définitive de sa mère. Elle recelait au fond du regard la même nostalgie ravageuse qui m'avait toujours interpellé chez Anne. Un visage malicieux, un œil mutin et pourtant un vide insondable en arrière-plan, un abysse affectif que pouvaient venir remplir en quelques secondes des flots déchaînés et tumultueux.

On dit que certaines personnes possèdent une propension à causer leur propre perte, inaptes à se satisfaire des plaisirs qui se présentent, sabordant leur bonheur par des pulsions autodestructrices permanentes. Comme un ver qui s'attaque à tous les fruits, un virus qui ronge en permanence l'âme de l'intérieur au point d'anéantir les efforts déployés pour construire une vie heureuse... La mère comme la fille semblaient de cette espèce, sans doute à leur corps défendant. Le mauvais sort s'était acharné sur l'une et semblait déjà consumer l'autre... Des images d'Anne remontaient à la surface de ma mémoire. Un tempérament de meneuse, une volonté qui tirait l'équipe vers l'avant, une hargne de Bretonne qui détestait la défaite, refusait le mot impossible. Même ses moments de plaisir, au sortir d'un match victorieux, se voilaient toujours d'une tristesse chronique, tant elle désirait approcher la perfection, insatisfaite en permanence de ses prestations. Comme je lui demandais son sentiment sur les derniers événements, la réponse d'Anaïs me sidéra :

— Vous savez, entre ma mère et moi, cela n'a jamais été le grand amour ! Lucas était son chouchou, l'homme de la maison, l'enfant à qui tout réussissait ! Je ne suis pas jalouse, j'aime mon frère, il me le rend au centuple, je tente seulement de vous décrire une réalité. En fait, je pense que je suis un peu morte le jour où papa nous a quittés ; il me couvait tellement, j'étais sa princesse. Depuis, j'ai toujours tenté de trouver ma place partout ; dans la maison, dans la famille, dans la vie. Je suis entrée dans une école de maquillage car elle était située à Marseille et que je voulais vivre au soleil. D'abord, pour suivre ma meilleure copine qui partait là-bas ; j'ignorais qu'elle allait me planter un mois plus tard. Et puis, c'était original, comme perspective à entrevoir : côtoyer les stars, leur confectionner un masque de lumière… Comme si les gens n'étaient pas capables de se peindre un masque tout seuls… Ce job n'est pas une passion, loin de là, et même de moins en moins ; en plus, l'activité est aléatoire et les intermittents du spectacle connaissent pas mal de galères. Seulement il faut bien s'occuper, en attendant la mort, alors ce milieu ou un autre…

— Je ne peux pas te laisser dire cela, Anaïs, tu as 22 ans et la vie devant toi ! m'offusquai-je. Toute personne possède une part de bonheur qui l'attend quelque part…

— Non, je sens que je suis maudite, comme ma mère l'a été durant toute sa vie, jusqu'à son dernier souffle ! Je me demande parfois si la même force destructrice a investi mon corps et m'interdit tout projet solide… Elle a causé la mort de son entourage ; son mari, ses parents, elle-même enfin… Et moi, je sens que je vais suivre un parcours identique, je ne pourrai jamais rendre un garçon heureux ! Même pas mon frère, je suis un boulet pour lui ; il doit payer le loyer de mon appartement d'Aubagne et m'aider en permanence à subvenir à mes besoins… Parfois, il doit même venir en urgence me ramasser à la petite cuiller, quand je l'appelle à mon secours…

— Ne dis pas de bêtises, Nana, tu sais bien que je le fais avec plaisir ! répliqua Lucas en prenant la main de sa sœur. J'aimerais seulement te sentir heureuse et épanouie, convaincue de la voie que tu suis. Ce qui est certain, c'est que je ne te lâcherai jamais, petite sœur, entre nous le lien est indéfectible ! Encore plus à présent, nous ne pouvons compter que l'un sur l'autre…

— Et pour mon compte, ce qui est certain, c'est que je ne pourrai jamais vivre dans ce bled pourri et sinistre ! répliqua la benjamine, au bord des larmes, qui revenait donc sur sa volonté initiale. Cette vieille bicoque qui craque de partout me fait trop flipper. J'ai l'impression d'être l'une de ces ados de films d'horreur qui va se faire égorger par un mort-vivant avant la fin de la nuit… L'horloge qui sonne inlassablement, semblable au goutte-à-goutte des supplices chinois, une chouette qui hulule derrière les volets, des bruits de semelles ferrées sur les pavés de la place, comment veux-tu trouver le sommeil en un lieu pareil ? Même le silence m'empêche de dormir, alors…

— Si tu préfères loger ici, je te prête ma chambre, moi je n'ai pas peur des fantômes ! proposa Sarah, sous mon regard sidéré. Dans certaines situations, il faut savoir se serrer les coudes ! Et puis si quelqu'un cherche à s'en prendre à ton frère, en pleine nuit, il trouvera à qui parler, je serai là pour le défendre… Je suis officier de police et je n'ai…

— Ce ne sera pas la peine, je vais prendre sur moi ! rectifia aussitôt Anaïs. Et puis, il va bien falloir que je m'habitue à ces craquements, si nous devons y dormir toute la semaine… Tu devras attendre mon départ de la région, avant de draguer mon frangin… Je te préviens, la partie n'est pas gagnée d'avance, loin de là…

— Que vas-tu imaginer ? s'offusqua hypocritement Sarah. Moi, si je proposais cette solution, c'était uniquement pour rendre service, rien de plus. Bon, il se fait tard, j'aimerais me reposer, la journée a été éprouvante ; si tout le monde a fini son dessert…

On prit congé des deux jeunes avant de monter dans nos chambres. Sarah avait sa mine renfrognée des mauvaises soirées, elle venait de se prendre un râteau monumental sur le museau. La pluie dans la journée, du vent le soir, la météo s'acharnait sur elle… Pour ma part, je ne parvenais pas à synthétiser mes idées autour d'une piste solide et cela m'exaspérait de plus en plus. Nous tournions en rond, faute de glaner des indices solides. Certes, il était encore tôt dans l'enquête pour cerner un suspect, mais, d'ordinaire, j'avais déjà subodoré le mécanisme meurtrier. Cette fois, je ne pouvais le certifier sans prendre le risque de me planter totalement. Et comme toujours, en de tels instants, lorsque Sarah s'affichait aux abonnés absents, j'éprouvais le désir d'entendre la voix de Dominique, quitte à la réveiller, si elle avait décidé de se coucher tôt. Elle décrocha aussitôt et je compris, à son ton badin et à ses accents guillerets, qu'elle espérait mon appel. Cela me rassura sur beaucoup de points. Je lui fis part très vite de mon embarras :

— Je me heurte au mutisme d'un village, à propos d'un événement qui s'est déroulé voilà trente ans et qui représente, à mon avis, un lien essentiel avec le sabotage et le meurtre. De plus, je ne possède aucune prise sur les témoins, j'ai perdu mon flair, mon intuition…

— Paul, vous n'allez pas déjà baisser les bras, cela ne vous ressemble pas. Vous devez faire abstraction de ce fait et poursuivre vos recherches ! Si personne du village ne veut vous parler, mettez la main sur un témoin extérieur ! Éliminez les mauvaises hypothèses une à une, pour ne pas perdre de temps à vous entêter sur des faits anciens dont le lien avec le crime n'est pas avéré, à ce que je comprends. Appuyez-vous sur Sarah, ses intuitions se révèlent souvent justes…

— Impossible, Mademoiselle est amoureuse !

— Pourquoi, vous, vous ne l'êtes plus ?

Le lendemain matin, mercredi, j'avais décidé de faire part de mon désarroi à l'adjudant-chef Rivoal. Rien de tel que de se placer en position d'humilité face à un rival potentiel pour sentir ses pieds toucher le fond de la piscine et éprouver la sensation agréable d'une nouvelle impulsion. Dans un second temps, je souhaitais enfin m'entretenir avec le maire, en espérant qu'il se montrerait plus bavard que ses administrés. Ensuite, je désirais rencontrer la crêpière, pour voir de plus près l'allure de la croqueuse des hommes de la région… Je pris un solide petit-déjeuner, après avoir frappé à la porte de la chambre de Sarah qui m'avait répondu par un râle qui me rassurait sur sa présence, mais pas forcément sur son soutien effectif à mes côtés, pour la journée. Elle arriva à table vingt minutes plus tard, masque des mauvais jours sous sa chevelure blonde et paupières entrouvertes pour une navigation au radar. Elle posa une bise machinale sur ma joue et s'installa en face de moi sans un mot. Je m'inquiétai de savoir si la nuit lui avait porté conseil, la réponse me laissa sans voix :

— Je crois que je vais le laisser faire le premier pas ! Je suis certaine qu'il éprouve aussi des sentiments pour moi, seulement sa frangine ne lui lâche pas la bride et hier soir, avec sa repartie débile, elle lui a coupé l'herbe sous le pied. Il est d'une telle sensibilité…

— Bon, si jamais, en cours de matinée, tu te souviens que tu es officier de police, ma partenaire sur une enquête de meurtre, voici mon programme : dans un premier temps, je compte me rendre à la gendarmerie pour faire le point avec Jocelyn Rivoal. Ensuite, direction la mairie, pour tenter d'entamer un dialogue avec Roland Guiffant, le maire. Il faut que nous avancions dans cette affaire, tout de même, j'ai horreur de piétiner dans le boulot… Pour le mariage, tu choisis un week-end où je ne suis pas de permanence, si c'est possible...

— Tout de suite les grands mots...

Rivoal était absent, déjà parti à Douarnenez pour un point avec ses collègues, à propos d'une autre enquête. Par contre, son adjoint, l'adjudant Stéphane Fleury, se trouvait de permanence, il m'accueillit aussitôt en me demandant si je progressais. Je lui avouai que, sans l'aide de la gendarmerie, bien implantée sur la commune, les langues ne se délieraient jamais. Il sourit avant d'assurer qu'il ne se sentait pas apte à accomplir ce miracle. Et comme la torture était interdite en France, depuis pas mal d'années, pour obtenir des révélations... C'était un garçon d'une trentaine d'années au regard direct et aux épaules carrées. Le genre de jeune enquêteur franc du collier et bien dans sa tête que j'aurais bien cherché à recruter dans notre équipe quimpéroise de brigade criminelle qui tournait depuis près d'un an avec un effectif réduit.

— Ici, comme dans beaucoup de petites communes rurales, on règle les problèmes en interne, dans le vase clos du village ! soupira le gendarme. Petite cité de caractère... est-il spécifié sur le dépliant touristique. Je ne suis pas breton, j'arrive de Tours, ma ville natale, et je me sens plutôt déconcerté devant l'attitude méfiante des habitants, encore plus fermés que dans le Val de Loire, ce qui n'est pas peu dire ! Si notre suspect est un étranger, c'est-à-dire un résidant non originaire de Locronan ou un estivant, toute la population coopérera à notre enquête et l'individu sera vite confondu. Si nos soupçons s'orientent vers un gars d'ici, on s'oppose alors à une omertà digne des hameaux les plus retirés du maquis corse. Ce qui, à mon sens, nous donne un bon point de départ pour nos investigations, car cela circonscrit le cercle des suspects aux seuls autochtones, puisque le village a adopté le silence radio. Voilà ma modeste expérience : mutisme de la population, coupable local ! Je ne sais pas si cette déduction personnelle peut aider votre enquête…

— Elle a le mérite de poser le problème en des termes nouveaux, dignes d'intérêt ! arguai-je, tout en poursuivant ma réflexion intérieure. Là où vous pouvez m'aider, c'est en récupérant auprès de vos collègues le procès-verbal de l'accident nautique des parents Larvor. Car l'une des pistes, celle du couple Jansen, désireux de s'établir sur la Grande Place, pourrait conduire à un double sabotage. Celui du voilier des parents avant leur ultime croisière, puis celui de la voiture de la fille qui refusait de leur vendre la boutique.

— Ou encore sur les traces de Marie Le Men, harcelée par les antiquaires l'incitant à pousser ses vieux à prendre leur retraite professionnelle. Avec la perspective, pour elle, d'empocher un petit pactole qu'elle attendait avec impatience, elle ne s'en est jamais cachée. Nous avons appris par une indiscrétion qu'elle avait déjà posé des jalons avec les voisins, dans l'optique de racheter leur maison, ce qui lui permettrait de doubler la surface de la sienne. Anne éliminée, les enfants peu enclins à s'enterrer à Locronan, sa part d'héritage de la vente du bien familial lui aurait permis de mener enfin son projet à terme !

— Votre raisonnement se tient. Vous savez que vous feriez un bon flic ?

— Vous oubliez le prestige de l'uniforme ! répliqua mon interlocuteur en souriant. Gendarme, cela impressionne davantage…

J'aimais les gens qui possèdent de la repartie, un humour décalé, un regard différent sur les événements. J'allais argumenter dans l'autre direction, la vengeance lointaine, lorsque j'entendis une voix que je connaissais bien, se présenter au planton de la gendarmerie, avant de frapper à la porte entrouverte du bureau de l'enquêteur. Sarah tendit aussitôt une main amicale à Stéphane Fleury qui se leva pour la saisir ; la main, pas ma fille, bien sûr ! Un gendarme sait se tenir… Une fois de plus, je retrouvai une Sarah guillerette, presque émoustillée, devant ce beau gendarme au pull bleu marine et aux épaulettes impeccables. Et mon instinct me disait, en sens inverse, qu'elle ne le laissait pas insensible non plus, ce qui me semblait normal, au vu du charme inné de ma progéniture, surtout affublée pour la matinée d'un bonnet de laine marine et blanc qui laissait s'échapper à dessein ses mèches blondes. Et se coordonnait parfaitement avec son pull de jeune mousse de feue La Jeanne d'Arc…

Je pris donc la décision, pour revenir au sujet qui nous occupait en priorité, de faire part à Sarah de la théorie de notre interlocuteur, arguant que, puisque les langues ne voulaient pas se délier, le coupable était forcément un autochtone de longue date. Sarah m'écoutait distraitement, tout en ne cessant de regarder Stéphane Fleury du coin de l'œil, désireuse de cerner sa personnalité ; enfin, elle asséna son verdict :

— Ce scénario me semble trop simple, trop évident ! Certes, Marie Le Men est intéressée, je ne la vois cependant pas éliminer ses parents, surtout avec un plan aussi machiavélique ; si elle possède la perfidie d'une criminelle potentielle, elle n'en a pas l'intelligence. Je n'achète donc pas cette proposition ! Non, Anne a commis un délit dans sa jeunesse : pas forcément un meurtre, un geste coupable aux yeux des gens d'ici. Ne l'oubliez pas, les gens la nomment Keben. J'ai fait un détour par la bibliothèque municipale, avant de venir vous rejoindre, d'où mon léger retard. Pardonnez-moi, Adjudant, vous avez dû languir…

— Vous êtes tout excusée, Lieutenant ! Mais vous pouvez m'appeler Stéphane…

— Parfait, Stéphane ! Moi, c'est Sarah, Sarah Nowak ! Bon, où en étais-je ? Oui, guidée par le charmant bibliothécaire, d'une disponibilité bien agréable, j'ai consulté un ouvrage édifiant sur le passé de la ville ; il parle de ce personnage de légende, de son combat singulier face à saint Ronan, presque un duel ! Keben, en langue bretonne, cela signifie “méchante”. Accordez-moi trente secondes, je relis mes notes ! Nous étions alors au Xe siècle ; Keben symbolisait la résistance celte face au développement du christianisme. Saviez-vous, par exemple, que les envoyés de l’Église avaient pour mission de briser les menhirs ou de les surmonter d’une croix pour les christianiser ?

— Quel rapport avec notre enquête, Sarah ? m’étouffai-je, bien embarrassé. Quel lien avec la mort qui nous préoccupe…

— Selon moi, Anne a affronté la puissance catholique pendant sa jeunesse ! poursuivit Sarah, déterminée. Comment ? Pêle-mêle, je lance des hypothèses : une relation secrète avec un homme marié, un avortement clandestin, le fait de courir en short sur un terrain de foot, une volonté affichée de bouder l’église, les offices, une parole déplacée au milieu d’une messe… Bref, elle est quasiment excommuniée par la communauté catholique locale et rejetée par la population dévote qui lui trouve rapidement un surnom : Keben. La méchante, la sorcière, celle qui défie la religion. Voilà ma déduction, qu’en pensez-vous ?

Bouche bée devant nous, Stéphane Fleury se gratta le front en semblant mesurer la différence notoire entre un gendarme et une policière sortie major de sa promotion. Il lui semblait passer soudain dans une autre dimension, par la magie de la présence dans son bureau d’une enquêtrice à l’assurance désarmante et au charme ravageur. Il avoua qu’il n’avait pas osé pousser le bouchon aussi loin, tout en notant qu'il serait malaisé de trouver des personnes désireuses de corroborer une telle hypothèse. Et encore moins des témoins de la rivalité entre saint Ronan et Keben... Il en fallait beaucoup plus pour clouer le bec à une Sarah remontée comme un coucou suisse.

— Mathurin Lannuzel ! asséna-t-elle comme un uppercut cueille le menton d'un boxeur. C'est un historien qui a écrit plusieurs livres sur Locronan, mais aussi sur d'autres sites intéressants du Finistère-Sud. Il habite Concarneau, il n'est donc pas ficelé par l'apparente loi du silence des habitants du bourg. Il nous aidera à mieux nous y retrouver dans cette enquête d'une autre époque qui va finir par nous faire tourner en bourrique. Bon, on y va, j'ai son numéro de téléphone, on l'appelle pour prendre rendez-vous ?

— Une question me passe par la tête : avez-vous du personnel féminin parmi les effectifs de la gendarmerie de Locronan ? questionnai-je, la mine faussement déconfite.

— Non, nous sommes six hommes ! se lamenta l'adjudant Fleury en prenant ma question pour une volonté de ma part de compatir face à une telle carence. Six célibataires, en plus...

— Vous ne connaissez pas votre chance ! assurai-je, convaincant. Car avoir une jeune femme pour partenaire, sa propre fille dans mon cas personnel, que vous soyez adjudant ou commandant, c'est l'assurance d'avoir un général qui vous dirige en permanence ! Il est des moments où ma vie est un véritable enfer, Stéphane.

— Si tel est le cas, je serais prêt à me damner pour prendre votre place, dès maintenant ! répliqua l'adjudant en contemplant Sarah.

— Tu vois, cesse de jouer les martyrs, tu n'es pas crédible ! Bon, on y va ? Stéphane, je vous tiendrai personnellement au courant des avancées de mon enquête…

Cette fois, ma fille était dans le coup de l'affaire, elle me traînait presque, même ! La preuve, elle avait oublié la pluie glaciale, le ciel métallique et l'œil inquisiteur de quelque mémé à travers un rideau bonne femme… On descendait vers le centre du bourg et elle me précisait son raisonnement, convaincue qu'il n'existait aucune alternative à son intuition. Certes, je préférais la voir ainsi, plutôt qu'amorphe ! Cependant, je me devais de lui ôter les œillères en me hasardant à lui suggérer d'autres pistes éventuelles. Elle eut la politesse de m'écouter. Ce qui, à présent que je la connaissais un peu mieux, signifiait qu'elle emmagasinait mes informations, de manière à l'aider à conforter sa position. Finalement, sous ses cheveux blonds de Slave, elle possédait bien la tête de mule d'une Bretonne…

On s'approchait de la mairie ; elle me promit que, si le petit-fils du maire l'allumait encore, il allait se faire doucher comme une maison en flammes par le contenu d'un Canadair. Par chance, surtout pour le bellâtre, il n'était pas là. Maeva, si, qui nous accueillit de manière plus officielle que chaleureuse et annonça notre visite au premier magistrat de la commune. Celui-ci nous reçut aussitôt dans son bureau, nous réclamant deux minutes, le temps d'achever le traitement de la paperasse quotidienne.

Roland Guiffant n'était pas un politicien, et j'en arrivais presque à le regretter. Un véritable tribun aurait rapidement compris que son intérêt était de collaborer avec la police, quitte à froisser quelques susceptibilités locales. Alors que le fringant sexagénaire qui nous avait reçus avec un sourire candide sous sa barbe grise, approchant à coup sûr le mètre quatre-vingt-dix sous la toise et en ayant conservé sa silhouette de jeune homme, était un enfant de Locronan qui risquait de nous donner du fil à retordre. Sans même qu'il eût besoin de les commander, Maeva nous apporta trois cafés et repartit avec le parapheur, en parfaite secrétaire. Le maire nous demanda si nous progressions dans notre quête de l'assassin d'Anne Collinot. Je lui répondis d'abord par une moue pessimiste, avant de tenter une percée dans le sens du raisonnement de Sarah.

— Nous privilégions l'hypothèse d'un lien avec un événement marquant du passé de la victime, plus précisément une relation avec le fait qui a conditionné son exil forcé, alors qu'elle avait une vingtaine d'années. Pouvez-vous nous en apprendre davantage sur ce fait majeur de la vie locale ?

— Je ne vois pas à quel événement vous faites allusion, exprima notre interlocuteur, après un temps de réflexion. Anne ne se plaisait pas à Locronan, c'était une citadine dans l'âme. Une rebelle aussi, une anticonformiste. Il suffit de se rappeler qu'on la voyait plus souvent un ballon au pied qu'une poupée dans les mains... À mon sens, vous devriez plutôt chercher dans ses relations parisiennes, dans les années qu'elle a passées dans la capitale. Après tout, rien ne certifie que sa voiture a été sabotée depuis son retour à Locronan. Il peut s'agir d'un geste effectué voilà plusieurs semaines, avec la volonté de laisser un maximum de temps s'écouler entre le forfait et le moment du sinistre. Vous avez reçu les conclusions des services scientifiques, après l'expertise ?

— Uniquement le rapport préliminaire, pour l'instant. Mon expérience m'incite cependant à privilégier deux pistes distinctes, sans pour autant mettre de noms sur les auteurs potentiels de cet acte criminel. D'abord, le geste de personnes intéressées par la boutique de brocante, et surtout son emplacement fantastique. Cette piste partirait de loin et nous conduirait à rouvrir l'enquête sur la mort du couple Larvor, pour vérifier qu'il ne s'agit pas d'un sabotage, là aussi. Car si Anne n'avait pas eu son accident en venant me rencontrer, si elle ne m'avait pas confié ses craintes et ses angoisses à la suite des menaces permanentes qu'elle recevait depuis son retour aux sources, jamais une information judiciaire n'aurait été ouverte... Aussi, comment ne pas songer à deux actes délibérés de malveillance ; le voilier d'abord, dans le naufrage duquel périrent les parents, la voiture ensuite, dans laquelle vient de succomber Anne…

— Capitaine, à Locronan, on ne tue pas une personne pour un emplacement commercial ! s'insurgea le maire, bras levés au ciel. À Quimper peut-être, pas chez nous ! Je me permets donc de vous arrêter tout de suite, vous faites fausse piste…

— Reste alors l'hypothèse d'une vengeance lointaine, née du fait divers qui a contraint Anne à quitter son pays natal pour poursuivre le cours de son existence à Paris, après un passage de deux ans à Quimper. Dans ce cas, la noyade des parents est bien accidentelle. Par contre, son retour a réveillé de vieilles blessures et exacerbé les rancœurs enfouies. Au point de pousser l'un de vos administrés à commettre l'irréparable, au nom de je ne sais quelle justice immanente…

— Les habitants de Locronan ne sont pas des criminels, Capitaine, je vous le répète ! martela le maire, le visage méchant, en frappant le bureau de son poing droit. Ici, on peut tuer par accident, par méprise, par ivresse, jamais par vengeance ou par cupidité ! Vous ne possédez pas la moindre preuve, pas le plus petit témoignage, susceptible de venir étayer l'intuition personnelle dont vous venez de me faire part…

— Dans ce cas, je ne vois qu'une hypothèse plausible : saint Ronan est redescendu sur terre pour terrasser Keben, une seconde fois ! suggérai-je, irrité par l'attitude de notre interlocuteur. Un minimum de coopération, par pitié, Monsieur le maire, pour que l'idée ne germe pas dans nos têtes que vous protégez un assassin !

— Votre petit-fils Erwan, il s'y connaît en mécanique ? asséna Sarah, soucieuse de prendre mon relais. Visiblement, il déteste les enfants Collinot, Lucas et Anaïs. Il devait également haïr Anne, leur mère, car les jeunes, jusqu'à présent, il ignorait à quoi ils ressemblaient. La sienne de mère est votre fille, si mes renseignements sont exacts ? Elle est de la génération d'Anne et de Marie-Pierre, la crêpière, non ? Je commence à comprendre qui vous protégez ! Admettons qu'Anne Larvor, jeune fille plus délurée que les autres nymphettes du village, un rien sauvageonne avec sa tignasse rousse et ses allures de garçonne, bigrement attirante aux regards des jouvenceaux de la commune, ait eu une aventure avec celui qui allait par la suite devenir…

— Ma fille et mon petit-fils n'ont rien à voir dans cette histoire, je vous ordonne de les laisser en dehors de votre enquête, sinon vous aurez affaire à moi ! s'emporta Roland Guiffant. Je ne suis pas d'une nature méchante, seulement si vous importunez mes proches, je serai contraint de me plaindre de vos méthodes auprès du préfet. Vous ne trouverez pas le meurtrier parmi les habitants de ce village, cherchez ailleurs, le monde est assez vaste pour cela ! À présent, je dois retourner à mes consultations, je suis avant tout médecin... Je vous raccompagne vers la sortie...

— Je note avec regret que vous refusez de nous préciser la nature de l'événement qui a causé la disgrâce d'Anne Larvor à Locronan, Monsieur le maire ! insistai-je, proche de l'explosion. Vous faites donc obstacle à une enquête judiciaire et...

— Anne Larvor était votre amie, à ce que j'ai cru comprendre ! répliqua le premier magistrat de la commune. Si elle avait jugé important de vous faire part de ce fait, vous n'en seriez pas rendu à me supplier de vous le livrer. Tout être humain possède le droit à une vie privée et tout défunt, au repos de son âme... Sur ce, je ne vous retiens pas...

On quitta la mairie, bon gré mal gré, plutôt perplexes après le coup de sang du maire de la commune, partagés entre un sentiment de colère devant le manque de soutien de l'élu et un certain abattement devant le piétinement insupportable de notre enquête. Le silence des habitants de la commune devenait de plus en plus pesant, irritant même. Ils savaient et se taisaient, nous laissant nous empêtrer dans des supputations aléatoires. Suivant la logique pragmatique de Stéphane Fleury, je me dis que si le passé n'avait rien à voir avec la mort d'Anne Collinot, le maire se serait empressé de me livrer le fin mot de l'histoire. Donc, ce fait datant de trente ans possédait son importance et l'assassin était un natif de Locronan. Cela ne nous avançait pas beaucoup concrètement...

— C'est la première fois que j'ai envie d'étrangler tous les habitants d'un village ! pesta Sarah, avant d'enfoncer son bonnet de laine et de relever le col de son kabig.

— Nous n'avons rien, les jours passent et nous rentrons chaque soir bredouilles de notre pêche aux indices ! poursuivis-je, proche de péter un câble. Pire, nous ne possédons aucun moyen de pression pour inciter une personne ou une autre à baisser sa garde. Nous savons juste que les freins du véhicule d'Anne ont été trafiqués, la belle affaire ! Une demi-journée de plus comme celle-ci et je rentre à Quimper, nous perdons notre temps, les gendarmes s'en débrouilleraient aussi bien sans nous…

— On y est, on y reste ! objecta Sarah, dans un sursaut d'orgueil, ou de passion pour Lucas. À force de secouer le cocotier, il finira bien par en tomber un fruit, non ? Allez, en continue…

Tout en suivant Sarah vers le centre du bourg, je cherchais la bonne manière d'aller interroger seul Marie-Pierre Macé, sans que ma fille me traite de pervers sexuel et me menace de tout révéler à Dominique. Car, selon elle, à moins de trente ans, on pouvait s'autoriser toutes les fantaisies, à l'approche de la cinquantaine, non ! Une forme de racisme générationnel, à bien y regarder… Dans la descente vers la Grande Place, avec l'église sur notre gauche, monument le plus ancien du village, datant de 1640, on croisa le curé de la paroisse, à la tenue reconnaissable. Un homme d'une cinquantaine d'années, lui aussi, mais qui n'avait pas les mêmes problèmes que moi à propos des fantaisies imaginées par sa fille ! Quoique, allez savoir… Il avait un visage avenant et ravi, une allure bonhomme, une silhouette replète qui me réconciliait avec mon propre embonpoint. Je m'approchai de lui pour me présenter, il accepta ma main. Pourquoi l'aurait-il refusée ? Il ignorait que j'avais troqué la cérémonie de la communion pour un match de foot, face à la Stella Maris de Douarnenez, sur le terrain de Sainte-Croix. Où je vécus d'ailleurs un véritable calvaire, ironie du sort et du sport…

L'homme d'Église nous offrit de le suivre jusqu'au presbytère où il allait préparer une rencontre d'organisation de la prochaine grande Troménie. Il me demanda si j'avais déjà participé au pèlerinage. Je pris pour excuse de me trouver en Bretagne depuis peu de temps pour lui répondre par la négative. Son refuge se trouvait dans la venelle des Templiers, ce qui me fit sourire, étant au fait des démêlés historiques entre cet ordre et l'Église. Pour ne pas l'indisposer, une fois tous trois assis autour d'une petite table et devant des orangeades, je le laissai évoquer avec passion la cérémonie qui accueillait des milliers de personnes dans le bourg.

— La Troménie de Locronan est une fête à la fois religieuse et populaire, vieille de plus de dix siècles, qui se déroule le deuxième dimanche de juillet. Comment ne pas se souvenir avec émotion que Ronan, saint fondateur de cette cité, a effectué ce chemin, déjà tracé par mes prédécesseurs… Depuis lors, le parcours n'a pas bougé d'un mètre, malgré les remembrements, les nouvelles répartitions des parcelles, les cultures estivales, suivant toujours la marche du soleil… La cérémonie rassemble des milliers de fidèles, parfois venus de très loin cheminant derrière les bannières paroissiales. La dévotion y est tellement ardente que Ronan, en personne, semble parfois redescendu parmi nous…

— Effectivement, une telle ferveur populaire doit être émouvante, fascinante même ! intervins-je en non-initié.

— Et surtout jubilatoire ! La ferveur n'est pas seulement populaire, cela relève du sacré ! Et là, je vous ai parlé de la Troménie annuelle… Car tous les six ans, et justement cette année, nous organisons la grande Troménie qui dure une semaine, entre le second et le troisième dimanche de juillet. Cette fois, le parcours est plus long, une douzaine de kilomètres, et traverse plusieurs communes. Je suis chargé de trouver des volontaires pour frayer le chemin, à travers les champs et prairies, pour préparer les douze stations du parcours, avec les reposoirs où sont présentés saints et reliques ; des huttes de branches de pin, recouvertes de linges blancs, où les fidèles se prosterneront devant les objets du culte. Il s'est connu des années où près de vingt mille fidèles suivaient le chemin du pèlerinage. Oui, je pense que même un païen ne peut nier la ferveur éclairée de ces journées uniques et mémorables…

Il but une gorgée d'orangeade comme s'il s'agissait d'un élixir de bonheur éternel. Sarah l'imita, que j'imaginai s'interroger sur les raisons qui m'avaient poussé à perdre notre temps en compagnie de cet illuminé, hormis le fait non négligeable que nous étions à l'abri. Je pris peur en imaginant une réaction incontrôlée de sa part, même si je connaissais les liens forts entre la Pologne et l'Église, entre les prêtres de Gdansk et les militants de Solidarnosc, entre sa mère et l'un d'entre eux, proche compagnon de combat pour la liberté. Sans oublier l'effigie de la vierge noire de Czestochowa, le Lourdes polonais, que Sarah portait en pendentif au bout d'une chaînette en or. Pour éviter néanmoins le pire, je pris les devants :

— Si l'une de vos ouailles avait commis un meurtre et s'en était ouverte en confession, vous ne pourriez me livrer son nom ?

— La confession est l'un des sacrements de l'Église, Capitaine ! expliqua l'homme de foi désireux de me convaincre. Il s'agit d'un acte de pénitence à l'issue duquel le prêtre accorde le pardon. Son secret est inviolable. Je sais que cela choque beaucoup de gens, seulement nul prêtre ne peut transgresser cette loi divine…

— Ma partenaire et moi-même, nous avons un crime à élucider. Et devant nous, nous découvrons un maire qui se dit avant tout médecin et se retranche derrière le serment d'Hippocrate, une population planquée derrière un paravent d'hypocrites et un homme de foi respectueux du secret de la confession. Votre amour magnanime et incommensurable doit vous permettre de comprendre notre profond désarroi, j'en suis convaincu. Nous pataugeons lamentablement et finissons par croire que Dieu se trouve du côté du mensonge et des criminels.

— Mais Dieu se trouve auprès de chacun de ses enfants, il est même en chacun d'eux car tout être humain possède une parcelle divine… Je peux seulement vous confier une certitude : si l'un de mes fidèles avait commis un tel forfait, il aurait soulagé sa conscience dans le huis clos du confessionnal, et je peux vous affirmer que ce n'est pas le cas. Donc, l'assassin n'est pas un membre de cette paroisse, vous allez devoir chercher ailleurs, Capitaine…

— Ou alors, il n'est pas un assidu des bancs de votre église, répliqua Sarah qui avait retenu sa langue depuis déjà trop longtemps, en se levant dans un mouvement énergique pour se diriger vers la sortie. J'ai croisé certaines âmes, dans ce patelin, qui n'avaient pas un comportement très catholique, malgré leur pratique quotidienne de la génuflexion. Pour ces gens, le pardon de Dieu, c'est la réglette de l'ardoise magique ; ils écrivent n'importe quoi, un geste, un passage dans votre isoloir, et le miracle s'opère : tout est effacé ! L'éponge magique, un vrai miracle, on peut faire les pires bêtises, on passe au confessionnal et on obtient l'absolution… Allez, viens, papa, moi j'ai juste conservé de mon éducation religieuse : Aide-toi, le ciel t'aidera ! Et aussi : Il vaut mieux se fier au bon Dieu qu'à ses saints !

— C'est votre fille ? questionna le prêtre, sidéré, en voyant Sarah quitter la pièce.

— Oui, mon père, c'est ma fille, c'est ma très grande fille ! murmurai-je à l'oreille du recteur en battant ma coulpe. Mais elle est née dans le péché, ceci explique peut-être cela… Par chance pour elle, selon vos propres paroles, l'Éternel Tout-Puissant aime tous ses enfants de la même manière et ne juge personne. Il a su pardonner à Judas, il fermera bien les yeux, dans son infinie bienveillance, sur les écarts de Sarah…

— Rappelez-lui un verset de Matthieu : « *Tout péché et tout blasphème sera pardonné aux hommes, mais le blasphème contre l'Esprit ne sera point pardonné !* »

— Une parole que Keben a souvent dû entendre, durant son existence hérétique ! ne pus-je me retenir d'exprimer. Point de pardon, point de salut… Hors de l'Église, il ne semblait pas faire bon vivre, au Moyen Âge… L'amour de Dieu est incommensurable, et pourtant assez sélectif, à bien y réfléchir… Notez, je ne suis pas un spécialiste de la théologie… Je vais vous laisser, je dois rejoindre la petite peste avant qu'elle ne déclenche un nouveau fléau sur votre paroisse…

Il me fallut un certain temps pour rejoindre Sarah qui se trouvait déjà sur la Grande Place, décidée à aller rendre visite à Lucas et Anaïs qu'elle savait attelés à la mise en ordre des papiers de la famille. Mon premier instinct me susurrait de la laisser suivre son chemin et de me rendre seul, comme je le souhaitais, chez Marie-Pierre Macé, la crêpière. Seulement, je ne pouvais la laisser déverser son fiel sur ces deux jeunes qui avaient déjà assez à endurer avec la douleur de la perte de leur mère. Une fois à son niveau, je voulus détendre l'atmosphère :

— Le recteur va prier pour ton âme de mécréante et aussi ton cœur d'artichaut !

— Je suis assez grande pour gérer toute seule l'un et l'autre ! répliqua-t-elle en accélérant le pas pour se mouiller un minimum. Je ne te comprends pas, parfois. Quand je te vois t'aplatir devant ce gars sous prétexte qu'il porte une croix sur sa veste, cela me met hors de moi ! Il n'a aucune intention de nous aider, il nous l'a clairement exprimé. Et toi, tu lui cires les pompes comme ce n'est pas permis…

— Ne confonds pas tout, Sarah, par pitié ! Je suis certain que s'il a une possibilité de nous aider, il le fera ! Peut-être même l'a-t-il fait, seulement tu avais déjà décidé de ne plus rien entendre de son message… Comme nous dans notre mission, il est soumis à un code de procédure, en quelque sorte ; du moins, je l'interprète ainsi ! Sa marge de manœuvre est restreinte. Tu vas rendre visite à Anaïs et Lucas ? Moi, je vais aller poser quelques questions à Marie-Pierre Macé, la crêpière…

— Je viens avec toi.

— Non, c'est mieux que j'y aille seul. Et puis, tu as raison de t'inquiéter des jeunes, il ne faut pas les abandonner, après un tel drame. Si tu as besoin de moi, tu sais où me trouver…

— Tu fais attention à toi, mon Papounet, tu connais la réputation de cette fille ? Une croqueuse d'hommes ! Elle est capable de te retourner comme une crêpe. Pense à Dominique, ne fiche pas tout en l'air, une fois de plus…

Fort des ultimes recommandations de ma fille et de sa bénédiction, je me dirigeai vers la superbe maison de pierre, curieux de découvrir enfin l'allure de la terrible séductrice du pays. J'ouvris la porte, ce qui fit retentir une clochette qui, elle-même, reçut en écho un tonitruant : « J'arrive ! » J'admirai l'intérieur très ancien, avec des meubles de style breton, des tables solides garnies d'assiettes et de bols en faïence de Quimper, et surtout le sol en larges dalles de granit, matériau qui constituait aussi les pierres apparentes des murs. La patronne arriva en défaisant son tablier. Je fus presque déçu ! Je m'étais imaginé une femme différente, aux traits plus fins, à l'allure plus élégante, à la physionomie plus attirante. Marie-Pierre Macé était grande et solide comme ces filles de la campagne qui travaillaient jadis autant que des hommes. Une chevelure rousse comme beaucoup de gens de la région, avec une mèche qui venait lui couvrir un œil, des yeux noisette et pétillant de vie, un sourire forcé me laissant penser que j'étais attendu, presque avec impatience, pas forcément souhaité cependant, comme me le précisèrent les mots d'accueil :

— Vous êtes le policier ? Vous tombez mal, je finis de préparer ma pâte à crêpes pour midi. Si je prends du retard, les clients vont râler, beaucoup reprennent leur travail à quatorze heures, parfois même plus tôt. Surtout qu'aujourd'hui, c'est mercredi, beaucoup de parents de la région viennent avec leurs gamins. Le mieux serait que vous repassiez en soirée. J'achève le service du soir vers vingt-deux heures, après je serai à vous…

— Oh, ce ne sera pas long, juste le temps de deux ou trois questions que j'aurais à vous poser sur la personnalité d'Anne, répliquai-je de manière volontairement lapidaire. Vous la connaissiez bien et depuis longtemps, si j'en crois ce que les gens du pays m'ont raconté. Il s'agit juste d'un petit interrogatoire de routine, histoire de préciser quelques points de sa personnalité et de son parcours. Mais d'accord pour ce soir…

— Naturellement, vous êtes mon invité pour le repas, ne mangez pas avant, vous me feriez offense ! ponctua la crêpière, visiblement satisfaite. Ce n'est pas de la corruption de fonctionnaire, au moins, je ne tiens pas à avoir des ennuis, par la suite ? Quelles sont vos crêpes préférées ?

— Personnellement, j'ai toujours adoré les galettes au calmar à l'américaine, j'ignore s'il s'agit de l'une de vos spécialités. Chez vos collègues de Quimper, on me dit que les conserveries de Douarnenez n'en produisent plus, c'est dommage !

— C'est vrai, mais j'en trouve quand même ! me rassura-t-elle, un sourire complice aux lèvres. Et je possède aussi un lambic de grande qualité, fourni par mon producteur de cidre, pour terminer la soirée. Nous pourrons converser plus librement dans mon appartement, à l'étage, quand vous aurez fini de dîner... Anne m'avait parlé de vous, avant que vous ne soyez policier, je crois qu'elle vous aimait bien... On peut la comprendre...

— Pour sa part, ma jeune collègue adore les crêpes complètes, seulement elle mange moins que moi, elle fait attention à sa ligne, elle est encore jeune.

— Ah, vous n'êtes pas seul ! murmura-t-elle, très déçue. Une jeune collègue... Bon, vingt-deux heures, et pas plus tard. Et puis on ne traînera pas, je me lève tôt, le jeudi matin...

Je n'étais pas mécontent de mon effet ! Je gagnais sur les deux tableaux : nous pourrions interroger Marie-Pierre en toute tranquillité et je passais pour un homme rangé auprès de ma fille. Je traversai un bout de place en veillant à ne pas glisser sur les pavés trempés, je franchis le pas de la porte de la brocante et vis les trois jeunes converser ensemble, les fesses posées sur des tables anciennes. Ils ne parlaient pas de l'enquête ; visages soucieux et perplexes, ils évoquaient le devenir de la boutique. Sarah m'expliqua très vite que Jansen était revenu à la charge, dès l'ouverture de la porte, pour renouveler sa proposition d'achat. Lucas lui avait réclamé, à raison, un peu de respect pour leur période de deuil et la mémoire de leur mère. Anaïs l'avait mis carrément dehors en le traitant de vautour.

— En fait, on vient de découvrir que Maman avait mis la boutique à notre nom ! expliqua Lucas, très ému. Craignait-elle pour sa vie ou avait-elle saisi que les droits de succession seraient élevés si nous voulions prendre un jour sa suite ? Finalement, nous sommes ici chez nous… Dire que je m'occupais de ses papiers, je n'avais jamais noté ce détail ! Elle se faisait un point d'honneur à en assumer les charges…

— Paul, cette fois, c'est décidé, je veux faire vivre ce lieu ! annonça Anaïs, avec conviction. Malgré les bruits sinistres pendant la nuit et l'atmosphère pesante dans la journée… J'ai compris que mon avenir était au milieu de ce bric-à-brac. Et je me moque de ce que penseront les gens. Lucas m'a dit qu'il m'aiderait, pour les papiers, les comptes. Il garderait son poste à la banque de Quimper et il viendrait le week-end pour me donner un coup de main. J'ai trouvé un dossier dans un tiroir, avec les idées de Maman, pour donner un nouveau souffle au commerce, je vais les accomplir. Je lui dois bien cela, elle a eu si peu l'occasion de se montrer fière de moi… Cette fois, je sais quel sens donner à ma vie…

— Papa, dissuade-la, elle va s'enterrer, ici ! intervint Sarah en me prenant à partie. Avec tous ces gens hostiles, dans le village, c'est de la folie de sa part, presque du suicide… Et puis elle n'a pas d'expérience dans le métier, on ne s'improvise pas commerçante du jour au lendemain, cela nécessite certains stages de formation. Dis-le-lui, Papa !

— Non, je ne prononcerai pas les paroles que tu veux entendre ! Anaïs a fait un choix courageux, un choix d'adulte responsable, il s'agit de la décision d'une fille qui veut poursuivre la tâche entreprise par sa mère, perpétuer la présence d'une lignée de passionnés dans cette boutique… Peu importe qu'elle réussisse ou qu'elle arrête un jour, c'est sa vie, c'est son choix, elle doit aller au bout de son idée. Nous, Sarah, notre rôle est de crever l'abcès qui empoisonne cette famille, de lever l'anathème qui a pesé sur Anne durant son existence et qui poursuit ses descendants, de découvrir son assassin et d'installer au mieux Anaïs dans ce village. Allez, je vous offre le déjeuner, les enfants, pour fêter la première bonne nouvelle depuis le début de la semaine… même si elle ne fait pas avancer notre enquête d'un pouce !

Avant de quitter la brocante, je fis avec Anaïs un tour des deux pièces qui étaient séparées par un couloir donnant sur les appartements à l'étage. Je compris très vite qu'à la base, il s'agissait d'une maison d'habitation, avec au rez-de-chaussée, une vaste salle à manger et une cuisine prolongée par une réserve. Les deux espaces étaient aujourd'hui encombrés de meubles, de bibelots divers, d'un fourbi aussi amusant qu'invendable. Dans ses projets, Anne avait projeté de conserver juste les objets décoratifs intéressants à la vente, surtout les ouvrages régionaux et produits de l'artisanat local, exposés dans la grande salle, proposant dans l'autre pièce des articles plus actuels, répondant aux besoins des touristes modernes. Entre les deux espaces, au bout du couloir, un superbe escalier de granit menait à deux chambres entièrement décorées de mobilier breton. De l'une d'elles, une vue fantastique sur la baie de Douarnenez, dans le lointain. De l'autre côté, une salle à manger, bretonne elle aussi, avec des chaises sculptées à haut dossier, autour d'une table en châtaignier massif qui aurait pas mal d'histoires à raconter, si elle ne pratiquait la langue de bois. Un petit coin cuisine très rudimentaire était aménagé de manière fonctionnelle, version campagnarde de la kitchenette citadine. Enfin les sanitaires, face à l'escalier, toujours très utiles, même quand ils s'avéraient spartiates et archaïques…

Anaïs venait de découvrir son univers, elle l'apprivoisait pas à pas, y posait son empreinte hésitante. Certes, elle ne se voyait pas vivre dans des meubles aussi anciens, en un lieu aussi lourd de mystères et de légendes, pourtant il lui semblait renouer le contact avec des racines qu'elle avait longtemps rejetées, trouver de nouveaux repères pour jalonner son existence. Elle en éprouvait une forme de détente qui embellissait son visage rond et ranimait une étincelle de bonheur dans son regard gris métal. On se trouvait tous les deux à dialoguer, alors que Sarah était restée palabrer avec Lucas, pour le plaisir de passer un moment en tête-à-tête avec lui.

Anaïs se sentait en confiance, elle se laissa aller à la confidence :

— Je me suis toujours battue contre ma mère, alors que depuis ce matin, je me sens si proche d'elle ! J'ai senti le sens de son combat, sa volonté de lutter contre les interdits, de se tenir debout face aux idées reçues de ces lieux reculés, d'affronter des gens cloués dans l'immobilisme par le poids des siècles et le carcan des traditions. De savoir qu'elle avait pensé à nous deux, alors que je lui ai donné bien du fil à retordre, j'en suis toute retournée… Je n'ai été qu'une gamine insupportable et une fille indigne…

— Ta mère t'aimait et ne t'en voulait pas de ton caractère. Elle savait bien de qui tu le tenais… Toi aussi, tu es taillée dans le granit de cette région. Et comme cette pierre ruisselle parfois, toi aussi tu possèdes une sensibilité sous ta carapace protectrice. Peut-être te planteras-tu, avec la boutique que tu envisages d'ouvrir, du moins seras-tu allée au bout de ton projet et auras-tu accompli celui de ta mère ! Il ne reste, dans nos cœurs, que les faits qu'on y imprime. Pas ceux que l'on subit, pas ceux que l'on réalise par obéissance, encore moins ceux que l'on découvre à la télé ! De plus, fruit de mon expérience de sportif, certains échecs recèlent davantage de profits pour la suite de l'existence que des réussites trompeuses…

— Ma mère possédait ces mêmes valeurs, elle refusait les détours consentis par facilité, elle fonçait droit devant, quitte à endurer pas mal de souffrances, convaincue qu'au bout du compte, même l'échec serait un profit pour son futur, un acquis pour son assise…

— Et tu possèdes un grand frère merveilleux qui saura te soutenir dans ton avancée, qui ne t'abandonnera jamais, même si un jour il pense à sa propre vie…

— En compagnie de Sarah ? me chuchota-t-elle dans le creux de l'oreille. Elle l'aime bien, même si elle s'en défend, je l'ai compris très vite…

— Toi, ton caractère est taillé dans le granit, Sarah possède un cœur en feuilles d'artichaut. Encore une production bretonne, cependant moins solide… Je suis heureux de te découvrir avec le sourire. La joie de vivre te va très bien, tu sais ? Ton visage est fait pour le bonheur !

— Voilà peu, on enterrait Maman et aujourd'hui, je semble l'oublier ! se reprit la jeune fille, les traits à nouveau tirés. Je suis décidément incorrigible et…

— Ne dis pas cela, Anaïs ! Vivre, faire des projets, ce n'est ne pas l'oublier, bien au contraire ; tu prolonges sa présence parmi nous en donnant corps à ses desseins. Et sourire à nouveau, c'est la regarder avec bonheur, là où elle se trouve à présent. Je n'ai jamais compris pourquoi on parlait de mine de circonstance, lors d'un enterrement… Un visage fermé que l'on adopte sur le parvis de l'église, avant de le quitter au même endroit, à l'issue de la cérémonie, pour reprendre notre physionomie habituelle. Mais cela est une autre histoire, je t'ennuie avec mes considérations philosophiques… Allons les rejoindre en bas avant qu'ils ne fassent des bêtises, tous les deux.

— Cela m'étonnerait, je connais mon frère !

On se trouvait sur la place quand l'adjudant Fleury arriva vers nous d'un pas preste. Visiblement, il avait du nouveau dans sa serviette et, si j'avais su décrypter le langage de la satisfaction, cela se lisait dans ses yeux. Il prit cependant le temps de présenter ses condoléances à Anaïs et Lucas qu'il n'avait pas encore rencontrés. « Belle brochette de jeunes ! », pensai-je, satisfait de les contempler tous les quatre, en prenant volontairement un peu de recul pour m'émouvoir pleinement du tableau. Une parcelle de lumière et de couleur sous ce ciel gris ardoise, dans un décor gris granit… Le gendarme finit par me rejoindre, pressé de me transmettre le dossier qu'il détenait dans sa sacoche.

— Voici la confirmation définitive de l'équipe technique à propos du véhicule d'Anne Collinot. Le sabotage a eu lieu peu de temps avant l'accident. On peut donc légitimement penser à un habitant de Locronan. Vous pouvez éliminer l'hypothèse d'une vengeance depuis Paris, tout comme la piste du garagiste de la commune… En effet, l'acte de malveillance a été perpétré par une personne non-initiée, avec un outil non adapté, certainement un canif à fine lame ou encore un cutter.

— Cela ne me surprend pas !

— Du coup, j'ai demandé à mes collègues de Crozon de reprendre le dossier du voilier de location des parents Larvor. À l'époque du naufrage, les assureurs du propriétaire, une société de location implantée à Douarnenez, avaient déjà émis des réserves sur l'exactitude du premier constat, confortés dans leur scepticisme après avoir reçu les résultats d'une expertise contradictoire des restes de la coque. Visiblement, leur sonnette d'alarme n'avait pas été entendue puisque le dossier avait été classé peu après par la justice… Du coup, depuis mon intervention, le nécessaire est fait auprès du parquet pour que l'enquête soit relancée.

— C'est du bon boulot, Adjudant ! certifiai-je en tapotant l'épaule du gendarme. Au moins un soutien sur le village et un solide ! Cela fait plaisir, je commençais à désespérer…

— Nous n'avons aucune raison de ne pas collaborer à votre enquête, ce serait stupide de notre part ! rétorqua mon interlocuteur, presque vexé de ma réponse, comme si son initiative lui semblait évidente. Bon, je vais devoir y aller, je dois encore me préparer un petit frichti dans mon appartement, avant de reprendre le service.

— On allait manger un bout rapide au Puits d'Amour tous les quatre. Si vous acceptez de nous accompagner, vous êtes mon invité… Le témoignage concret de ma satisfaction devant votre travail…

— Avec plaisir ! répliqua-t-il, en tournant son regard vers Sarah et Anaïs. Seul dans ma cambuse, avec la télé pour compagne, qui ne nous livre que des nouvelles affligeantes, en rajoutant ce temps gris qui n'en finit pas, il y a de quoi prendre le bourdon !

Une demi-heure plus tard, une fois le déjeuner avalé, je réclamai un journal au patron pour m'enquérir des nouvelles du monde. J'adorais feuilleter un quotidien, il me donnait un aperçu des événements de la planète et des faits majeurs de la région. J'avais mes habitudes au fil des pages d'*Ouest-France*, ici on lisait *Le Télégramme*. J'y notai vite un article évoquant avec force détails le naufrage d'un chalutier harponné par un sous-marin. Des années après le naufrage, il semblait encore difficile aux officiels de révéler précisément les responsabilités dans le drame, sans lever le secret défense. J'avais trop connu ce milieu pour savoir que la vérité n'éclaterait jamais, ou alors quand les passions se seraient éteintes. Il n'y avait pas qu'à Locronan que les gens se taisaient…

Le quatuor assis à mes côtés évoquait une multitude de sujets de son âge : musique, jeux vidéo, sites Internet, tendances de la mode, évolution de la téléphonie, autant de thèmes qui me montraient que je prenais vraiment un sacré coup de vieux ! Nous avions tous choisi de déguster une entrecôte garnie et j'avais vu les deux gars picorer les frites dans les assiettes des filles, sans se formaliser outre mesure d'une telle privauté. Inconcevable, à mon époque… Je parvenais à la rubrique des sports, une oreille toujours disponible pour écouter la conversation des jeunes, Anaïs évoquait son projet et Stéphane Fleury s'enthousiasma aussitôt :

— Tu sais que mes parents tiennent une brocante dans la banlieue de Tours ? J'ai longtemps hésité à prendre leur suite, avant de passer le concours de gendarme et de mener une carrière d'enquêteur. Par contre, je reste incollable en estimation de mobilier, d'œuvres d'art et de bibelots. Pour moi, dans mon adolescence, ces appréciations représentaient un jeu qui me passionnait, je me piquais de m'approcher de la valeur réelle… Si tu veux un coup de main pour déménager des meubles avec Lucas ou encore sélectionner les pièces les plus intéressantes, cela me fera plaisir de venir vous aider à la fin de mon service. J'ai si peu d'amis sur Locronan, les jeunes semblent avoir peur de mon uniforme et oublient que le gars qui le porte n'est pas beaucoup plus âgé qu'eux.

— Peut-être pourras-tu m'aider aussi pour les livres de comptes à tenir et pour tout l'aspect administratif ? demanda timidement Anaïs.

— Écoute, mes parents viennent le mois prochain pour quinze jours sur Locronan ; ils t'expliqueront tout ce que tu dois savoir pour ne pas te planter ! Quelle coïncidence, ce n'est pas banal… Ceci dit, ne parle pas trop de ton projet avant que l'enquête ne soit bouclée, je ne voudrais pas qu'il t'arrive un problème dans l'intervalle, si les gens qui s'en sont pris à ta mère sont réellement ceux qui convoitent la boutique. Pas vrai, Capitaine ?

— Tout à fait ! D'ailleurs, nous garderons toujours un œil sur vous deux, dans votre antre, durant la semaine, par précaution ! Je suppose que tu as donné le numéro de ton portable à Lucas, Sarah ?

— Oui, par réflexe de prudence, à utiliser en cas d'extrême nécessité, tant que nous sommes sur Locronan, répliqua ma fille, décidément sacrément hypocrite.

— Tiens, Anaïs, moi je te donne le mien ! surenchérit Stéphane en prenant le portable de la jeune femme pour l'y inscrire directement. On n'est jamais trop prévoyant, surtout dans le climat actuel sur Locronan, et je ne parle pas de la pluie permanente. Je suis disponible de jour comme de nuit, en service ou hors service. D'ailleurs, ce soir, je vous invite tous deux à dîner, cela me fait plaisir ! Si tu veux venir aussi, Sarah, pas de problème…

— Ah non, ce soir, ma coéquipière est en service ! répliquai-je de manière autoritaire, transformant le prompt sourire de ma fille en moue de colère.

— En service, comment cela ? s'insurgea Sarah.

— Tu ne tenais pas à me voir dîner en tête-à-tête avec la crêpière, Marie-Pierre Macé, une femme redoutable qui risquait de me retourner comme une crêpe, selon tes propres mots, tu t'en souviens ? Alors, comme je suis un père obéissant et un partenaire responsable, j'ai réussi, de haute lutte, à imposer ta présence à notre table, ce qui n'a pas été du goût de la commerçante, inutile de le préciser ! Tu ne vas pas me tancer, à présent, au fait que j'obéis à tes injonctions ! Alors là, c'est le plus fort…

— Non, c'est bon, je t'accompagnerai, je suis professionnelle ! se lamenta Sarah, les doigts perdus dans ses cheveux blonds et bouclés. Mais à ton âge, il serait grand temps que tu t'assumes enfin tout seul, non ?

IV

L'après-midi, comme prévu, nous devions rencontrer le couple Jansen dans son antre situé au bout de la rue du Prieuré, au sortir du bourg, dans la direction de Douarnenez ou Quimper. Une vieille grange restaurée avec goût, alliage de pierres de granit, d'une charpente en châtaignier, d'ardoises authentiques et de fer forgé, pour donner davantage de cachet à la bâtisse rustique. Il suffisait de poser son œil sur les détails de finition pour convenir que les propriétaires avaient du goût et aussi les moyens de leurs ambitions. Je sentais bien que derrière moi, me suivant à quelques mètres, Sarah traînait la semelle. Et je me doutais que ce n'était pas le repas qu'elle avait du mal à digérer, juste la perspective déçue d'un agréable dîner avec ses nouveaux amis. Ma petite habitude de la pratiquer, acquise au fil des quelques mois de vie commune que nous avions à présent au compteur, m'incitait à ne pas me soucier de son comportement, assuré de la voir pleinement à son poste, dès que nous entrerions dans le vif du sujet.

À peine approchions-nous de l'entrée que le maître des lieux sortit de son atelier, arborant un sourire aussi ostensible que ses lunettes étaient discrètes. Il avait bien une tête de Belge, chevelure blonde que la cinquantaine condamnait au grisonnement progressif, visage persillé de fines taches de rousseur, regard gris bleu de séducteur sur le retour. Il ôta sa blouse de labeur et se présenta à nous dans un joli pull de laine à rayures grises et beiges. Son rayonnement de plaisir perdit de son intensité quand il comprit que nous n'étions pas des clients potentiels, vacanciers égarés en saison creuse sous la pluie battante, mais des policiers en mal d'indices pour avancer dans leur enquête. Bon gré, mal gré, il nous proposa cependant de pénétrer dans son bureau, là où se négociaient les achats et les ventes de meubles et d'objets précieux. Il s'était choisi pour siège – mais pourquoi s'en priver lorsque l'occasion se présentait – un fauteuil de cuir très cossu, dont mon ignorance chronique en matière d'art m'empêche de vous préciser le style.

En guise de préambule, on parla du temps, de saison finalement, de la beauté d'un paysage sous le plus petit rayon de soleil, du bourg si pittoresque, de l'église et de la chapelle du Pénity, du tourisme chaotique et du marasme économique. Wilfried Jansen nous avoua que, la première fois qu'il avait visité Locronan, ce fut le coup de foudre, un double même, puisque Vinciane, sa future épouse, fut suggérée comme guide pour lui faire découvrir l'histoire de la petite ville et de ses principaux bâtiments. Le courant passa des deux côtés, car la visite dura deux fois plus longtemps que prévu. Oui, sa vie avait alors basculé, quand il avait compris qu'il était tombé sous le charme de l'une et de l'autre. Il avait vendu sa boutique d'antiquités de Bruges et était venu s'installer peu après à Locronan. Un changement, certes, entre une grande ville et un bourg qui ne vivait vraiment que durant cinq à six mois de l'année. Le printemps suivant, il épousait Vinciane et depuis, ils vivaient heureux, au rythme des saisons, de l'attente puis de la présence des clients estivaux.

— Il n'empêche que vous convoitiez la boutique des parents Larvor, que vous êtes revenus à la charge auprès d'Anne, puis de ses enfants, pas plus tard que ce matin ! arguai-je, volontairement incisif. De là à vous placer sur la liste des suspects, avouez qu'il n'est pas facile de résister à la tentation. D'autant qu'il apparaîtrait que le voilier des parents Larvor ne s'est pas abîmé sur les Tas de Pois après un souci de navigation, mais après un sabotage… Oui, les gendarmes privilégient la thèse d'un geste criminel que les experts vont fouiller à nouveau avec minutie. Ensuite, nouvel acte de malveillance, cette fois sur la voiture d'Anne Collinot, et troisième cadavre à la clé. Voilà donc un but proche pour des gens intéressés par l'emplacement de la boutique de la famille… À un détail près : la jeune Anaïs qui est, avec son frère, la propriétaire de la bâtisse, s'apprête à s'installer dans la brocante de ses grands-parents. Eh oui, une famille de têtus, de Bretons taillés dans le granit, cela se transmet les idées fixes de mère en fille… Je comprends votre désolation.

— Je l'avoue humblement, Vinciane et moi, nous convoitions cet emplacement merveilleux, expliqua l'antiquaire, embarrassé. Ce n'est pas pour cela que j'aurais été capable de commettre un crime. Ne vous est-il jamais arrivé, Capitaine, de désirer un objet et de le voir vous échapper ? Pour un habitué des salles des ventes comme moi, une telle déception est monnaie courante, elle fait partie des règles du jeu, des aléas du métier. Si je devais éliminer tous les gens qui se placent sur le chemin qui mène à l'objet de ma convoitise, je serais un tueur en série, fiché à Interpol ! Puis-je me permettre de vous offrir un chocolat, un authentique Jeff de Bruges ? En fait, il s'agit plus précisément de rochers pralinés que j'achète par boîtes, à chaque fois que je retourne voir ma famille en Belgique… Ces friandises m'ont aidé à me désintoxiquer du tabac, elles me rappellent aussi mes origines, ma jeunesse. Tenez, Lieutenant, servez-vous, je vous prie… De plus, le chocolat ne fait pas grossir. Ceci dit, vous pourriez vous permettre quelques kilos supplémentaires, même si vous êtes ravissante ainsi… En tout bien tout honneur, bien entendu… Capitaine, allez-y, ne vous faites pas prier !

— Puisqu'ils ne font pas grossir…

Si les chocolats avaient sauvé Jansen du tabac, il lui permettait aussi de se sauver d'un feu de questions qui commençait à le consumer. Sarah avait choisi un rocher entouré d'un papier mauve, et moi d'un rose, dont je découvris peu après qu'il était à la framboise. Notre interlocuteur était l'un de ces hommes qui aiment jouer les médiocres, tout en se sachant intérieurement sûrs d'eux. Pas forcément supérieur, mais assez astucieux pour imaginer posséder la maîtrise des débats. Je me tournai vers Sarah pour l'inciter à un commentaire élogieux sur la friandise, d'autant qu'elle lui avait été offerte par un gentleman qui la trouvait mince. Seulement, Sarah avait mal décrypté le message codé qui défilait dans mon regard…

— Pour moi, monsieur Jansen, un homme qui est susceptible d'aligner près de mille bornes pour aller se fournir en chocolats dans un pays voisin, donc apte à se déplacer à toute époque pour assouvir un désir, cet homme-là est capable de tuer trois personnes pour récupérer la boutique qu'il convoite ! asséna-t-elle avec une candeur désarmante. Et il est tout aussi capable de la transformer en boutique franchisée d'une société chocolatière belge, qui ne me semble pas encore implantée dans une cité touristique comme Locronan. Je vous préviens très vite, vous touchez à un seul cheveu d'Anaïs et Lucas, je m'occuperai moi-même de votre incarcération… Et derrière les barreaux, on reçoit régulièrement des marrons, des châtaignes, très rarement du chocolat…

— Sarah, un peu de retenue, nous ne possédons à cette heure aucune preuve formelle de la culpabilité de monsieur Jansen ! me crus-je le devoir de rappeler. Que fais-tu de la présomption d'innocence…

— C'est vrai, vous débarquez inopinément, je me rends disponible pour vous recevoir avec courtoisie et vous m'accusez de crimes odieux ! bredouilla l'antiquaire, peu habitué à se voir chahuté de la sorte par une blondinette arrogante. Suis-je en garde à vue, dois-je contacter mon avocat ?

Je m'apprêtais à faire machine arrière pour ne pas risquer l'incident diplomatique, quand un bruit de moteur attira nos regards vers l'extérieur. Une petite Fiat s'arrêta devant le bâtiment, de laquelle sortit une femme d'allure bourgeoise, avec son manteau en fourrure, vraie ou fausse, qui veilla à ne pas souiller les bottes superbes qui lui montaient jusqu'aux genoux ; elle sortit d'un panier une petite saucisse à pattes qui la suivit, contrainte et forcée, à l'autre bout d'une laisse qu'elle tenait distraitement. Une fausse blonde, puisque ses cils étaient noirs, détail que m'avait enseigné Sarah, une vraie blonde, pour sa part ! Assez grande, large d'épaules, le regard autoritaire, le port altier, elle représentait à mes yeux l'archétype de la bourgeoise de province, consciente de représenter l'une des plus belles plantes de la flore locale, espèce censée réclamer beaucoup de soins et d'attention, malgré la quarantaine allègrement entamée et les quelques rides inévitables qui dénonçaient perfidement les outrages du temps qui passe. Elle ne remarqua pas tout de suite notre présence ; elle se débarrassa de son manteau en nous tournant le dos, puis de sa toque et de son écharpe. Elle lança à l'adresse de son mari, prêt à se lever de son fauteuil de collection pour s'avancer vers elle :

— Je reviens de Châteaulin, j'ai trouvé quelques objets intéressants, tu vas voir ! Au retour, je suis passée par la mairie, la petite Maeva m'a appris que des flics de Quimper enquêtaient sur la mort de Keben. S'ils s'imaginent qu'ils vont trouver des os à ronger sur Locronan, ils risquent de mourir de faim ! Allez, viens, Scoubidou, tu vas rester tranquille dans ton panier pendant que Maman travaille, mais pour l'instant, elle doit se débarrasser de ces satanées bottes sans se crotter les doigts… Il paraît que le chef, un ponte qui a travaillé à Paris, a quitté le bureau du maire, la queue entre les jambes ! Alors que sa partenaire, une blondinette arrogante, voulait, de son côté, coucher d'emblée avec Erwan ; encore une petite arriviste qui ne doute de rien… Le petit-fils du maire l'a remise à sa place, vite fait, bien fait. Ils se croient tout permis, ces cow-boys… J'aurais aimé découvrir la tronche de la petite pimbêche quand Erwan lui a rabaissé le caquet… Ces gens de la ville nous prennent pour des bouseux, à Locronan… Il est vrai qu'avec ce sale temps, je ne ressemble plus à rien, mon ensemble est complètement trempé… Tu m'écoutes, chéri, pourquoi tu ne me réponds pas…

À mesure que son épouse s'exprimait, Wilfried Jansen se décomposait devant nous, conscient du côté grotesque de la situation. Comme il devait regretter de ne pas avoir bondi de son siège à la première seconde, pour prévenir sa compagne de notre présence ! Intervenir à présent signifierait pour lui aggraver la situation, aussi préféra-t-il laisser voguer la galère en espérant qu'elle ne vienne pas se fracasser sur un étoc… Une fois Scoubidou attaché près de sa niche, avec recommandation de ne pas s'ébrouer sur sa maîtresse, puis les bottes rangées dans la commode du couloir, Vinciane Jansen s'approcha du bureau en se recoiffant distraitement ; elle poussa la porte entrouverte d'une main autoritaire, l'autre tenant une porcelaine de Chine d'excellente facture, tant dans sa beauté que dans son prix, certainement. Dès qu'elle vit deux silhouettes installées face à son mari au visage décomposé, Vinciane réalisa aussitôt sa bévue. Sans peut-être même s'en apercevoir, trahie par ses forces intérieures, elle lâcha son vase qui éclata sur le sol. Elle venait de se prendre un uppercut en pleine figure et resta devant nous, médusée et pantelante, incapable d'effectuer un geste de plus ou de prononcer la moindre parole.

Il existe dans la vie d'un flic des moments plus agréables que d'autres et celui-ci, après les paroles désagréables de l'entrée, représentait l'un d'eux. Voilà une maîtresse femme qui contrôlait tout de sa vie, et sans doute aussi de celle de son époux, peut-être même de la destinée du village, à présent plantée devant nous comme une adolescente prise les doigts dans le pot de confiture. Son mari vint à son secours et lui assura que ce n'était pas grave ; sans doute avait-elle pris la manche de son pull large dans la poignée, cela lui arrivait régulièrement. Il nous présenta son épouse pour lui laisser le temps de recouvrer ses esprits, avant d'empoigner un balai pour débarrasser le sol des morceaux les plus gros ; nous nous levâmes poliment pour nous approcher de l'antiquaire.

Elle tendit une main perdue et balbutia un mot de bienvenue, avant de se poser sur une chaise disponible, n'ayant pas remarqué au préalable que son époux y avait laissé traîner une brosse métallique. Elle se releva d'un bond en poussant un cri strident, avant de se masser les fesses. Elle se sentait tanguer sur ses jambes en coton et proche de chavirer, convaincue qu'il s'agissait d'un cauchemar et qu'elle allait se réveiller. Seulement, nous étions là devant elle, visage plutôt hilare, même si nous faisions tout pour nous retenir d'éclater de rire. Elle finit par se poser sur le siège avec précaution, releva la tête avec confusion, nous foudroya du regard, réalisant enfin l'incongruité de la situation. Elle se ressaisit alors en quelques secondes et nous questionna nerveusement sur les avancées de notre enquête. Je ne pouvais rater l'occasion d'enfoncer le clou, mauvais garçon que je demeurais.

— Vous avez raison, Madame, peu d'os à ronger sur la commune, Scoubidou a dû passer avant nous ! Parfois ces petits chiens sont les plus voraces… Pardonnez-moi de revenir sur un détail sans doute insignifiant, madame Jansen, dans vos propos préliminaires à l'attention de votre époux, vous n'avez pas parlé d'Anne Collinot, mais de Keben, pourquoi cela ?

— Eh bien, c'est-à-dire, comment vous expliquer cela, ce n'est pas aisé à définir… bredouilla-t-elle, pas encore totalement remise de l'uppercut encaissé d'entrée.

— Pas en breton, madame Jansen, ma partenaire et moi ne le maîtrisons pas parfaitement, nous sommes désolés ! Par contre, en langue française, nous sommes aptes à tout entendre et même, en faisant un gros effort de concentration, à comprendre le maximum !

— Ce n'est pas ce que j'ai voulu dire, vous le savez parfaitement ! s'emporta-t-elle, de plus en plus agacée. Seulement ce sobriquet ne peut être compris que par des gens d'ici, car il est lié à une légende issue de l'histoire de Locronan. Pour des personnes extérieures, cela ne représente aucun intérêt…

— Si, si, j'ai lu ce nom sur un guide, intervint Sarah, goguenarde, ne serait-ce pas cette sorcière qui causait tant de soucis à saint Ronan ? Ne me dites pas qu'Anne Collinot était une femme aussi mauvaise que cette harpie qui cherchait en permanence des noises à l'homme de foi… Vous deviez lui en vouloir particulièrement pour la traiter à son tour de sorcière !

— Pas du tout ! réfuta l'épouse de l'antiquaire, lèvres tremblantes. D'ailleurs, je la connaissais très peu, elle était plus âgée que moi. Quand elle a quitté la région, je devais avoir seize ou dix-sept ans... Seulement, tout le monde l'appelait ainsi dans le pays, alors j'ai fait de même. Vous êtes bien des policiers, tiens, à chercher partout la petite bête, à jouer sur les mots, à pinailler sur des broutilles, à chicaner sur des détails insignifiants... Nous sommes de modestes commerçants de province, nous tentons de survivre dans cette période économique difficile...

— Avec votre stock de meubles de prix, cette superbe grange restaurée et la maison bourgeoise, située juste derrière, que vous occupez tous deux, pardon tous les trois avec Scoubidou, vous ne semblez pas les premiers concernés par la crise mondiale ! rétorquai-je, pas dupe des lamentations de notre Calimero en ensemble de jersey rouge cerise. Mais revenons à notre sujet, on s'égare. Vous avez dû accepter difficilement la décision d'Anne de reprendre la boutique familiale... Votre projet, mieux, votre rêve de toujours, s'effondrait une fois de plus. Car cela faisait plusieurs années que vous tanniez le couple Larvor, pour l'inciter, et c'est un euphémisme, à vous céder sa superbe bâtisse !

— N'exagérons rien, nous avons seulement effectué une démarche auprès d'eux pour préciser notre intérêt, en vue du jour où ils cesseraient leurs activités. Nous leur avions lancé une offre qu'ils n'ont pas jugé bon d'accepter. Nous ne pouvions pas imaginer ce terrible naufrage, lors de la croisière de leurs cinquante ans de mariage. Ensuite, notre volonté était juste de soulager Anne de la charge représentée par l'équilibre financier et l'entretien d'une telle boutique pour qui n'est pas rompu au commerce et à ses exigences ! Nous avions déjà trouvé un accord avec sa sœur Marie et pensions l'affaire en bonne voie. Hélas, Anne en a décidé autrement... Tant pis pour nous et surtout pour elles deux, point final ! Il est pénible d'être animé par une démarche amicale, généreuse, et de se voir soupçonné de manœuvres suspectes et intéressées...

— Pourtant, à ce qui se raconte dans le bourg, cette acquisition représentait pour vous un marchepied, une étape essentielle vers la mairie...

— Cela, ce sont les ragots de Radio-Bistrot ! ricana Vinciane Jansen qui reprenait lentement du poil de la bête. Je n'ai pas plus d'ambitions politiques que je ne suis attachée à la boutique des parents Larvor... Je souhaitais seulement que l'emplacement ne serve pas de maison de vacances à un couple qui l'occuperait un mois ou deux dans l'année, cela aurait été préjudiciable au village...

Elle jouait à merveille le rôle de la bourgeoise scandalisée, mais pas assez pour dissimuler son dépit de voir son rêve s'évanouir, une fois de plus. Son mari devait encore penser à l'arrivée dantesque de son épouse et ne pipait mot, la laissant s'exprimer avec une aisance de plus en plus évidente, comme si elle s'imaginait que nous n'avions pas entendu ses propos à notre endroit ou que nous les avions déjà oubliés. Il me sembla le sortir de sa léthargie en lui demandant de me parler de ses études de mécanique. Il sourit, me voyant venir.

— C'est vrai, pour faire plaisir à mon père, j'ai suivi un stage en mécanique générale, durant deux années. Seulement les moteurs, ce n'était pas mon truc, j'ai vite capitulé ! J'en sais assez pour trafiquer des freins de voiture, mais trop pour utiliser une méthode aussi naïve que celle évoquée au bourg par certaines personnes bien informées. Un écrou de pneu mal serré m'aurait paru une perspective plus futée, d'autant que le véhicule d'Anne sortait du garage du mécano local ; il possède une réputation d'étourdi et cela aurait passé, au pire, comme une terrible bévue de sa part… Savez-vous qu'un jour, voilà plusieurs années, un gars qui descendait vers Quimper a vu l'une de ses roues le doubler…

— Oui, je le sais ! Les légendes ont décidément la vie dure sur Locronan ! Alzheimer n'est pas né sur la commune, visiblement ; ici, les gens n'oublient jamais… Bon, nous n'allons pas vous déranger plus longtemps, si nécessaire nous reviendrons vous questionner. Bonne fin de journée…

Je posai ma main sur l'épaule de Sarah pour l'inciter à me suivre, car nous ne tirerions pas d'autres renseignements de ces experts en vente de salades. Du moins pour l'instant… Ils utilisaient avec nous la même aisance verbale qu'ils devaient employer pour fourguer un rossignol de leur magasin à des pigeons crédules. Dans le couloir, je passai devant Scoubidou, m'accroupis pour le caresser un peu, en veillant à ne pas me faire mordre. Plus ils étaient petits, plus je me méfiais d'eux, sur les conseils d'un ancien facteur… Je levais la tête vers sa maîtresse dont je sentais la présence auprès de moi, pour lui demander s'il s'agissait d'un mâle ; elle opina avec un large sourire, convaincue de s'en tirer à moindre mal après sa boulette de l'entrée, ce qui me donna l'occasion de revenir au score, tout en me relevant :

— C'est vrai, bien sûr, la queue entre les jambes ! Homme ou chien, de mauvais poil ou satisfait de lui, un mâle avance toujours la queue entre les jambes, pas vrai ? Mais peut-être en avez-vous fréquenté d'autres, car vous me semblez férue sur le sujet…

— Excusez-moi… Je ne savais pas… C'est-à-dire… Vous comprenez… balbutia l'antiquaire dont le visage caméléon avait adopté la couleur rubiconde de la tenue.

— Tant que j'y suis, insista Sarah, satisfaite de ma réaction d'honneur et de défense de ma virilité, lorsque vous reverrez le petit merdeux qui occupe parfois le fauteuil du maire, vous lui direz ceci de ma part : quand on tire une langue comme ça devant une nana et que, d'un autre côté, on a les dents qui rayent le parquet, on risque le gros accident au moment où on referme la bouche ! Mon conseil, pour son cas particulier, serait qu'il ne l'ouvre pas ; cela lui éviterait déjà de sortir des inepties, ensuite de se blesser gravement ! Et puis, pour tout vous dire, mon type de mec, c'est le mâle plus mature, comme mon partenaire ou votre époux, seulement désolée pour celui-ci, je ne flirte pas quand je suis en mission, aussi je lui conseille dorénavant de garder pour lui ses compliments suaves et ses chocolats enrobés de guimauve. On m'avait affublé de pas mal de surnoms : sale peste, blondinette, Polonaise, caniche flic, mais jamais de petite pimbêche. Informez-vous à la source, avant de colporter des fausses informations, cela vous évitera de balancer des contre-vérités autour de vous et aussi de casser de la porcelaine de Chine…

— Je suis désolée, c'est Maeva qui…

— Cela commence par une rumeur, un potin qu'on colporte pour tailler sur mesure la réputation d'une personne, ensuite cela finit par un meurtre imbécile ! enchaîna Sarah, très remontée, fixant du regard Vinciane Jansen, passée en deux minutes du rouge pourpre au blanc cassé. Voyez la malheureuse Anne Collinot ! Une mauvaise blague, voilà trente ans, une légende qui passe les décennies, sans que personne ne puisse apporter une certitude sur son origine, une histoire qui se polit au fil des ans à coups de bave acide, et puis le drame pour lequel l'un des acteurs de la mauvaise farce va payer le prix fort. Pas forcément beaucoup plus coupables que les autres protagonistes de la satire, seulement il aura pris les ragots pour argent comptant et sera passé à l'acte, devenant le bras armé de la bêtise collective…

— Je m'excuse, je vous promets…

— Les promesses n'engagent que ceux qui les reçoivent, madame Jansen, et je ne suis pas disposée à les entendre ! coupa Sarah en s'éloignant de son interlocutrice, hébétée et pantoise au milieu du couloir. Pas aujourd'hui et surtout pas de votre bouche emplie de fiel et de condescendance. J'espère pour vous que vous n'avez rien à voir avec ce crime, de près ou de loin, car même si je suis originaire de l'autre bout de l'Europe, j'ai cela de commun avec les habitants de ce village : ma mémoire n'efface jamais les injures. Bonne fin de journée !

Finalement, on quittait le couple Jansen sans avoir réellement progressé dans notre enquête et cela m'exaspérait encore un peu plus. J'avais horreur de tourner en rond de la sorte, incapable de suivre la piste logique d'une affaire menée avec rigueur. Les gens nous baladaient et cela pouvait durer la semaine… Nous étions un volant de badminton que les raquettes se renvoyaient à plaisir… Tous autant qu'ils étaient, les habitants de Locronan se révélaient aussi imperméables à nos questions que les murs de granit des maisons aux caprices incessants de la météo. Ces deux commerçants à la façade honnête faisaient pourtant des suspects idéaux et offraient le profil parfait pour endosser le meurtre. Ils possédaient le mobile pour faire disparaître les parents Larvor puis leur fille, la motivation nécessaire pour passer à l'acte, l'intelligence suffisante pour ne pas laisser de traces après leurs crimes, les appuis indispensables pour éviter les ragots trop virulents autour de leurs forfaits.

Et j'avais bigrement envie de clouer le bec à cette perruche qui semblait avoir fait de la bourgade son terrain de jeu favori et de ses étalons, ses camarades de partie qu'elle devait humilier à plaisir. Déjà, au sein du couple, c'est elle qui menait la danse, et nul doute qu'au bal, elle devait changer souvent de cavalier. Par ailleurs, son mari n'avait pas un regard plus franc qu'elle, et son absence de tempérament ne lui interdisait pas de manigancer des plans diaboliques. Seulement, les coupables ne sont pas forcément ceux qui possèdent le meilleur profil et les opinions personnelles trop hâtives sont les pires ennemies d'une enquête sérieuse. Sinon, combien d'affaires seraient résolues dès la première étude de portraits…

— Moi, pimbêche ! gloussa Sarah en enfonçant son bonnet de laine sur son crâne. Celle-là, je lui aurais bien passé les menottes, histoire de lui rendre un chien de sa chienne !

— Scoubidou est un mâle…

— Une nuit en garde à vue et le vernis se serait vite dégradé ; on aurait découvert ses véritables traits : ceux d'une petite bourgeoise provinciale aveuglée d'ambition qui n'a qu'une idée, occuper le fauteuil du maire ! Aussi, pour concrétiser son rêve fou, tous les moyens sont-ils bons, d'autant que, par ici, on peut blesser, humilier, tuer en silence… Et apparemment avec la bénédiction du bon Dieu et de ses serviteurs, bien prompts à absoudre les coupables s'ils ont agi pour la bonne cause… S'il existe une justice immanente, un jour proche, j'aurai ma revanche ! Je ne suis pas méchante, mais il ne faut pas me chercher…

Je suppliai Sarah de se calmer ; même blâmable dans son comportement, le couple Jansen n'avait peut-être rien à se reprocher… De plus, rien ne permettait d'exclure Marie Le Men, la sœur d'Anne, de la liste des suspects. Elle aussi possédait de bonnes raisons de voir disparaître sa sœur et la moelle nécessaire pour trafiquer ses freins. Avec un bémol cependant : je ne parvenais pas à la voir s'en prendre à ses parents. Je fis part de mes réflexions à Sarah qui semblait avoir oublié sa soirée gâchée, masquée par la réflexion vacharde de Vinciane Jansen et un os qui lui restait en travers de la gorge, nommé Erwan Uguen. Elle alla dans mon sens, tout en me rappelant que, dans cette affaire, nous n'avions pas encore achevé l'inventaire des possibles suspects. Il restait la crêpière, bien sûr, mais aussi le maire qui semblait avoir un poids sur la conscience, ou encore son petit-fils, qui semblait si sûr de lui. Celui-là, qui se permettait de prendre ses rêves pour des réalités, arrivait désormais en tête de ses favoris, à bien y réfléchir ! Je fis sourire Sarah en lui affirmant que la gendarmerie de Locronan ne possédait certainement pas suffisamment de cellules pour enfermer tous ses suspects à placer en garde à vue… Sans parler d'autres habitants du patelin, sur lesquels nous ignorions encore tout et qui pouvaient se révéler des coupables en puissance… Bref, on pataugeait tous deux, au propre comme au figuré, et sans un petit coup de pouce du destin, impossible d'y voir plus clair.

— Déjà, si les gendarmes nous confirment la thèse d'un sabotage du voilier, nous saurons qu'il s'agit d'une opération machiavélique élaborée de longue date et, dans ce cas, les antiquaires sont en pole-position, argua Sarah, les mains occupées à relever son col de kabig, car la pluie redoublait d'intensité. Je te rappelle aussi le nom de Mathurin Lannuzel, l'historien de Concarneau, qui pourrait nous en apprendre sur Keben et peut-être aussi sur les secrets du passé récent de la commune. Pour moi, mon Papounet, ta petite amie t'a caché un secret sur sa jeunesse, la vilaine cachottière !

— Ce n'était pas ma petite amie et je maudis le soir où je me trouvais à mon bureau quand elle avait demandé à parler à un policier.

— Ne sois pas obtus, elle ne voulait pas parler à UN policier, elle venait TE rencontrer ! Moi, elle me plaît, cette enquête, à bien y réfléchir… Cela change de l'ordinaire, des bagarres d'ivrognes qui finissent mal, des scènes de ménage qui tournent au drame, des règlements de comptes entre petites frappes… Surtout si nous avons deux crimes distincts, maquillés en accident ! Et puis, nous devons protéger ces deux jeunes, si les assassins menacent de s'en prendre à eux, après leur mère et leurs grands-parents, à présent que tu lances à la cantonade qu'ils sont les authentiques propriétaires…

— L'adjudant Stéphane Fleury semble motivé pour cette mission ! Nous ferions doublons en nous imposant auprès de lui, ce serait maladroit de notre part...

— Seul, il n'est pas de taille, face à des adversaires aussi rusés ! S'il arrivait quelque chose aux mômes, on s'en voudrait durant toute notre existence...

— Ne sois pas obtuse, Sarah, répliquai-je en utilisant à dessein les propres termes de ma fille, tu ne veux pas LES protéger, tu veux LE fréquenter, ton Lucas, rien de plus !

— Moi, fréquenter Lucas ? C'est vraiment n'importe quoi... Je n'ai jamais rien entendu d'aussi ridicule...

En désespoir de cause, on fit une halte au Puits d'Amour pour se prendre une boisson chaude et changer de tenue, histoire de ne pas attraper la crève. Sarah se lamenta, elle n'avait déjà quasiment plus rien de chaud et de sec à se mettre sur le dos, malgré ses achats récents. Elle allait devoir retourner à la petite boutique d'habits bretons pour se trouver un autre pull et un pantalon... Voilà une mission qui allait lui coûter un maximum en fringues de rechange...

J'appelai la gendarmerie pour savoir si les résultats des analyses étaient arrivés ; il était hélas encore trop tôt, il nous faudrait attendre le lendemain, en après-midi, au plus tôt. Je suggérai une visite au maire, puisqu'il semblait ne pas avoir la conscience tranquille ; Sarah me rappela qu'il consacrait ses après-midi à ses patients et me suggéra d'aller d'abord à la boutique de vêtements tous les deux – ce qui signifiait dans son langage que je devais me munir de ma carte bancaire – avant de rendre une petite visite de courtoisie à Lucas et Anaïs, en attendant l'heure du rendez-vous à la crêperie. Je ne voyais pas en quoi cela nous ferait progresser dans notre affaire, seulement je n'avais pas d'autre proposition à émettre, et puis je ne pouvais pas tout refuser à ma fille…

On s'apprêtait à quitter le bar de Philippe Gerbaud quand une septuagénaire pénétra dans la salle d'un pas décidé, nous expliquant qu'elle voulait nous parler en privé. Une fois tous trois installés dans le salon de télévision, elle se présenta : Françoise Garry, l'épouse de l'ancien notaire de Locronan et la mère de Vinciane Jansen, ce qui me fit comprendre pourquoi elle tenait à nous rencontrer. Le vrai style grenouille de bénitier première classe, avec toutes les options : langue de vipère, regard fourbe, dos voûté sous le poids des messes basses, voix mielleuse de dame de charité mal ordonnée, doigts crochus de pourfendeuse de sorcières…

— Vous n'avez pas le droit d'importuner ma fille avec vos questions ! asséna-t-elle dès l'entame sur un ton péremptoire. Vous ne savez pas le tort que peut causer une enquête policière dans les affaires, surtout dans le monde de la brocante ! Mon mari serait encore de ce monde, il ne vous aurait pas laissés salir de la sorte l'honneur de la famille.

Abasourdi, je contemplai notre interlocutrice, ébahi

par le culot de sa démarche. Je me doutais que sa fille l'avait appelée, seulement comment pouvait-elle savoir que nous allions décider une halte au bar ? Que lui avait raconté Vinciane Jansen, pour qu'elle enfourche aussitôt ses grands chevaux ? Certainement marquée par la boulette de l'arrivée, sa fille avait paniqué et imaginé que nous allions harceler le couple jusqu'à ce qu'il craque. Et Mère Courage venait à la rescousse, une fois de plus, rassemblant ses dernières forces pour mener un baroud d'honneur… Recroquevillée sur elle-même, habillée de manière classique, avec un tailleur Chanel de facture ancienne, elle possédait des yeux semblables à ceux d'une chouette, qui vous transperçaient à chaque regard. Du moins, quand ils se décidaient à ne pas tenter de s'échapper, dénotant une volonté hors du commun et une personnalité qui ne s'en laissait pas compter.

— J'ignore si Keben est morte accidentellement ou si quelqu'un l'a aidée à disparaître, je peux juste vous affirmer deux choses : d'abord ma fille et son gendre sont innocents dans cette affaire, ensuite cette peste a bien mérité de finir ainsi et vous ne trouverez personne, sur Locronan, pour la pleurer !

— Au moins ses enfants, tout de même ! murmurai-je timidement, avant de contre-attaquer : Mais pourquoi la nommer Keben ? Nous ne parvenons pas à comprendre la signification de ce terme, ou plutôt le lien entre la sorcière de l'époque et la victime du sabotage…

— Il est des secrets qui doivent rester dans le ventre du bourg et ne jamais en sortir ! Des faits qui portent malheur, rien qu'en y repensant, sans même les évoquer ! Anne Larvor avait le mal en elle, elle nous aurait tous détruits, si nous ne l'avions forcée à quitter la commune. Elle pensait pouvoir revenir, trente ans plus tard, et s'installer ici comme si rien ne s'était passé ! Seulement, à Locronan, personne n'a oublié…

— Oublié quoi, madame Garry ? questionnai-je, de plus en plus agacé par le comportement des gens du village.

— Ce qu'elle a fait, le crime qu'elle a commis !

— Le crime, quel crime ?

— Cela, je ne peux pas vous le dire ! Tout le monde le sait, personne n'osera briser le secret. Anne Larvor était maudite, elle avait le mal en elle, c'était une sorcière ; voilà pourquoi nous l'appelons Keben ! C'est le diable qui l'a emportée et elle ne nous manque pas… Bon, vous laisserez ma fille tranquille, désormais ?

— Tout dépendra des enquêtes en cours ! répliquai-je froidement. Sur la mort du couple Larvor, dans un premier temps, puisque nous allons certainement apprendre bientôt que leur naufrage n'était pas un accident. Sur celle de leur fille Anne, ensuite. S'il s'agit de meurtres, dans les deux cas, je ne crois pas le diable ni le bon Dieu assez adroits de leurs mains pour trafiquer un voilier ou une voiture. Il nous faudra donc trouver les coupables, que ce soient votre fille et votre gendre, ou d'autres suspects…

— Tout ce cirque pour la mort d'une fille nuisible, si ce n'est pas malheureux !

— Nous finirons par savoir quel crime a commis Anne Collinot, dans sa jeunesse, qui lui vaut autant de mépris, même morte, de la part des gens qui l'ont vue grandir. Les gendarmes doivent bien avoir un dossier là-dessus… ou la presse régionale ou encore l'évêché.

— Personne ne parlera, vous ne saurez rien, Keben a emporté son secret avec elle et sa mort n'est qu'une décision de la justice divine. Je vous laisse, j'ai à faire ! Un conseil, laissez tomber cette affaire… Qui s'approche trop près de Keben ou du fruit de ses entrailles tombe fatalement sous son emprise et devient aussitôt un suppôt de Satan. Et alors, les foudres divines s'abattent sur lui ! À bon entendeur…

— C'est une menace ? interrogeai-je, sidéré par tant d'audace, en attrapant le bras de la vieille harpie.

— Le diable ne prévient jamais, il frappe sans crier gare ! me cracha-t-elle à la figure, les yeux emplis de haine.

— Je ne suis donc pas un mauvais diable, car moi je vous préviens que la prochaine fois que vous venez nous menacer, je vous fais enfermer pour insulte faite à un fonctionnaire de police dans l'exercice de ses fonctions ! Et ni votre défunt mari, ni vos relations locales, ni votre grand âge n'y pourront rien…

— De toute manière, vous ne saurez jamais ! clama-t-elle en me tapant sur le genou de sa canne, pour me forcer à la libérer.

Elle repartit à petits pas pour disparaître de notre horizon, nous laissant sans voix. Dès qu'on se sentit complètement seuls, Sarah me cracha à la figure que cette vieille folle ne l'impressionnait pas et qu'elle venait même de lui fournir une raison supplémentaire de se rapprocher de Lucas. Sacrée tête de mule bien bretonne sous chevelure blonde polonaise ! Je ne pouvais la blâmer, l'envie me piquait aussi de braver l'interdit, de prouver que ces vieilles fadaises, mêlant la religion et la légende, ne nous impressionnaient pas. Seulement, je ne possédais pas son opportunité d'opérer ; aussi l'idée me vint-elle de lui proposer un cadeau qu'elle ne pouvait pas refuser :

— Cela te fait plaisir d'aller manger avec les jeunes ? Vas-y, je vais appeler Dominique pour voir si elle peut venir me rejoindre. En fait, elle me manque, et puis elle sera plus à sa place que toi, à mes côtés, face à la crêpière. Comme ici tout se sait, notre dîner ne passera certainement pas inaperçu. Dominique possède la carrure pour assumer les ragots et les médisances…

— Tu es sûr que tu n'as pas besoin de moi, car l'enquête passe avant tout ? s'inquiéta Sarah, plutôt fourbe, une fois de plus, alors que son cœur palpitait de joie. Tu sais, Lucas, je l'aime bien, mais on se connaît peu…

— Tu as bien le droit à quelques moments de plaisir, dans ta vie de labeur ! Tu as eu ta dose de vacheries pour la journée, tu as mérité un peu de douceur…

— Mon Papounet, ai-je déjà eu l'occasion de te dire à quel point tu étais adorable ?

— Oui, à plusieurs reprises, seulement cette fois, j'aimerais que tu l'écrives sur un bout de papier, avec ta signature ; un document que je conserverais dans mon portefeuille et que je sortirais à bon escient, les jours où tu me trouves imbuvable…

— Tu as vraiment l'art de gâcher les rares moments où tu sais te montrer à ton avantage… Bon, je te laisse, je monte me changer ! C'est stupide, je n'ai pas songé à prendre une seconde robe… Je vais demander à Philippe s'il n'a pas un fer à repasser à me prêter…

— Laisse-moi deux minutes et je t'accompagne à la boutique pour te trouver une tenue de princesse et un change pour demain… Avec ma carte bancaire…

— Tu verras, on trouve aussi des bonnes affaires pour homme, je suis certaine que tu ne regretteras pas le déplacement… En plus, c'est bien moins cher qu'à Quimper…

Dans la foulée, j'appelai Dominique pour lui expliquer à quel point elle me manquait et je l'invitai à partager un repas de crêpes à Locronan, si cela ne bousculait pas trop son programme de la soirée. Pensez donc, elle n'attendait que cela, m'avoua qu'elle trouvait aussi le temps très long en mon absence, surtout après son escapade parisienne, et me proposa d'arriver peu après dix-huit heures, le temps de troquer son tailleur de magistrate pour une tenue plus adaptée et d'effectuer le trajet. Je lui suggérai d'enfiler pull et pantalon chauds car le soir, il faisait plutôt frisquet, sur les hauteurs des Montagnes Noires, d'autant qu'un crachin tenace nous tombait du ciel sans discontinuer depuis le début de la semaine. Seulement, Dominique avait hâte de venir me rejoindre à Locronan et ne m'écoutait déjà plus…

Elle avait dû s'échapper du bureau avant l'heure, courir vers son appartement pour tirer de ses affaires d'hiver un ensemble veste et pantalon en suédine couleur violine et un pull à col roulé à rayures horizontales de multiples couleurs qui lui donnait une apparence de tranche napolitaine enrobée de confiture de prune ; on ne pouvait pas dire que les deux s'harmonisaient réellement, du moins avait-elle chaud ce qui, à bien y réfléchir, était l'essentiel. À peine étions-nous rentrés de notre visite à la boutique de vêtements que le klaxon de la voiture de Dominique retentit au milieu de la Grande Place. Pour la discrétion, c'était raté…

Je lui proposai de garer son véhicule devant la mairie et, à la faveur d'une relâche providentielle dans les ondées, je lui suggérai un tour de la ville, avant de gagner l'hôtel où Sarah et moi avions nos chambres. Je lui racontai la journée de chien que nous venions d'endurer, la rencontre infructueuse avec une coalition de carpes, ponctuant le tour d'horizon par la réputation sulfureuse de Marie-Pierre, la crêpière qui allait nous accueillir pour le dîner. Dès cet instant, Dominique me tint le bras avec un peu plus de force et ne le lâcha plus de toute la balade.

Deux heures plus tard, quand elle se trouva face à sa rivale annoncée, elle sortit aussitôt ses griffes de tigresse. C'était la première fois qu'elle m'offrait le spectacle d'une femme qui défendait bec et ongles l'homme de sa vie et les limites de son territoire ; une sensation bien agréable, ma foi ! Un art dans lequel, comme tant d'autres, elle œuvrait en virtuose, nantie d'armes qui faisaient défaut à sa concurrente. Celle-ci abdiqua rapidement, sentant combien le bras de fer était perdu d'avance. Dès lors, elle se contenta de nos félicitations pour la qualité de ses crêpes, bien inutiles quand mon invitée, alors que je calais après trois galettes de sarrasin au calamar, se laissa tenter par une dernière, décidée à ne pas passer à côté d'une crêpe froment, chocolat blanc, caramel ! Et lorsque Marie-Pierre Macé lui proposa de rajouter un peu de crème chantilly, loin de s'offusquer, la gourmande argua que ce n'était pas fête tous les soirs. Comme je regardais fixement Dominique, elle m'apostropha :

— Cela fait trois jours que je me nourris uniquement de salades composées ! Ce n'est pas une petite crêpe qui va me faire grossir…

— La crêpe, peut-être pas ! Par contre, la chantilly et le caramel…

— Vous avez toujours le chic pour me donner mauvaise conscience !

— Mais je n'ai rien dit ! me défendis-je.

— C'est pire, vous l'avez pensé très fort et vous n'avez pas osé l'exprimer…

Bien sûr, nous fûmes les derniers à achever notre dîner, de sorte que, lorsque Dominique avala l'ultime morceau de sa crêpe de froment, il ne restait plus que nous dans la salle. Comme Marie-Pierre avait fini son service, je lui proposai de venir s'installer à notre table. Elle objecta que, le lendemain matin, elle devait aller au ravitaillement de bonne heure à Douarnenez. Je ne pus m'empêcher de lui avouer que j'ignorais ce fait :

— Il est donc possible de se ravitailler en bonheur à Douarnenez…

La crêpière haussa les épaules, peu habituée à mon humour hasardeux, Dominique sourit en s'essuyant les lèvres encore grasses du beurre de sa dernière bouchée. La patronne nous proposa un café ; on accepta. À cette heure tardive, il ne nous empêcherait pas de dormir. Marie-Pierre apporta les trois tasses et daigna enfin s'installer près de nous. Je décidai d'entrer aussitôt dans le vif du sujet :

— La mort d'Anne Collinot a dû vous chavirer, elle était l'une de vos meilleures amies…

— J'avais deux ans de moins qu'elle, cependant nous sortions souvent ensemble, le samedi soir. Elle était extravertie, parfois sans-gêne, certains disaient même dévergondée. Moi, j'étais plus jeune, plus timide, moins hardie. J'apprenais dans son ombre l'art de la séduction. J'ai sans doute raté quelques leçons, sinon je ne serais plus à Locronan…

— Vous n'aviez pas peur des réactions des gens du pays envers vous qui osiez fréquenter Keben ?

— Jamais personne ne m'en a fait le reproche, en tout cas ! Pas davantage à Philippe Gerbaud qui sortait avec nous. Les personnes n'en pensaient peut-être pas moins, seulement elles avaient la délicatesse de ne pas afficher leur point de vue en face de moi… Cela ne les empêche pas de venir se régaler dans ma crêperie, donc elles ont su faire la différence…

— Pouvez-vous nous expliquer la faute commise par Anne, pour que le village lui en veuille au point de lui mener la vie dure, une trentaine d'années plus tard ? Elle a tué quelqu'un ?

— Pas directement ! bredouilla la crêpière en ravalant sa salive. Seulement, ne comptez pas sur moi pour ouvrir le couvercle de la boîte de Pandore… Je n'ai rien à vous dire sur ce sujet et puis il y a prescription, depuis le temps, cela n'a certainement rien à voir avec sa mort ! En plus, je suis fatiguée par une journée harassante, je suis levée depuis six heures du matin…

— Pourtant, vous proposiez ce matin à mon compagnon une longue soirée de bavardage, et même plus, si affinités ! ne put s'empêcher d'exprimer Dominique en foudroyant l'impudente du regard. Il est vrai que certaines activités sont de nature à faire oublier les miasmes du quotidien… Un nouveau parti sur la commune et vous n'avez pas pu résister au désir de lui proposer de partager vos jeux amoureux…

— Qu'allez-vous imaginer, je suis veuve et grand bien m'en fait !

— Je suis désolée, vous avez perdu votre mari récemment ? poursuivit Dominique, l'œil inquisiteur.

— Il était marin à Douarnenez, il a péri dans un accident au large de Terre-Neuve. Vous voulez l'acte de décès ?

— Anne Collinot n'est pour rien dans sa mort, j'espère ! insista la magistrate, sentant une piste se profiler.

— Qu'allez-vous chercher ! Cela faisait des années qu'elle avait quitté la région. Vous allez imaginer cela car j'ai dit tout à l'heure qu'elle était responsable de la mort d'un homme ? J'ai encore trop parlé, j'aurais mieux fait de me taire... Bon, je ne vous chasse pas, seulement j'aimerais fermer...

— Entrave à une enquête de police et à une instruction judiciaire, vous savez que je pourrais demander au capitaine de vous placer en garde à vue ? insista Dominique, décidément teigneuse. Tant que la loi nous autorise encore à utiliser ce moyen pour obtenir des aveux...

— Que voulez-vous que je vous dise de plus ? ricana la crêpière. La liste de mes conquêtes locales ? Les petits secrets de chacun de mes amants ? La recette de ma galette au calmar ? Pour le reste, et notamment à propos de la mort d'Anne, j'ignore tout, je vous le jure ! Vous me faites un procès d'intention, Madame : je paie pour un crime que je n'ai pas commis, puisque je n'ai pas couché avec votre mari… Pourquoi les femmes trompées s'en prennent-elles toujours en priorité à leur rivale, et pas à leur époux ?

— Toute jeune, Anne Collinot a couché avec un homme de Locronan et, depuis lors, la femme de celui-ci se venge ! asséna Dominique, convaincu du bien-fondé de son idée. Ou alors elle a subjugué un garçon de son âge, et sa petite copine de l'époque lui en a voulu à mort… C'est cela, elle était dévergondée, elle ignorait les interdits, un brave père de famille ou un jeune homme de famille bourgeoise a succombé à son charme et tout a dérapé…

— Heureusement que vous n'êtes pas policière, mais magistrate, vous avez tout faux, vous êtes loin de la vérité ! ponctua Marie-Pierre Macé en s'éloignant vers la cuisine avec les tasses à café vides. Si vous ne me mettez pas en examen, j'aimerais aller me coucher…

— Ce n'est pas le désir qui me manque de réclamer votre mise en garde à vue pour vous faire cracher le morceau ! grommela Dominique en se levant d'un bond. Seulement, moi aussi, j'ai vécu une journée harassante et j'aimerais aller me reposer…

Une fois à l'air libre et sous la pluie, cela devenait une fâcheuse habitude, j'exprimai ma satisfaction à Dominique. Mine de rien, Marie-Pierre Macé venait de vous révéler qu'Anne avait été impliquée dans la mort d'un homme, sans doute pas un habitant de la commune.

Ma complice ne m'entendait pas, perdue dans ses pensées. Elle avait une autre idée en tête…

— Il se fait très tard, je crains de prendre la voiture sous ce crachin désagréable, d'autant que j'ai un peu abusé du cidre. Votre hôtelier n'aurait pas une chambre disponible pour moi ? J'ai prévu un petit nécessaire de nuit dans la voiture, au cas où… Je repartirais demain matin pour Quimper, après le petit-déjeuner…

— Les chambres sont en réfection, actuellement ! expliquai-je, le visage déconfit. Cependant la mienne dispose d'un grand lit, si vous acceptiez ma proposition, je vous y accueillerais avec infiniment de plaisir ! Depuis le temps que les événements se liguent contre nous et nous interdisent un tel rapprochement… Mais je vous préviens : on peut compter les ressorts du matelas et, de plus, après un repas aussi lourd, je risque de ronfler…

— Il n'est pas question que nous couchions dans le même lit, vous dites n'importe quoi ! s'offusqua Dominique, affichant une mine de vierge effarouchée. Nous sommes amis, j'apprécie votre compagnie, je pense même qu'un jour le destin nous rapprochera l'un de l'autre, mais je ne veux pas que cela se fasse en un lieu aussi sordide, avec autant de langues de vipères qui se chargeraient de colporter l'information dans tout le département et jusqu'aux marches du palais… J'ai mon amour-propre, quand même, et une autre image de notre première nuit d'amour… Oui, Paul, je suis romantique, cela vous dérange ?

— Dommage, nous aurions pu évoquer l'enquête, remonter les pistes une à une, approfondir les zones d'ombre, fouiller les endroits touffus, nous pénétrer des indices en notre possession, pour finir par voir la vérité jaillir comme une évidence…

— Paul, je vous en prie, le cidre ne vous vaut rien de bon !

On monta l'escalier, j'ouvris ma chambre et frappai à la porte de celle de Sarah ; pas de réponse, elle n'était pas encore rentrée ; pourtant, on approchait de minuit.

À peine étais-je revenu auprès de Dominique que je vis des lumières de phares au pied de l'hôtel. Et j'entendis la voix de ma fille, peu soucieuse du sommeil des voisins.

Elle remercia ses amis pour la superbe soirée, puis courut jusqu'à l'entrée du bâtiment. Pour sa part, la voiture, sans doute conduite par Stéphane Fleury, poursuivait son avancée jusqu'à la place centrale et la demeure de Lucas et Anaïs.

Je sortis à nouveau dans le couloir et découvris ma fille rayonnante.

— Il est vraiment super, ce garçon ! Certes très timide, peu entreprenant, mais cela est parfois préférable à des freluquets très culottés. On est allés dîner dans un restaurant de Douarnenez et devine qui j'ai croisé ? L'adjudant-chef Troupel avec qui l'on avait enquêté sur la disparition des Mouettes… Et il n'était pas seul ; une femme très classe mangeait en face de lui ! Stéphane le connaissait, il est allé le saluer. Il en pince vraiment pour Anaïs, le petit gendarme, ils sont trop mignons ! Et vous, ce repas de crêpes ?

— Lourd, très lourd ! annonçai-je de manière lapidaire. Enfin, pour l'estomac ! Du coup, Dominique est restée dormir à Locronan. Elle a jugé plus raisonnable de ne pas reprendre la route de Quimper avec ce sale temps. La triste fin d'Anne ne l'a pas incitée à courir le moindre risque… Par contre, elle ne veut pas de ma présence dans sa chambre, elle a peur des ragots…

— Comme si cela allait changer quoi que ce soit aux rumeurs, si je t'invitais à partager mon lit ! murmura Sarah en secouant la tête. Elle a vraiment des réactions de vieille fille, parfois ! Les gens sauront que nous sommes trois, que l'hôtel ne dispose que de deux chambres disponibles et que je suis ta fille… Une équation logique, facile à résoudre…

— Enfin, nous n'avons tout de même pas perdu complètement notre soirée. À force de la pousser dans ses retranchements, nous avons fini par apprendre, de la bouche de Marie-Pierre, qu'Anne avait été mêlée au meurtre d'un homme, voilà trente ans. C'est un début de piste, non ?

— C'est tout de même bizarre que ses enfants ne soient pas au courant de ce drame ! Elle ne peut pas avoir gardé un tel secret pour elle, s'il est avéré. Et si Lucas savait une telle information, il me l'aurait confiée, j'en suis certaine… Bon, je ne veux pas remettre en marche mon disque dur avant de me coucher, sinon il va tourner toute la nuit et demain, je ne vaudrai rien de bon sur le terrain. Tu n'es pas entré dans la chambre ?

— La clé doit se trouver dans ta poche, ma fille ! Par contre, as-tu bien fermé en bas, derrière toi ? Non, bien sûr, j'y vais…

Dominique apparut alors, elle voulait se rendre aux toilettes, sur le palier. Seulement, la place était prise par plus jeune et rapide qu'elle. Elle maugréa un peu plus, remonta le haut de son pantalon de pyjama, m'avoua qu'elle avait trop mangé et me reprocha de l'avoir laissée céder à sa gourmandise naturelle. Autant de mauvaise foi me scandalisa. Le son d'une chasse d'eau évita une dispute. Je descendis pour verrouiller l'entrée annexe de l'hôtel, Dominique s'empressa de s'enfermer dans les WC ; je me trouvais à mi-escalier quand j'entendis un cri dont je ne pouvais savoir s'il avait été émis par l'une ou par l'autre des femmes de ma vie. J'arrivai dans le couloir et vis Sarah pliée en deux, vomissant son repas dans le lavabo de la salle de bains de l'étage. Je me demandais ce qui se passait et poussai la porte entrouverte de sa chambre. Je compris aussitôt la raison de son effroi.

Un corbeau mort et ensanglanté avait été posé sur son lit, près d'une feuille de papier portant une phrase rédigée sur ordinateur : OCCUPEZ-VOUS DE VOS AFFAIRES, SALES FLICS. Cette fois, l'auteur du message avait pris soin de ne pas adresser un envoi manuscrit. Sans doute savait-il que des graphologues étudiaient sa première œuvre. Pour ce qui était du corbeau, l'animal, il ressemblait à celui qu'avait retrouvé Anne Collinot à son domicile, en plus petit toutefois. Cela signifiait également qu'un individu mystérieux avait profité de notre dîner à la crêperie pour s'introduire dans l'hôtel, puis dans la chambre de Sarah, qu'elle avait pourtant fermée à clé, en emportant le petit trousseau avec elle.

Sortie prématurément des toilettes et attirée par la porte ouverte, Dominique en fut quitte, à son tour, pour un passage devant le lavabo de la salle de bains commune, tant la vision était immonde. Voilà comment le blé noir peut finir en gerbe…

— On est dans un pays de fous ! beugla-t-elle, avant de se rincer avec un produit d'hygiène dentaire et buccale dont elle ne se départait jamais, élément du nécessaire de toilette qu'elle avait également prévu, à l'intérieur de sa sacoche de travail.

— Il est certain que notre enquête ne fait pas plaisir à grand monde ! soupirai-je en me frottant les mains sous le robinet après avoir descendu le corbeau, le couvre-lit et la couverture au rez-de-chaussée.

— Pourquoi s'en prendre à Sarah ? poursuivit-elle d'une voix tremblante. La pauvre môme…

— Nous étions visés tous les deux, seulement le coupable ignorait lequel de nous dormait dans cette chambre, expliquai-je, assis sur le lit, la tête entre les mains, impressionné, moi aussi, par cet avertissement sanglant. Ou alors, ce cinglé le savait, ne serait-ce qu'en fouillant ses affaires, et en voulait directement à Sarah. Soit pour lui faire payer son insolence – dans ce cas, j'ai deux candidats sur la ligne de départ : Erwan Uguen, le petit-fils du maire et Vinciane Jansen, l'antiquaire – soit pour la conduire un peu plus près d'une vérité qu'elle a survolée, peut-être sans le savoir, et lui plonger le nez dans les risques qu'elle prenait en se mêlant de ce qui ne la regardait pas ; et alors, je n'ai pas le moindre nom de suspect à avancer.

— Cela ne va pas être facile de se changer les idées, après un tel spectacle ! soupira Dominique en ouvrant le lit pour s'enfiler sous le drap. Encore une nuit blanche qui s'annonce…

— J'aurais bien une petite proposition pour vous changer les idées, mais…

— C'est non ! Vous êtes vraiment un obsédé…

J'avais du mal à comprendre le fonctionnement du cerveau de la magistrate sur ce sujet précis ; pour elle, j'étais son compagnon, elle ne cessait de le clamer à qui voulait l'entendre, et pourtant nous n'avions pas encore passé la moindre nuit ensemble. Elle le désirait ardemment, pestait à chaque fois qu'un événement contrariait nos projets et nous empêchait de conclure ; pourtant, elle renâclait régulièrement quand l'opportunité s'en présentait… Je ne savais plus sur quel pied danser. Je préférai adopter une attitude philosophe, récupérer une couverture dans la vieille armoire à la porte grinçante et squatter un coin de la pièce…

Dominique me souhaita une bonne nuit avant d'éteindre la lumière. Sarah sortit juste de sa chambre pour faire irruption dans la nôtre.

— Impossible de dormir dans ce pieu, le sang a traversé le dessus-de-lit et souillé les draps ! Pouvez-vous m'héberger dans la vôtre, sinon je finis dans le couloir ? Mais que fais-tu par terre, Papa ? Le lit est assez large pour deux, non ?

— Oui, mais j'ai peur de beaucoup bouger durant la nuit et de gêner Dominique qui est très fatiguée après une journée harassante, arguai-je pour sauver la situation.

— Je n'arriverai jamais à comprendre la nature de vos jeux, à tous les deux ! murmura Sarah. Tu sais, je voulais te dire, le salaud qui est venu poser le corbeau sur mon lit a également fouillé les affaires de ma valise et du placard ; j'ai retrouvé mes affaires dépliées et mes sous-vêtements en vrac sur l'étagère… J'ai peur, mon Papounet, je veux rentrer à Quimper…

— Allez, viens t'installer à côté de moi, grommela Dominique en se retournant sans allumer la lumière, et j'espère que tu ne vas pas sauter comme une carpe…

V

Jeudi matin, nouvelle journée pluvieuse et glaciale. Il se trouvait des semaines bouchées, à cette époque de l'année, surtout sur les hauteurs fatiguées des Montagnes Noires… Grisaille du granit des murs des maisons, grisaille du sol de pavés rustiques, grisaille de la toiture, du ciel, grisaille à l'intérieur, pour différentes raisons : Dominique, car elle devait se résoudre à retourner à Quimper où un juge l'attendait à dix heures, après une nuit presque blanche et quelques cauchemars ; Sarah, car elle n'avait pas fermé l'œil de la nuit, elle non plus, qui avait halluciné sur la vision sinistre de cet oiseau de mauvais augure et la silhouette d'Erwan Uguen – car selon ma fille, il ne pouvait s'agir que de lui – fantasmant sur ses soutiens-gorge et ses petites culottes. Pourtant, elle avait décidé de ne pas quitter Locronan : Anaïs et Lucas avaient besoin d'elle, le devoir passait avant tout ! Et moi, mon âme se peignait de gris car je ne supportais pas de voir ma fille et ma compagne avec le visage éteint. Sans parler de mes vertèbres qui me rappelaient que je n'avais plus l'âge de coucher à même le sol…

On se trouvait au petit-déjeuner, le nez dans nos

bols de café noir, quand les gendarmes arrivèrent pour effectuer les premières constatations. L'adjudant-chef Rivoal nous reprocha à demi-mot de ne pas l'avoir appelé, dès la découverte de l'oiseau et du message. Je lui fis comprendre que le premier ne s'envolerait plus et que le second, tiré à partir d'une imprimante, ne nous révélerait sans doute rien de plus sur notre corbeau humain, même si les procédés modernes permettaient de connaître l'identité de la machine qui l'avait recraché. Nous n'allions tout de même pas passer en revue toutes les imprimantes de la bourgade...

De plus, comme Stéphane Fleury s'était couché relativement tard, inutile de lui pourrir totalement la nuit. Le jeune adjudant apprécia ma délicatesse. Les gendarmes nous laissèrent à nos tartines beurrées, montèrent l'escalier et se mirent au travail. Dominique nous quitta à regret et Sarah me rappela son historien dont la connaissance du passé de la ville nous aiderait à coup sûr à y voir plus clair.

De guerre lasse, je finis par contacter Mathurin Lannuzel sur son portable. Par malchance, il se trouvait à Paris pour une conférence et ne rentrait pas en Bretagne avant le week-end. Au mieux, le lendemain soir, plus sûrement le samedi midi. Il me demanda ce qu'il pouvait faire pour le service de la police. Je lui résumai la situation dans laquelle je me trouvais, de la mort d'Anne Collinot jusqu'au mutisme irritant des habitants du patelin ; il comprit très vite mon embarras.

— Je me suis heurté aux mêmes réticences, quand j'ai voulu regrouper des informations pour alimenter les pages de mon bouquin. Il est des sujets sur lesquels les habitants sont intarissables : la gloire passée de la place, le commerce du drap pour les voiles, les artisanats locaux ou encore la grande Troménie. Par contre, il existe des périodes ou des faits qu'ils préfèrent passer sous silence. Notez, cet état d'esprit n'est pas spécifique à Locronan, on le retrouve dans bien des villages et même dans des quartiers de certaines villes… Je vous propose de me rendre samedi après-midi auprès de vous, avec mon dossier complet. Naturellement, je possède des anecdotes collectées, des coupures de presse découpées, des trames de petits scandales locaux, que je n'ai pas publiées dans mon ouvrage. Vous logez au Puits d'Amour ? Alors rendez-vous au bar, nous serons tranquilles dans l'arrière-salle, pour discuter en toute liberté…

Les gendarmes en avaient fini avec les premières constatations dans la chambre de Sarah. Comme nous, ils n'avaient trouvé aucun indice probant, preuve supplémentaire que nous avions affaire à un adversaire très intelligent et très malin. Tout juste appris-je de la bouche de Jocelyn Rivoal que l'animal n'était pas un corbeau freux, comme celui cloué chez Anne Collinot, mais un choucas, une espèce protégée depuis 1989.

— Les gens les confondent souvent, poursuivit-il, d'autant qu'ils font bon ménage ! Ils prolifèrent sur

Locronan, car ils adorent nicher dans des clochers, des cheminées ou encore dans les anfractuosités des murs de pierre… Les cris stridents que nous entendons sont souvent émis par des choucas et non des corbeaux freux !

— Je vous promets que lorsqu'on découvre une dépouille sur son lit, on ne fait pas la différence entre un corbeau freux et un choucas ! balbutia Sarah, encore frissonnante de peur à la seule évocation de son tourment de la veille au soir. Vous semblez particulièrement féru sur la question…

— Ils deviennent un fléau sur la région, notamment pour les agriculteurs ! Quand ils s'abattent sur un champ de blé ou de maïs, en horde de plusieurs centaines d'individus, ils dévastent tout ! Les paysans portent plainte, car ces dégâts ne sont pas remboursés par les assurances… Notez que le problème existe aussi avec les corbeaux ou les corneilles, mais ils sont moins nombreux et mieux gérables…

— Cela ne nous donne pas le nom de l'assassin, hélas ! me lamentai-je, peu inspiré pour débuter la journée. Restent le papier et l'imprimante.

Jocelyn Rivoal semblait douter de l'intérêt à investiguer en ce sens ; il envisagea même l'hypothèse que le papier puisse avoir été tiré depuis une imprimante extérieure au village, pour compliquer un peu plus la tâche des enquêteurs. Seul point important à ses yeux, l'individu avait utilisé la porte de l'arrière-cuisine. Celle-ci donnait sur une cour intérieure que Philippe

Gerbaud partageait avec les locataires de la maison d'en face, qui donnait sur la rue Lann. Il avait voulu aller inspecter cette habitation, le restaurateur lui avait appris qu'elle n'était pas louée depuis plus de trois ans.

— Pourtant, les traces de pas indiquent qu'il s'agit bien de l'itinéraire utilisé par notre suspect, affirma le gendarme, satisfait. Et l'immeuble appartient à un Parisien qui n'est pas revenu à Locronan depuis presque un an…

— Donc il s'agit d'une impasse, au propre comme au figuré ! soupirai-je, harassé par cette enquête qui ne parvenait pas à démarrer.

— Pas vraiment ! À ce que je sais, ce retraité d'un certain âge confie ses clés à Françoise Garry, dès qu'il repart à Paris. Je sais, les traces de pas correspondent à une chaussure masculine… Dans ce cas, pourquoi ne pas imaginer qu'il puisse s'agir du gendre de la veuve du notaire, Wilfried Jansen ? L'un de mes hommes va les interroger tous deux ce matin. À notre retour, nous devrions en savoir davantage sur ce volet de l'enquête… Oui, j'ai un autre programme pour nous…

Dans la foulée, l'adjudant-chef nous proposa de l'accompagner pour une visite des restes du voilier loué par le couple Larvor, lors de leur courte croisière en baie de Douarnenez. Son jeune équipier se trouvait de garde à la gendarmerie, car il fallait aussi s'occuper des affaires courantes, il pouvait donc embarquer l'un des policiers à ses côtés.

Le programme n'enthousiasma pas réellement Sarah qui proposa de se rendre disponible pour s'occuper d'un autre volet de l'enquête :

— J'ai envie de retourner à la bibliothèque et de fouiner dans les documents archivés. Peut-être la chance me sourira-t-elle enfin… L'employé m'a à la bonne, il devrait sans difficulté me donner accès aux dossiers les plus secrets de la commune, si je sais m'y prendre avec lui. Ne me regarde pas avec ces yeux ahuris, Papa, je ne vais pas non plus me prostituer pour obtenir ce droit. Juste l'inciter à coopérer, avec subtilité et opiniâtreté ! Rien de plus, tu me connais, tout de même…

— Justement !

— Pour qui vas-tu encore me faire passer ! se lamenta ma fille, peu encline à accepter la taquinerie. J'ai également remarqué une librairie celtique à l'angle de la place, avec un peu de chance, j'en apprendrai davantage sur Keben et, par ricochet, sur le secret d'Anne. Je serai plus utile ici qu'en vous accompagnant.

Comme il pleuvait toujours des cordes, que nous allions nous coltiner un chapelet d'explications techniques qui risquaient déjà d'échapper à mon esprit peu intéressé par la mécanique et les travaux manuels, je n'émis pas une autre objection que mon doute à voir toujours en ma roublarde de fille une blanche colombe ingénue ; je l'autorisai donc à poursuivre son propre programme. Même si je savais que, plus encore que pour les beaux yeux du bibliothécaire, Sarah projetait de s'intéresser à ceux de Lucas et œuvrait à l'avancée de l'enquête pour entrer plus aisément dans ses petits papiers. Au moins, à passer des heures ensemble, ils se protégeaient mutuellement…

L'expert mandaté par les affréteurs du voilier était formel : la voie d'eau découverte dans la carène de la coque, c'est-à-dire sous la ligne de flottaison, avait été causée depuis l'extérieur par un marteau et un burin, maniés par des mains humaines, celle d'un plongeur aguerri et d'un expert en opération de ce genre. L'homme de l'art semblait convaincu que le trou avait été bouché de l'extérieur au moyen d'une bonnette qui avait sommairement calfaté la voie d'eau, dans un premier temps, pour faire illusion, avant de lâcher un peu plus tard, sous les vagues plus importantes. Il s'agissait donc bien d'un crime, d'un acte prémédité maquillé en accident, et non du fait d'un mauvais entretien du bateau. Bien sûr, selon l'expert, le système désormais obligatoire de la double coque aurait permis d'éviter ce drame, seulement cet équipement n'était pas imposé pour les bâtiments anciens ; de plus, les professionnels ne se montraient pas forcément favorables à sa généralisation sur des navires en bois, car le contact de la coque avec le compartiment d'étanchéité semblait attirer des champignons comme la mérule qui rongeaient la matière. Mais cela, c'était une autre histoire, un autre combat…

Il s'agissait à présent de trouver un individu doté

des aptitudes sportives et manuelles nécessaires pour réaliser un tel sabotage, mais aussi des tripes pour mener à bien son action funeste. Un habitant du secteur, au fait des intentions des parents d'Anne, mais renseigné aussi sur le voilier qu'ils allaient louer pour leur croisière. Un suspect assez jeune pour accomplir un tel exploit physique, assez âgé pour avoir connu l'époque de l'acte illicite d'Anne et chercher à tout prix à se venger de ses parents, puis d'elle. Dans l'optique, bien sûr, où un lien existait entre les deux affaires…

— Ne pensez-vous pas qu'il puisse s'agir de l'enfant de la victime potentielle d'Anne Collinot ? me questionna timidement le gendarme, sur le chemin de retour vers sa voiture. Le geste abominable de cette fille lui sera arrivé aux oreilles et il aura voulu venger sa famille… Pourquoi ne pas envisager, en poursuivant plus loin le raisonnement, la possible culpabilité des parents Larvor dans ce crime mystérieux, voilà trente ans ? Imaginons par exemple un meurtre né d'une querelle ancestrale entre deux familles rivales, un meurtre perpétré par un membre d'un clan et vengé par une personne du clan ennemi, des décennies plus tard ?

— Je n'élimine pas davantage la possibilité du geste calculé de Vinciane Jansen ou encore de son mari, au seul but de récupérer un emplacement commercial qu'ils convoitent de longue date ! arguai-je avec conviction. La rivalité entre, d'un côté, la famille Garry, c'est-à-dire les parents de Vinciane, et de l'autre, la famille Larvor, est de notoriété publique ! Sur ce point, nous entrons dans le cadre de votre seconde hypothèse... Quand je pense que le curé sait et qu'il ne dit rien, au seul fait du sacro-saint secret de la confession !

— Là, je vous arrête tout de suite, Paul ! intervint avec fougue le gendarme. Le secret de la confession devant un prêtre, celui de l'instruction d'une affaire judiciaire ou du bilan médical détenu par un praticien, au même titre que la liberté de la presse et la confidentialité des informateurs, font partie des piliers de notre démocratie. Nous ne pouvons pas nous retrancher derrière cette possibilité quand elle nous arrange et la rejeter d'un revers de manche quand elle nous contrarie.

— Je suis d'accord sur le fond, pas sur la forme ! insistai-je, à peine de mauvaise foi. Dans une commune où les deux personnalités fortes sont le maire et le curé, il suffit à un criminel de s'ouvrir au premier, surtout s'il est docteur comme Roland Guiffant, de son incapacité à maîtriser ses pulsions meurtrières, ensuite d'avouer son crime au second, pour s'en tirer sans encombre à tous les coups ! Il sait que l'un et l'autre ne sauront le dénoncer à la police ou à la gendarmerie. Imparable et révoltant, non ?

— Dire qu'en qualité de chef de la gendarmerie locale, je pensais figurer au nombre des personnalités du village, je suis déçu ! ironisa mon compagnon d'enquête, en guise de pirouette, soucieux d'éviter un affrontement. Vous ne me considérez pas au même niveau que le curé ou le maire, j'en suis marri ! Bon, cela ne sert à rien de nous lamenter sur des hypothèses improbables, je vous propose de rentrer à Locronan pour creuser nos pistes en recoupant nos maigres éléments nouveaux… Avec le secret espoir que mes collègues aient obtenu des résultats significatifs de leurs entretiens avec Françoise Garry puis Wilfried Jansen. Ou que Sarah ait trouvé l'information dans l'un des vieux grimoires de la bibliothèque… En fait, depuis votre arrivée dans nos murs, j'aimerais vous faire part d'un dossier que j'hésite à vous présenter, car vous n'allez pas aimer du tout ce que j'ai fait de mon temps…

Vingt minutes plus tard, nous étions tous deux assis devant un classeur volumineux et Jocelyn Rivoal avança dans ses explications avec infiniment de précautions.

Suite à la réception de deux lettres anonymes qui lui apprenaient qu'Anne Collinot avait tué son mari, car cette femme diabolique était une criminelle, il avait investigué sur les conditions de la mort de Sébastien Collinot. Tout de suite, l'absence de rapport d'autopsie l'étonna. Les policiers parisiens en charge de l'affaire lui apprirent qu'il n'y en avait pas eu, au fait qu'il s'agissait d'une mort suite à une maladie orpheline et que, selon ses proches, le défunt déclinait depuis plusieurs mois. Le permis d'inhumer avait été délivré par l'un de ses confrères – puisqu'en qualité de kiné, il était considéré comme médecin – un ami de la famille. Du coup, le gendarme avait été amené à interroger Anne pour boucler définitivement le dossier. Il avait été séduit par le tempérament de cette femme qui se battait contre l'adversité, au point de céder un soir à ses avances pour une relation qui ne se renouvela point. Suffisante, cependant, pour que la rumeur se répande dans le secteur, au point de le placer en porte-à-faux. Finalement, ils avaient mis promptement un terme à leur liaison et les commérages emplis de médisance s'étaient éteints d'eux-mêmes avec le temps ; même si les mémoires retenaient à jamais le fait coupable, du moins, leurs émetteurs les gardaient désormais pour eux.

— Je ne connais pas la nature de vos liens avec Anne, poursuivit Jocelyn Rivoal, et vous n'avez pas à me la confier, si vous tenez à conserver la discrétion sur votre vie intime. Je souhaitais juste vous dire qu'il s'agissait d'une femme fascinante qui semblait avoir connu plusieurs vies et qui parvenait à conserver sa force de caractère et son tempérament foncièrement positif, malgré les drames à répétition qu'elle avait endurés… Plus tard, à la mort de ses parents, elle était venue me voir pour trouver un réconfort ; je l'ai rejetée, je ne voulais pas avoir d'histoires avec les gens du village…

— Et vous le regrettez, à présent qu'elle est morte, comme je m'en veux de ne pas avoir saisi la main qu'elle me tendait en réclamant mon aide…

— Pire, après les accusations proférées, j'ai mené une enquête sur elle pour aboutir bien plus tard à la conclusion que la mort de son mari était de cause naturelle ; ensuite, je l'ai séduite car il m'était impossible de résister à la fascination qu'elle exerçait sur moi. Puis je l'ai repoussée pour éviter des ennuis avec ma hiérarchie, avant de la dédaigner pour ne pas risquer des coups de bâton de la part des habitants de la commune… Cela ne l'a pas empêchée de décider de s'installer à Locronan où il nous arrivait de nous croiser. En toute amitié ! Comme ce jour où elle est venue me signaler qu'elle recevait des appels anonymes, des messages que, jusqu'alors, elle avait brûlés, pour ne pas leur donner plus d'importance que nécessaire…

— Vous cherchez à vous dédouaner du fait qu'elle vous avait appelé au secours et que, pour ne pas risquer une mutation rapide, vous avez refusé de lui porter assistance ? questionnai-je, hébété.

— Non, je pense que je n'y pouvais rien, sincèrement ! Là n'est pas la raison de mes scrupules. Du moins pas l'essentielle ! Je crois pourtant que, dans cette affaire, des gens m'ont manipulé pour me forcer à détester Anne et à enquêter sur elle. En fait, dans un premier temps, ils sont parvenus à l'inverse, même si je reste circonspect sur les circonstances de la mort de son mari, en raison de l'absence d'autopsie, malgré les conclusions du rapport officiel.

— Mes collègues parisiens ont-ils eu l'ombre d'un doute sur l'origine du décès ?

— Pas le moindre ! Tout était clair pour eux…

— Dans ce cas, le dossier est clos !

— Oui, vous avez raison… Je pense aussi qu'Anne aimait profondément Philippe Gerbaud, le restaurateur. Ce sentiment était réciproque et, je dois l'avouer, une pointe de jalousie me piquait parfois, quand je les voyais ensemble. Je ne les surveillais pas spécialement, il m'arrivait cependant de les voir se rencontrer, la nuit venue, au milieu de la place, près du puits. Gerbaud est divorcé, Marie-Pierre Macé aimerait lui mettre le grappin dessus, si vous me permettez l'expression. C'est une véritable croqueuse d'hommes, je vous en ai déjà parlé… Pourtant, le restaurateur avait jeté son dévolu sur Anne, son amie d'enfance, et je pense qu'elle était aussi revenue au pays pour l'y retrouver…

— Votre discours est un peu décousu, pardonnez-moi de vous le faire remarquer, intervins-je, totalement perdu dans les méandres des propos anarchiques de mon interlocuteur. Là, vous tentez de me dire que Marie-Pierre Macé aurait pu éliminer une rivale, convaincue qu'Anne disparue, le restaurateur lui tomberait fatalement dans les bras ?

— Capitaine, j'aimerais que vous compreniez que je vous livre le fond de mon cœur, en vrac ! supplia le gendarme, les lèvres tremblantes. Ce que je vous dis ne possède certainement aucun lien avec notre enquête ; seulement je ne vous serais d'aucun secours si je ne vous livrais pas, au préalable, mes antécédents si lourds à porter. En fait, je pense qu'au fond de moi, malgré notre rupture douloureuse, je n'ai jamais cessé d'aimer Anne, de m'émerveiller devant sa joie de vivre communicative, sa simplicité bienfaisante, son énergie de chaque instant, ses valeurs de femme, tout simplement ! Et devant son corps plein de vie, également, je dois me montrer honnête... Je ne suis pas un adepte des églises et encore moins du confessionnal, par contre, je crois aux vertus de l'amitié ; voilà pourquoi je partage mon état d'âme avec un ami apte à me comprendre. Stéphane est trop jeune, il ne saisirait pas l'importance de la relation de mes sentiments personnels dans la marche de cette enquête. Je crois que, si vous n'étiez pas venu en renfort, j'aurais demandé à être dessaisi de ce dossier qui me brûle les mains et le cœur. Oui, Anne était pour moi bien plus qu'une amie...

— Je suis touché de votre confiance, Jocelyn ! balbutiai-je, bien embarrassé. Je vous promets que ce que vous me confiez restera entre nous...

— Peut-être avez-vous déjà entendu, dans vos entretiens avec les habitants de la bourgade, que j'ai été l'amant d'Anne Collinot et avez-vous eu la délicatesse de ne pas le relever devant moi... Sinon, je suis heureux que vous l'appreniez de ma bouche, avec les véritables sentiments qui m'ont poussé vers Anne, malgré les rumeurs que j'entendais sur elle dans le village... C'était une femme remarquable dont la seule faute, à partir de ce que je connais de sa vie, fut de ne jamais marcher sur les sentiers battus. Elle incarnait la liberté, dans ce qu'elle a de pur et de noble…

— J'ai pour principe de ne jamais croire de prime abord un cancan sur l'un de mes collègues, j'essaie de lui donner l'opportunité d'un droit de réponse avant de juger son comportement. Cela vaut aussi pour mes partenaires d'enquête, qu'il s'agisse de gendarmes ou de magistrats… J'avais confiance en vous, je n'ai pas changé d'impression à votre égard… Je vais aller rejoindre ma fille et équipière, avec l'espoir que son passage à la bibliothèque, puis à la librairie, lui aura apporté quelques lumières supplémentaires… Si j'ai du nouveau, je vous en fais part aussitôt, Jocelyn !

Quand j'arrivai à l'hôtel, Sarah se trouvait allongée sur mon lit, le nez plongé dans des bouquins anciens, les pieds nus pédalant en l'air. Dès qu'elle entendit que j'arrivais, elle se retourna d'un bond et sauta du lit pour m'embrasser. Elle était heureuse et j'aimais quand elle était heureuse. Parce qu'elle était ma fille, mais aussi car cela signifiait qu'elle avait avancé dans ses recherches. Elle m'expliqua aussitôt, en me tendant son grimoire, que ce bouquin représentait une véritable mine sur l'histoire de Locronan, notamment sur saint Ronan et Keben. Elle se promettait de l'avaler rapidement pour m'en délivrer une synthèse du contenu dans la foulée. Selon elle, la clé de l'énigme se trouvait dans les pages poussiéreuses de ce best-seller local. J'en acceptai l'augure, tout en cherchant à cacher au mieux mon scepticisme. De toute manière,

Sarah se trouvait à mille lieues de mes éventuels états d'âme.

— Tu sais, Xavier est un garçon merveilleux, un passionné de l'histoire de la commune, un bibliothécaire zélé, un amoureux de la Bretagne… Il est en poste depuis seulement deux ans à Locronan et il s'est fait un point d'honneur à rattraper le temps perdu et à connaître au plus vite le passé de la région pour mieux renseigner les adhérents.

— Ne me dis pas que tu es tombée à nouveau en pâmoison devant un garçon ! soupirai-je, agacé. Tu as oublié Lucas, la page est tournée, à présent, c'est Xavier ?

— C'est stupide de ta part de réagir ainsi ! Xavier a certainement près de quarante ans, de plus, ce n'est pas mon type de garçon. Pour toi, dès qu'un type me plaît, j'ai fatalement une idée derrière la tête. Je sais que je suis ta fille, par bonheur je n'ai pas hérité de tous tes travers… Cet homme est juste prêt à m'aider à découvrir l'identité de la personne qui a trafiqué la bagnole d'Anne ! Un habitant du patelin qui nous tend une main amie, cela ne se refuse pas, non ?

— Il t'a prêté un livre, rien de plus, pas de quoi s'agenouiller d'admiration et lui signer un blanc-seing ! En revanche, notre rencontre de ce matin a confirmé le sabotage de la coque du voilier des parents Larvor ! Ce qui signifie que si notre adversaire possède la rancune tenace, il est aussi un excellent plongeur et un bricoleur averti. Je pencherais davantage vers le postulat d'un homme, plutôt jeune, disons cinquante ans au maximum, l'esprit alerte et l'âme déterminée, ce qui éliminerait déjà de nombreux suspects de notre liste... À commencer par les femmes ou encore le maire...

— Tu ne crois pas une femme athlétique comme Vinciane Jansen capable d'une performance sportive sous l'eau et susceptible de creuser un trou dans du bois avec une perceuse ? s'étouffa Sarah. Et Marie-Pierre, avec sa stature de nageuse de compétition en retraite et sa détermination inoxydable de mégère hargneuse ? Tu veux que je me renseigne au plus vite sur les plongeurs et plongeuses de la commune ?

— Cela, c'est une excellente initiative, ma fille ! Après le déjeuner, commence par enquêter sur celui du restaurant !

— Pourquoi, tu as su qu'il y en avait un qui logeait à l'hôtel ?

— Non, bien sûr, il ne reste que deux chambres de disponibles et nous les occupons ! Par contre, en cuisine, Gerbaud emploie peut-être un plongeur pour la vaisselle...

— N'importe quoi ! Le pire, c'est que tu te crois drôle...

Une fois le déjeuner avalé, j'allai prendre mon café au Fût percé, le bar que fréquentait Jos Le Men, alors que Sarah se replongeait dans la lecture du livre de la ville. J'étais convaincu que j'y apprendrais davantage d'éléments susceptibles de m'aiguiller vers une piste qu'en poursuivant une enquête traditionnelle. Comme lors d'une partie de pêche, dans un bistrot de village, il suffit de lancer le bouchon et d'attendre. Parfois, on récupère de bonnes informations, des pistes possibles, des détails d'apparence insignifiante et finalement importants ; à d'autres occasions, on rentre bredouille... Dans la salle du bar, les têtes n'avaient pas beaucoup changé. Les habitués de la table de belote, Jos devant une bière discutant avec le mécanicien, un ou deux autres clients... Le patron me vit arriver et m'apostropha :

— Tiens, voilà Maigret !

— Ne parlez pas de malheur, cela fait des lustres que celui-là a cassé sa pipe, répliquai-je du tac au tac, ce qui fit rire certains. Et puis, il s'est arrêté à Concarneau, si mes souvenirs sont exacts, il n'a jamais enquêté à Locronan...

— Un petit whisky, Capitaine ?

— Non, un café, s'il vous plaît !

Je m'assis à une table qui me permettait de balayer l'ensemble de la salle et de ses occupants. Le tenancier m'apporta mon petit noir et regagna son comptoir en s'inquiétant de savoir si mon enquête avançait. Je pris le temps de sortir un sucre de son emballage, de boire une première gorgée en dégustant le petit chocolat qui l'accompagnait, avant de répondre :

— Pour les parents Larvor, c'était bien un meurtre ! Une voie d'eau dans la coque de leur voilier, les experts sont formels ! Les criminels ont travaillé au marteau et au burin. Par hasard, l'un de vous n'aurait pas son diplôme de plongeur ?

— Ici, vous êtes à Locronan, nous sommes des terriens, pas des marins, répliqua l'un des joueurs de cartes. Je me demande même si l'un de nous sait nager... Bah, si on allait en mer et si on passait par-dessus bord, on saurait bien rester à la surface, mais pas plus ! N'ai-je pas raison, les gars ?

— Note bien que chez les jeunes, c'est différent, avec les classes de mer organisées par l'école de la commune, intervint un second. Les gamins font du voilier, du surf, de la planche à voile, peut-être même bien de la plongée...

— Les jeunes ont une utilisation différente de la bouteille ! me hasardai-je à avancer, manière subtile d'agiter le bouchon de ma canne à pêche.

— Elle est bonne, celle-là ! ricana le patron, appliqué à nettoyer ses verres à pastis. Un qui est doué làdedans, c'est Erwan, le petit-fils du maire ! Il part souvent vers Morgat, avec une équipe de Douarnenez... Mais attention, Capitaine, n'en tirez pas de déductions hâtives, c'est un bon petit gars !

— Même que la petite Maeva, la secrétaire de mairie, elle s'est jetée à l'eau, elle aussi, pour ne pas lâcher son béguin ! ajouta Jos en sirotant sa bière. Tu aurais vu la tête de son père, quand elle lui a annoncé la nouvelle. Lui qui n'a jamais quitté sa ferme, ou alors pour aller aux marchés aux bestiaux de Quimper, voilà quelques lustres ! Et surtout qui a été malade à crever, la première et seule fois qu'il a mis les pieds sur un bateau...

— Tiens, le petit adjudant de gendarmerie, lui aussi il pratique de la plongée au club de Douarnenez, insista le patron, satisfait du sujet de discussion. Peut-être que c'est pour ses beaux yeux que Maeva s'est découvert une passion pour les fonds marins, à bien y réfléchir... Donc, Capitaine, si votre coupable fait de la plongée, éliminez tous les gens de Locronan de votre liste !

— À part les jeunes ! rectifiai-je. Bon, ce n'est pas tout, Marianne ne me paie pas pour me la couler douce, je dois vous laisser... Enfin, notez cependant qu'en mer, une bouteille vidée par la future victime d'un crime, cela donne deux cadavres à la surface de l'eau...

— Celle-là, elle est tirée par les cheveux ! protesta le patron en encaissant la consommation. Ce n'est pas votre meilleur tonneau...

Puisque ces braves citoyens m'avaient incité à suivre la piste d'Erwan Uguen, que ce petit-fils à grand-papa avait manqué de respect à Sarah, je décidai d'aller l'asticoter à la mairie. En le centrant dans son collimateur, Sarah l'avait déjà déstabilisé, lors du premier contact. Avec cette histoire de bouteilles de plongée, j'allais savoir ce que le garçon avait réellement dans la moelle...

En fait, je ne l'imaginais pas dans le costume de l'assassin, j'espérais davantage que, poussé dans ses retranchements, le dos au mur, il se laisse aller à quelques confidences.

Derrière la porte de la mairie, je découvris uniquement Maeva ; elle m'apprit qu'Erwan était allé suivre l'avancée des travaux annexes de la salle des fêtes et me proposa d'aller l'y retrouver, si je souhaitais l'interroger. Quand je m'inquiétai de savoir s'il allait rentrer bientôt, la jeune femme m'expliqua que la rencontre pouvait lui prendre l'après-midi, il devait veiller à tant de détails. Comme elle ne me sentait guère décidé à pointer mon nez au milieu de gars du bâtiment, elle me conseilla de repasser bien plus tard. Une grosse averse freina mon envie de foncer jusqu'au chantier. Et puis, j'avais Maeva sous la main, plongeuse elle aussi, débutante, il était vrai…

— En fait, je souhaitais le rencontrer car il pratique la plongée et j'ai su officiellement aujourd'hui que le voilier des parents Larvor avait été volontairement endommagé à la coque, alors qu'il se trouvait déjà dans l'eau. Vous aussi, je le sais, vous pratiquez cette discipline sportive… On peut même imaginer que vous avez décidé de pratiquer cette activité, dans le seul but d'aider votre jeune patron à réaliser son plan abject…

— Mais je viens juste de débuter la plongée ! s'insurgea Maeva, soudainement écarlate. Oui, j'aime bien Erwan, c'est pour passer un peu plus de temps auprès de lui que j'ai pris cette décision, mais je ne suis pour rien dans… De toute manière, ce n'est pas Erwan, non plus, qui a trafiqué le voilier des parents Larvor, il n'était peut-être même pas encore de retour à Locronan, à cette époque ! Et puis, il ne commettrait pas un crime pareil, il est trop sensible, trop…

— Dans ce cas, ce serait qui ?

— Je l'ignore, je vous jure, des plongeurs, ce n'est pas ce qui manque, le long de la côte, non… Pourquoi vous acharnez-vous sur moi de la sorte ? Par pitié, Capitaine, arrêtez de me torturer, je ne sais rien, je vous le jure…

— Et je suis censé te croire sur parole ?

La secrétaire de mairie était proche des larmes. Seule, livrée à elle-même, face à un policier intraitable, c'en était trop pour son mental fragile. En profiter pour la pousser dans ses derniers retranchements serait inhumain de ma part, pervers même ! Seulement, j'avais déjà perdu tellement de temps dans cette enquête désastreuse qu'il me fallait à tout prix avancer dans une direction solide.

Quitte à me sentir un peu plus un salaud en me regardant dans la glace, le lendemain matin ! Alors j'attaquai, bille en tête :

— Bon, on arrête de jouer, Maeva, et si tu penses m'attendrir avec tes larmes de crocodile, c'est raté ! Tu es une fille de Locronan, tu n'es pas idiote, tu as des yeux pour voir, des oreilles pour entendre, un poste idéal pour tout savoir des secrets de la commune. Alors le deal est simple : ou tu me dis ce que tu sais de cette affaire ou je te fais coffrer pour entrave à une enquête de police ! Peut-être qu'une garde à vue te rafraîchirait la mémoire ? Cependant, je te l'avoue sincèrement, je ne voudrais pas en arriver à cette extrémité, on fait parfois des rencontres désagréables dans les cellules…

Cette fois, elle pleurait à gros sanglots en me suppliant d'arrêter de la torturer. Elle sortit un mouchoir en papier de l'un de ses tiroirs, s'épongea les yeux, renifla, releva vers moi des prunelles suppliantes qui croisèrent un regard d'acier. Elle cacha son visage derrière ses mains, je sortis lentement les menottes de la poche de mon blouson, elle cria en entendant leur cliquetis :

— Non, par pitié, pas ça ! Je vais vous dire ce que je sais… Un jour, j'ai entendu mon père parler d'Anne Larvor avec un voisin. Quand elle était adolescente, elle a couché avec un gars du village, je ne sais pas exactement de qui il s'agit. Par contre, je sais que le garçon s'est suicidé, quelques mois plus tard. Je crois même qu'un enfant est né de cette relation… C'est pour cela qu'elle a quitté la région dans l'urgence… Je ne peux vous en dire davantage, chaque fois que je réclame des précisions, tout le monde me répond que je n'ai pas à connaître ces choses-là… Je ne veux pas aller en prison, je n'ai rien fait !

— Et pour le plongeur ?

— Il ne peut s'agir d'Erwan et à part lui et moi, je ne vois pas d'autre plongeur sur la commune… Enfin, il y a bien Stéphane Fleury, seulement c'est un gendarme…

— Je saurais me contenter de ces bribes d'indices ! assénai-je sur un ton toujours métallique. Va te repoudrer le visage, sinon les gens que tu vas accueillir penseront qu'Erwan te maltraite. Tu songes au temps que tu nous aurais fait gagner, si tu nous avais dit cela lors de notre première visite ? Rien que pour te rappeler tes devoirs civiques, tu mériterais que je t'embarque…

En quittant la mairie, je sentais que si la pluie continuait à tomber comme à Gravelotte, le vent, lui, avait tourné.

Dans ma tête, quelques pièces du puzzle trouvaient enfin leur place, laissant espérer une avancée sensible et rapide. Je savais que je n'en apprendrais pas davantage des habitants de la commune, par contre, avec de tels renseignements et un peu de jugeote, je pouvais préciser un scénario sérieux, qu'il conviendrait ensuite d'élaguer par des enquêtes ciblées sur trois ou quatre points précis.

Je décidai d'aller m'offrir un whisky au bar du Puits d'Amour, car dans le troquet de Jos, j'étais certain de me trouver face à la ligue des amnésiques anonymes. Philippe Gerbaud aurait pu m'aider si, comme Anne, il n'avait quitté la région durant une longue période, avant d'y revenir en acquérant le bar hôtel-restaurant de la Grande Place, qui ne devait pas désemplir durant la période estivale.

Quand il m'apporta mon verre, je l'interrogeai néanmoins :

— Savez-vous en quelle année Anne a quitté précipitamment Locronan ?

— Pfft ! lâcha-t-il en se grattant un crâne déjà bien dégarni. Je devais avoir quinze, seize ans, elle trois de plus ! J'en ai bientôt quarante-huit, cette histoire date de trente-trois, trente-quatre ans ! Pourquoi, vous avez une piste ?

— Il paraîtrait qu'elle serait partie enceinte ! Ce ne peut-être de Lucas, il a moins de trente balais…

— Elle a peut-être avorté… Je sais, à cette époque, c'était moins répandu que de nos jours…

— Oui, la loi Veil date de 1975, soit juste un peu après la fuite d'Anne. Elle a pu se le faire passer selon les vieilles méthodes encore utilisées à l'époque. Ou l'abandonner à la porte d'un orphelinat…

— En quoi cela représente une piste sérieuse ? Vous pensez que le père, un homme de la commune, aurait voulu la faire taire, par peur du scandale ? Dans ce cas, un détail me chiffonne : vous ne prétendiez pas que la mort des parents Larvor était criminelle ? Quel intérêt à tuer les parents, tant d'années plus tard ? Sur un coup de tête ? Par vengeance ? Pour qu'ils se taisent à jamais, eux aussi ?

— Oui, je sais, rien n'est encore complètement logique dans mon raisonnement, pourtant, c'est la bonne piste, je le sens ! Il s'agit seulement de mettre des noms à la place de quelques points d'interrogation, de consulter certaines archives, car le père de l'enfant s'est suicidé, peu après, selon mes sources…

— Je n'ai jamais entendu parler d'un suicide à Locronan, mais comme je vous le dis, j'ai passé beaucoup d'années hors de la commune…

— Non et de plus, ici, on n'emploie pas ce mot, cela réveillerait les mauvais esprits ! ricanai-je. Seulement, il est bien présent dans toutes les mémoires, ce fantôme que la mort d'Anne ne semble pas avoir apaisé…

— Tiens, tu es là ? questionna une voix féminine dans mon dos. J'ai fini mon boulot, je crois que cela t'intéressera ! Attends-moi, je vais rendre le bouquin à Xavier, j'ai promis de le lui rapporter avant ce soir ; normalement, ce document précieux ne doit pas quitter la bibliothèque, il m'a fait une fleur ! Je n'en ai pas pour longtemps… Philippe, vous me mettrez la même chose que mon père, cela me réchauffera, j'ai les pieds gelés…

En attendant Sarah, je griffonnai les renseignements essentiels sur une feuille de papier. Qui pourrait m'en dire davantage sur le départ précipité d'Anne ? Plus ses parents, ils étaient morts ; pas ses enfants, ils ignoraient tout du passé de leur mère ; personne du village, car tous semblaient membres de la Grande Muette locale. Ses équipières du foot ? Peut-être… Je me souvenais d'une d'elles qui ne la quittait jamais. Comment me rappeler son nom, retrouver sa trace ? Contacter Ronan à *Ouest-France* ; il s'en souvenait sûrement ou il posséderait des archives sur cette période.

En réentendant le nom de cette fille qui était la

capitaine de l'équipe, mon esprit tilterait certainement…

Ensuite, trouver la trace d'un disparu de Locronan, à la même époque ; le mystérieux suicidé. Un gars de l'âge d'Anne, un notable, un proche ? La relation sexuelle était-elle consentie, s'agissait-il d'un abus ? Pourquoi se suicider ? Un geste désespéré, s'il s'agissait d'un viol… ou si l'honneur de la famille avait été souillé par le scandale… ou encore si ce drame cachait un amour impossible. Anne aimait-elle vraiment ce garçon ? Recenser les hommes de Locronan morts durant les années 1973, 1974 ! Seulement, s'il était allé mourir ailleurs…

Et l'enfant ? Avait-il survécu au drame ? Anne l'avait-elle fait passer ? L'avait-elle abandonné ? Avait-elle accouché sous X ? Serait-il revenu à Locronan se venger en apprenant le retour de sa mère indigne dans la région ? Pourquoi attendre tant de temps ? Anne voulait-elle renouer avec lui et l'aurait-elle déçu, incapable de justifier sa réaction de l'époque ? Cet enfant mystérieux habitait-il désormais à Locronan, dans la région ? Son père avait-il un frère, désireux de venger l'honneur familial ? Et pourquoi appeler Anne du surnom dégradant de Keben, si son forfait ne représentait qu'une erreur de jeunesse, même suivie de conséquences dramatiques ?

Et pourquoi avait-elle voulu revenir à Locronan, tant d'années plus tard, malgré la menace qui pesait sur elle…

— Je sens que tu as besoin d'une tête bien remplie pour apporter des réponses à tes questions, j'arrive ! déclara Sarah, les mains posées sur mes épaules. Tu as eu un prix de gros sur les points d'interrogation, semble-t-il ?

— Tu as préféré mon ennuyeuse compagnie à celle de ton intarissable bibliothécaire ? Tu es trop généreuse avec ton vieux père qui patauge autour de la vérité… Oui, j'ai encore beaucoup de questions sans réponses, mais j'avance…

— Chaque chose en son temps, ce soir et demain, je t'aide ! Samedi, Xavier s'est proposé de me faire découvrir le parcours du pèlerinage de la grande Troménie. Il m'a dit que je pouvais inviter Anaïs et Lucas, si je le souhaitais. Il va tout m'expliquer de l'histoire de ce pardon qui est ancré dans les pierres et les âmes du village.

— Dans les âmes peut-être, pas dans les cœurs, le pardon ! réfutai-je, en pensant au sort réservé à Anne. Par contre, puisque je dois suivre ton planning, je te rappelle le rendez-vous avec l'historien Mathurin Lannuzel, samedi justement. Ton témoin providentiel qui doit nous permettre d'élucider tous les mystères…

— Flûte, je l'avais totalement zappé, celui-là ! Écoute, j'ai eu l'idée de le contacter, j'ai fait ma part du job ; tu seras quand même capable de l'interroger, même si je suis absente ? Cela fait tant plaisir à Xavier de partager son savoir, je ne voudrais pas lui avoir causé une fausse joie… Et puis, j'ai en moi l'intuition que ce parcours va m'aider à mieux comprendre le passé de la commune, donc le cheminement d'Anne. Cette balade n'est donc pas du tourisme, elle va me faire avancer dans notre enquête... Philippe, j'attends mon whisky, je vais devoir aller me servir ?

Sarah n'arrêtait jamais. J'avais donné naissance à une fille hyperactive, qui ne soufflait jamais. J'ignorais toujours où elle puisait une telle énergie, comment son cerveau pouvait fonctionner en permanence, sans que les batteries ne se déchargent, qu'un plomb ne fonde, qu'un câble ne grille. Pourtant, je n'étais pas Gilbert Bécaud, Monsieur 100000 volts ! Sitôt servie, elle siffla une première gorgée d'Eddu et entama la relation de ses notes de lecture.

Elle m'expliqua comment Ronan, né en Irlande de parents païens, reçut d'un ange l'ordre d'aller habiter en Bretagne. Dès son arrivée, le moine sauva un mouton des gueules d'un loup. Le propriétaire du troupeau se convertit aussitôt au christianisme, au grand dam de son épouse, Keben, qui somma le religieux de ne plus tourmenter sa famille. N'ayant pas été entendue, elle alla se plaindre de Ronan au roi Gradlon, expliquant que celui-ci avait tué sa fille. Le coupable fut enfermé à Quimper, tout en jurant que la fille de la plaignante, pour l'âme de qui il ne cessait de prier, était encore vivante, enfermée dans un coffre de la maison familiale. Le roi et ses gardes l'avaient accompagné jusqu'à la maison de Keben, Gradlon ouvrit le coffre, la gamine était bien morte, étouffée par le pain que sa mère lui avait enfoncé dans la gorge ! Ronan ne désarma pas, il ressuscita l'enfant et obtint la grâce du roi, avant de partir vivre en ermite pour le reste de sa vie dans la forêt du Nevet…

— Bon, et alors ? questionnai-je, un peu sur ma faim.

— Mais, c'est évident ! Anne a certainement séduit un homme de la ville, ou un enfant de chœur, peut-être même le curé… Elle a eu un enfant avec lui, il se sera suicidé, libérant alors sa bien-aimée du poids de culpabilité qui la rongeait.

— Bon, et alors ?

— Même après ces faits, Keben n'a jamais arrêté de harceler Ronan, au point de le forcer à quitter le bois de Nevet ! Et à la mort du saint homme, lorsque le seigneur de Cornouaille suggéra l'idée que le chariot portant sa dépouille soit tiré par des bœufs qui s'arrêteraient à l'endroit où l'on érigerait la sépulture du défunt, l'attelage s'arrêta au bois de Nevet ! Folle de rage, Keben attrapa son battoir à linge et frappa si fort la corne de l'un des bœufs que celle-ci tomba sur place. Juste après, la terre s'ouvrit sous les pieds de la sorcière, elle fut ensevelie vivante au lieu où se dresse depuis la fameuse croix de Keben.

— Anne n'a pas été ensevelie !

— Parfois, tu m'exaspères quand tu fais ta tête de mule ! En revenant à Locronan, ta copine a déchaîné la colère des gens du pays. Enfreindre les règles ne lui suffisait pas, elle revenait encore tourmenter les esprits. Non, elle n'a pas été ensevelie, seulement après sa cabriole en voiture, elle se trouvait bien au-dessous du niveau de la route, pas vrai ? Tout coïncide parfaitement…

— Et tu en conclus que le coupable du sabotage des freins, et donc de la mort d'Anne se nomme…

— Si j'arrive aux conclusions à ta place, tu vas passer pour qui, sur la région ? soupira Sarah, déconcertante de mauvaise foi. Un vieux croûton qui préserve sa réputation en s'accaparant le travail exceptionnel de sa fille ? Non, je ne peux t'infliger une telle humiliation. Tu as les clés, je ne peux pas faire plus pour toi ! Si, un dernier détail sur l'histoire de Ronan et Keben ; selon une version druidique de leurs relations, le saint homme aurait fauté avec la présumée sorcière… Seulement, pour les auteurs de cette variante, Keben symbolisait juste la résistance celte face au christianisme. On peut même imaginer, à la lecture du texte, qu'elle aimait sincèrement Ronan et avait tenté de le soustraire à sa foi pour le garder auprès d'elle… Troublante similitude, non ? Voilà sans doute aussi pourquoi cette femme est tellement présente dans les neuf médaillons de la chaire de l'église… Bien sûr, tu n'as pas pris le temps d'aller jeter un coup d'œil à l'église Saint-Ronan et à l'autel du Rosaire…

— Une fois de plus, tu me bluffes, ma fille ! Si Anne a bien eu un enfant avec un prêtre ou un fervent croyant et que l'homme a préféré la mort à l'opprobre, le lien avec Keben devient plus logique au su de cette version de l'ancienne légende…

— Bon, je vais rejoindre Anaïs et Lucas ; Stéphane doit passer nous prendre pour aller passer la soirée à Douarnenez. Tu as quartier libre, mon Papounet, tu vas pouvoir aller taper le carton avec les fidèles du troquet d'à côté.

— Tu ne me demandes pas auparavant si j'ai avancé de mon côté ? Justement, j'allais te demander d'enquêter sur les jeunes, cela me semble davantage dans tes cordes. Ne me regarde pas de la sorte, je travaille, moi aussi, et je me demande si Stéphane n'est pas le fils d'Anne, donc le demi-frère de Lucas et Anaïs. Et il se venge depuis qu'il est en poste à Locronan, mutation qui n'est peut-être pas le fruit du hasard. Il pratique la plongée, il connaît la mécanique et les techniques pour bien maquiller ses forfaits, toutes les combines pour qu'on ne remonte pas jusqu'à lui…

— Tu me fais marcher, j'espère ?

— Voilà bien un sujet sur lequel je ne plaisante jamais, la vie de ma fille unique ! Si jamais tu ne réponds pas, demain matin, quand je frapperai à la porte de ta chambre, cela signifiera qu'il est bien le coupable et qu'il aura achevé sa besogne, avec l'exécution d'une petite fouineuse de policière en supplément de programme. Cela me fera gagner du temps pour rejoindre Quimper, l'enquête sera bouclée plus rapidement que prévu, Dominique me manque. Note bien que je te regretterai, je commençais à m'attacher à toi…

— Il a préparé quoi, ce soir, Philippe ? Finalement, on pourrait rester dîner ici tous les deux…

— Si j'ai bien entendu, il lui reste juste des assiettes de viande froide.

VI

Le vendredi matin, notre première visite nous mena à la gendarmerie de Locronan. Nous espérions des bonnes nouvelles après les interrogatoires de Françoise Garry puis de Wilfried Jansen, cela aurait été trop beau ! D'ailleurs, dans ce cas, Jocelyn Rivoal m'aurait contacté pour me faire part de cette avancée. Alors que là, il se tenait penaud devant nous.

— Françoise Garry n'en a pas démordu, quelqu'un lui a volé le trousseau de clés de la maison du Parisien. Quand l'un de mes collègues l'a accompagnée chez elle pour le récupérer, l'ensemble de clés ne se trouvait plus à l'emplacement prévu. Par ailleurs, Jansen fait du 40 et les traces récupérées dans le jardin sont celles d'un mocassin de taille 44. Je suis désolé, c'est un fiasco…

— On n'a même pas une petite idée de l'identité de la personne qui aurait pu récupérer ce trousseau ? m'étouffai-je, atterré.

— Pas la moindre ! Françoise Garry rend service à une trentaine de propriétaires qui lui confient leur sésame, en cas de catastrophe naturelle dans le secteur ou encore lorsqu'un artisan vient y travailler durant la période hivernale. Parfois certains d'entre eux récupèrent les clés directement sur le tableau, en son absence. C'est la vie de village, que voulez-vous…

— Donc, impossible de savoir qui a cherché à épouvanter Sarah ?

— Un gars qui chausse du 44, c'est tout ce que nous possédons comme renseignement, je suis sincèrement désolé…

Sur cette déception qui plombait quelque peu notre début de journée, nous reprîmes la direction de Quimper, ce qui n'était pas pour déplaire à Sarah. Elle n'avait plus rien de correct à se mettre pour finir la semaine et elle me supplia de trouver un créneau, dans le programme de la journée, pour passer par la maison à Bénodet. La veille au soir, j'avais téléphoné à Ronan, mon ami, chef de l'agence de Quimper d'*Ouest-France*. Seulement, il était absent. Ce matin, il se trouvait à son bureau et je lui ordonnai de me trouver dans les plus brefs délais une composition de la première équipe féminine du Stade Quimpérois, puis une liste d'hommes de Locronan, âgés de 18 à 60 ans, morts durant les années 1970-1977.

Ronan soupira si fort que je perçus son exaspération à l'autre bout du fil. Je l'imaginais déjà débordé et me voilà qui lui réclamais un travail de recherche qui allait lui prendre des heures. J'en étais conscient et sus le lui témoigner par des mots chaleureux. Il est parfois de bon ton de critiquer la presse ; cependant, les archives des quotidiens régionaux représentent la mémoire la plus fidèle des événements d'une région. Et leur classement permet souvent de découvrir des informations impossibles à trouver par ailleurs et surtout des détails que seuls la plume d'un journaliste ou l'œil d'un photographe sait dénicher…

Rendez-vous avait été donné au Colibri, le café situé en face du commissariat, comme à l'habitude ; Ronan nous attendait à une table tranquille et se leva à notre arrivée. Le temps de saluer les patrons et amis, Jean-Luc et Isabelle, puis Sarah et moi nous installâmes près de notre informateur, un terme que Ronan détestait plus que tout !

— Voilà la liste des décès sur Locronan, dans les années soixante-dix, annonça le journaliste d'une voix lasse, en ouvrant une chemise cartonnée. J'ai déjà rayé les femmes, pour gagner du temps, je n'ai pas avancé davantage, j'ignore le profil exact de la personne que vous cherchez…

— Confidence pour confidence, nous aussi, me lamentai-je. Un homme capable de faire un enfant à une fille, puis de regretter son geste au point de se suicider. Sarah se fera un plaisir de décortiquer le parcours sur terre de tous ces malheureux gars. Elle se languit le soir, à Locronan, elle ne connaît personne…

— Ne l'écoute pas, il a du mal à couper le cordon, s'exclama ma fille en secouant sa tête bouclée.

— Et sur l'équipe de foot féminine, tu as trouvé quelque chose ? repris-je, impatient.

— Cette photo du groupe, prise à Kerhuel, cela t'évoque des souvenirs, non ? répliqua Ronan, rictus au coin des lèvres, en me tendant la photocopie d'une coupure de presse. On y voit Anne Larvor, toujours ! Après, je ne sais pas qui tu cherches…

— Voilà, la capitaine de l'équipe, Muriel Furet, c'est elle ! Il s'agissait de la meilleure amie d'Anne. Je crois qu'elle aussi a quitté Quimper pour jouer dans un grand club. Sarah, voilà le programme que je te propose : tu retournes au bureau en face et tu réclames à Rose-Marie l'adresse actuelle de cette fille ! Sans doute est-elle mariée, avec des enfants, peut-être même grand-mère ; je sais RMC suffisamment douée pour vite remonter sa trace à partir de son nom de jeune fille ! Ensuite, tu fais un aller-retour à Bénodet pour récupérer des pièces vestimentaires susceptibles d'éblouir le regard de Lucas, enfin, on se donne rendez-vous ici, au Colibri, ou en face à la boutique, avant de rentrer à Locronan…

— Et toi, que vas-tu faire, pendant ce temps ?

— Je vais aller voir Dominique pour la tenir au courant de nos avancées, même minimes, je déjeune avec elle à midi, RMC m'appelle sur mon portable pour me livrer les coordonnées de Muriel Furet et, soit je vais la rencontrer, si elle est revenue dans la région, soit je lui téléphone, si elle est loin de la Bretagne. Et, selon les disponibilités dans mon emploi du temps, j'irai aussi fouiner du côté de la médiathèque des Ursulines, à tout hasard. Une phrase dans un bouquin sur Locronan peut éveiller en moi une connexion avec un élément de notre enquête.

— Je peux te conduire au palais de justice, Paul, je suis garé sur les quais, ponctua Ronan, toujours prêt à rendre service, une fois qu'il se trouvait dans le coup d'une enquête dont il pourrait faire plus tard ses choux gras. Ensuite, je dois me rendre à une inauguration sur Plomelin, alors…

Il me fallut un certain temps avant de parvenir à synthétiser à Dominique l'intégralité des protagonistes de notre enquête et des méandres de notre raisonnement ; un peu plus encore pour tenter de lui faire percevoir le fil ténu que nous tentions de récupérer. Selon elle, nous allions déboucher sur un cul-de-sac, une rancœur du passé ne justifiant pas, à ses yeux, la mort de trois personnes. En ce qui concernait la connexion supposée entre l'histoire de saint Ronan et Keben d'un côté, celle d'Anne Collinot avec un prêtre ou un enfant de chœur, ou encore un brave paroissien, elle la jugea consternante d'approximation. De mon premier rapport sur les différents protagonistes de l'enquête, elle conservait une vision bien arrêtée sur certaines personnes :

— Cette Vinciane Jansen, telle que vous m'en avez brossé le portrait, incitée par sa harpie de mère, a bien pu commanditer les deux sabotages, le voilier puis la voiture, au dessein unique d'ouvrir sa galerie sur la Grande Place de Locronan. Jurez-moi que l'hypothèse est absolument inconcevable…

— Elle en est capable, je vous l'accorde, seulement mon intime conviction me fait croire qu'elle est innocente.

— Elle est donc si belle que cela ?

— Arrêtez, Dominique, je ne l'ai vue qu'une fois et son mari était présent. Je ne tente pas de la couvrir, j'aurais été le premier satisfait de prouver son implication, elle nous a mouchés, Sarah et moi, ignorant notre présence dans la pièce à côté. Elle représente l'archétype de la bourgeoise rurale que j'exècre, avec ses manières affectées de bigote et son parler de poissonnière qui reprend le dessus, dès qu'elle se croit seule. Son mari est mielleux à souhait, expert en banalités éculées si celles-ci peuvent lui permettre d'endormir son client. Et si je disais ce que je pensais réellement de sa mère… Seulement, Vinciane Jansen n'est pas l'instigatrice de ces trois meurtres. Ils sont liés au passé de la commune et au retour d'Anne à Locronan ; Sarah et moi, nous sommes au moins d'accord sur ce point…

— Ce n'est pas tout, on cause, on cause, moi, j'ai une petite faim ! coupa Dominique en se levant de son fauteuil. Je grignote à peine aux repas, depuis que je suis rentrée de mon stage, hormis le dîner de crêpes, bien sûr ! Vous m'invitez à manger un bout sur les quais ?

— C'est donc cela, je me disais que votre silhouette avait changé, malgré la douzaine de crêpes de Marie-Pierre à Locronan ! Depuis, vous grignotez une pomme, vous pignochez deux ou trois légumes, vous picorez quelques grains de riz au naturel…

— Ne me parlez plus de cette soirée de cauchemar et de la nuit exécrable, à trois dans une chambre ! Nous étions pitoyables… Vous m'entraînez dans de ces galères, parfois !

— En fait, si je suis un peu éloigné de vous, désormais, vous survivez à peine et perdez tout appétit ! Finalement, vous tenez à moi plus encore que je ne l'imaginais…

— S'il vous fait du bien de le croire…

À la faveur d'une embellie bien agréable, nous décidâmes de marcher le long de l'Odet. Dominique adorait croiser des gens qu'elle connaissait, des femmes de sa génération surtout, alors que nous nous trouvions ensemble. Une forme de revanche sur certains sous-entendus vachards, certainement, chez ma compagne qui pensait finir vieille fille. Elle y trouvait sans doute son compte en vivant ainsi notre relation, entre envie et retenue, faux-semblants et rebuffades. Elle m'appréciait, elle possédait le désir de vivre auprès de moi, cependant elle ne semblait pas encline à conclure et je ne voulais pas la brusquer…

On arriva relativement tôt à la brasserie, ce qui nous permit de choisir une table discrète, à laquelle nous pourrions converser en toute tranquillité. Nous allions entamer notre duo de rillettes de maquereau et de sardine quand la sonnerie de mon portable retentit.

C'était Rose-Marie, elle m'apportait une bonne

nouvelle : Muriel Furet était revenue dans la région, et plus précisément à Kerfeunteun. Elle n'était pas mariée et travaillait dans une grande surface de matériel de sport, dans la zone de Gourvily. En prime, pour me faciliter un peu plus la tâche, RMC était parvenue à dénicher le numéro du portable de l'ancienne footballeuse.

Je m'excusai auprès de Dominique, lui expliquai la raison de mon appel et causai une profonde surprise à Muriel Furet. Elle faisait partie de ces personnes que j'avais connues, voilà plus de trente ans, et qui m'avaient vu partir, du jour au lendemain. Un peu comme Anne l'avait fait, elle aussi, à la différence que je ne portais bien sûr pas de bébé !

Une fois l'effet de surprise estompé, Muriel avoua avoir mal vécu cette semaine, alors que les médias ne donnaient quasiment pas de nouvelles des circonstances de l'accident d'Anne et que la mairie de Locronan lui avait appris que les obsèques avaient été célébrées dans la plus stricte intimité. Je lui en appris donc un peu plus par cet appel et je reçus mon second signe de chance : elle ne travaillait pas l'après-midi et acceptait de me recevoir chez elle.

Avant de raccrocher, elle me demanda si j'étais marié. Je lui répondis que non, mais tout comme ! Dominique avait non seulement compris à quelle question j'avais répondu de la sorte, mais avait même imaginé la déduction de ma correspondante à l'écoute d'un tel constat.

— J'ai rendez-vous avec elle à quinze heures, à son domicile, expliquai-je tout en consultant ma montre. J'espère qu'elle m'en apprendra un peu plus sur les circonstances du départ précipité d'Anne vers Paris, et surtout sur l'identité du père de cet enfant mystérieux…

— Je vous accompagne, je n'ai pas de dossier essentiel à traiter, cet après-midi ! décréta Dominique en dévorant le premier quartier d'orange qui accompagnait son canard.

— Un flic fliqué par sa compagne, on aura tout vu ! m'insurgeai-je, les mains croisées devant la bouche. Décidément, l'existence ne m'aura rien épargné…

— Pas du tout, Paul, ne soyez pas aussi stupide ! J'ai juste besoin de prolonger ce moment agréable en votre compagnie dont j'ai été privée depuis quinze jours… Allez, cessez de m'infliger cette mine défaite de Calimero, vous n'êtes pas crédible ! Vous ne mangez pas vos tranches d'orange ? Je vous les pique, elles sont délicieuses…

— Elles le peuvent, elles sont confites avec le gras du canard… Ils auraient pu inscrire sur le menu, pour plus de précision : Concentré de cholestérol, arôme orange…

— Vous ne parviendrez pas à me culpabiliser, le gras de canard est excellent pour la santé, j'ai suivi une émission médicale à ce sujet…

Muriel Furet habitait dans le quartier paisible de Kermoguer, non loin d'un terrain de foot – on ne se refait pas. Elle m'attendait à la porte de sa maison et me sauta au cou dès que je m'approchai. Il avait fallu un certain temps à Dominique pour enfiler un manteau ; les doigts de sa main droite se perdaient régulièrement dans la doublure satinée, aussi eut-elle droit, en approchant de nous, à ce touchant tableau de retrouvailles. J'effectuai les présentations ; alors que j'avais annoncé le substitut du procureur de la République, même si elle n'était pas jalouse, même si elle ne me fliquait pas, Dominique tint à rajouter :

— Et la compagne de Paul Capitaine !

— Entrez, je vais vous préparer un café ! proposa Muriel, sans se formaliser de la précision de mon accompagnatrice. Cela me fait plaisir de te revoir ! Je lis tes exploits dans la presse, tu sais… Quand c'est Ronan qui les écrit, je divise les mérites par deux, je me rappelle qu'il était ton meilleur pote… Quand j'ai su que tu étais devenu flic, je n'en ai pas cru mes oreilles !

La meilleure amie d'Anne avait finalement peu changé ; toujours une allure sportive, certains diraient masculine, conforté par le port de l'un de ces survêtements modernes, à la fois commodes à porter au quotidien et un peu habillés. Grande, brune à cheveux courts mais frisés, épaules larges, buste athlétique, postérieur rebondi, bonnes cuisses qui se dessinaient sous le pantalon de training ; elle ne semblait pas avoir pris un gramme et m'avoua très vite continuer à jouer au foot pour le plaisir, tant que ses articulations tenaient, surtout celles des genoux. Elle devait avoir un peu moins de cinquante ans, comme Anne, et une vitalité de jeune femme…

Elle apporta les tasses remplies de ce breuvage particulier dont raffole George Clooney quand il ne prend pas un piano sur le crâne, nous pria de nous installer sur le canapé et se réserva le fauteuil. Elle devint très vite grave pour avouer qu'elle ne dormait plus de la nuit, depuis qu'elle avait appris le drame qui avait touché son amie. Et si la police enquêtait, cela signifiait qu'il s'agissait bien d'un sabotage !

— Justement, tu nous permettrais de progresser dans nos recherches, si tu parvenais à te souvenir de certains détails de l'époque où Anne a quitté précipitamment Quimper… arguai-je en profitant de l'ouverture. Elle se trouvait enceinte, n'est-ce pas ?

— Elle m'avait fait jurer de n'en parler à personne, seulement, à présent qu'elle n'est plus parmi nous, je me sens libérée de ma promesse. Oui, elle attendait un marmot… En fait, elle vivait une passion amoureuse complètement dingue, qui la consumait totalement. Ses performances sportives s'en ressentaient, d'ailleurs, comme son assiduité à l'entraînement. Elle, la fille d'un couple athée, elle s'était engagée parmi les jeunes qui devaient porter une bannière, pour le pardon de Locronan !

— Je ne vois pas le rapport ! exprimai-je, perplexe.

— En fait, elle était tombée amoureuse du jeune prêtre et celui-ci ne savait comment agir ! Il luttait contre cette passion qui lui consumait le cœur, pourtant elle semblait plus forte que son engagement religieux. En face, tu connais le tempérament d'Anne ! Enfin, tu connaissais... Elle était convaincue qu'il s'agissait de l'amour de sa vie, qu'ils seraient heureux ensemble et que le Christ n'avait jamais obligé ses apôtres à rester célibataires...

— Elle cherchait à l'inciter à abandonner sa vocation ?

— Elle voulait vivre auprès de lui, au grand jour ! Tout s'est précipité le jour où Anne a compris qu'elle était enceinte. Elle en a parlé à ses parents qui ont pris les choses en main, persuadés, eux aussi, qu'on pouvait quitter facilement les ordres. Ils sont allés voir l'évêque pour lui évoquer la situation et lui demander de parler à son jeune curé, pour qu'il se libère du poids de la culpabilité qui le minait.

— L'évêque a refusé... intervins-je, proche de comprendre le déroulement des faits.

— Je l'ignore, je sais seulement que, cette année-là, le scandale dans la paroisse a été si énorme que le pardon de Locronan a été annulé ! Je sais aussi que le jeune garçon est retourné chez ses parents qui habitaient dans le Nord-Finistère, qu'Anne s'est retrouvée seule face à une lourde décision : ses parents lui conseillaient de faire passer le gamin, sa conscience et son cœur lui ordonnaient de le garder. À son tour, elle s'est trouvée consumée par le poids de l'interdit qu'elle venait de franchir. Avec le jugement cruel des habitants de la commune, les regards méprisants dans les rues, la réaction stupide de la famille et des proches qui lui ont tourné le dos ! À part son père et sa mère qui la soutenaient toujours, même si eux aussi se trouvaient en fâcheuse posture, elle se trouvait bannie de la commune où elle était née, elle n'avait pas encore vingt ans ! Elle est partie un jour, je n'ai jamais su où, je n'ai jamais su quand… Quand on a renoué le contact, six ou sept ans plus tard, dans des vestiaires de la région parisienne, à l'issue d'un match où l'on s'affrontait, elle a accepté mon amitié, à la condition que jamais je ne revienne sur les circonstances de son départ de Quimper.

— Vous pensez qu'elle a gardé le bébé ? questionna Dominique.

— Je ne lui ai jamais posé la question, je le regrette aujourd'hui ! La dernière fois que nous en avons discuté, avant sa fugue, elle jurait vouloir le garder, et même l'élever ! Par contre, je sais qu'elle subissait des pressions de la part de la famille du garçon… Enfin, de la famille du curé. Ils voulaient élever cet enfant…

— Ce jeune prêtre s'est suicidé, quelques semaines plus tard, à ce que nous savons, ajoutai-je, songeur. Sans doute, ses parents, mais aussi l'Église, ont-ils tenu à présenter sa mort d'une manière différente, pour éviter un nouveau scandale. Saurons-nous un jour s'il regrettait d'avoir fauté et sali la religion, ou s'il s'en voulait de ne pas avoir rejoint Anne, pour qu'ils élèvent tous deux cet enfant ? Cela nous aiderait, si tu te souvenais du nom de ce jeune curé…

— Je suis désolée, je ne pense même pas avoir connu un jour son nom de famille ! Je sais seulement qu'il se prénommait Ronan. Voilà aussi pourquoi il était aimé dans sa paroisse… À cause du passé de la commune et de son illustre prédécesseur…

— Voilà aussi la raison pour laquelle la population ne parle pas d'Anne, mais de Keben ! soupirai-je, convaincu d'effectuer un pas décisif vers la solution de mon enquête. Encore une fois, cette affaire ressemble à un immense gâchis…

Je me pris la tête entre les mains en fermant les yeux. C'est fou comme parfois, on y voit plus clair en fermant les yeux… Anne était partie de Bretagne avec la volonté de garder cet enfant et de l'élever ; ce ne fut pas le cas, car sinon nous connaîtrions son existence ! On pouvait même déduire que, s'il ne figurait pas sur le livret de famille, soit elle n'avait pas mené sa grossesse à terme, soit elle l'avait abandonné à la naissance, dans l'incapacité de l'élever. Ou alors ses beaux-parents étaient parvenus à la contraindre de le leur remettre, sitôt sorti de son ventre ! Il me fallait à tout prix connaître le nom de ce jeune prêtre… L'Église ne m'y aiderait sans doute pas, encore moins le curé de Locronan qu'un autre homme de foi ! Les gens du pays non plus, d'ailleurs… Il me restait à réclamer à un autre Ronan, journaliste celui-ci, que je finirais par transformer en saint homme à force de lui réclamer des services, une nouvelle recherche dans les archives d'*Ouest-France* ! Un jeune homme de même prénom que lui, décédé dans la même période que la dernière recherche, dans le nord du département, cette fois.

Certes, on approchait du but, mais à quel prix ; quelle énergie dépensée pour avancer d'un pas, contre vents et marées ! Et même nanti du nom de ce jeune curé de qui Anne était tombée amoureuse, cela ne me fournirait pas automatiquement le nom de l'assassin. L'enfant potentiel, nourri de la haine des Larvor par la famille de son père ? Les propres parents de ce dernier, inconsolables de la mort de leur fils, décidés à se venger des décennies plus tard ? Un frère du prêtre, un proche, un fanatique, un évêque, un cardinal, le pape ? J'étais perdu, complètement perdu ! Et en plus, tout cela me déprimait totalement. J'en arrivais à ne plus même avoir envie de me battre, de découvrir, de comprendre, persuadé que la réalité nous serait encore plus pénible que la vision du cadavre ensanglanté d'un corbeau sur un dessus-de-lit…

Et puis, si, tout bêtement, Dominique avait raison ? Si cette piste ancienne ne menait à rien. Si le couple Jansen avait tout prémédité pour décrocher l'emplacement qu'on lui refusait, si ces esprits mercantiles avaient forcé la porte du destin en sabotant d'abord le voilier des parents Larvor, puis les freins de la voiture d'Anne ? Au moins, eux, le crime leur profitait ! Alors qu'un meurtre de vengeance, en réparation d'une dette d'honneur, ne profitait à personne, ne laissant que des victimes… des victimes et des coupables. Tout se brouillait dans ma tête, les légendes, la réalité possible, les souvenirs, les images de la semaine ; je me noyais dans mes pensées assassines…

— Et toi, tu as rompu définitivement avec le sport ? intervint Muriel pour me ramener dans le monde des vivants. Je me souviendrai toujours des moments où tu venais nous entraîner à Kerhuel, quand tu étais blessé au poignet ! Tu nous faisais toutes fantasmer… Pour le foot, naturellement, à l'époque, on ne pensait qu'à cela et vous étiez un peu nos idoles ! Enfin, presque seulement à cela… Note bien, au niveau de la rapidité du départ, tu n'as pas été mauvais, toi non plus ! Personne n'a compris, à Quimper ! Cela cachait aussi une histoire d'amour ?

— Je continue à aller jouer de temps en temps avec les gamins de Penhars, pour maintenir le lien social dans le quartier et leur rappeler les fondamentaux des sports collectifs, qui valent aussi souvent pour la vie quotidienne ! Même si, avec les salaires des stars du ballon rond, les sponsors, le merchandising, comme ils disent, le milieu a bien changé depuis notre époque… Je m'arrache les cheveux quand je vois des gens se balader avec le maillot de l'équipe de France, alors qu'ils n'ont jamais chaussé de crampons de leur vie ! De mon temps, la première fois qu'un gars de l'équipe est revenu d'un match international avec la tunique bleue, on est restés une heure dans les vestiaires de

Kerhuel, à toucher le maillot sous toutes ses coutures, comme s'il s'agissait du manteau du Christ ! Et maintenant, contre un billet de cinquante euros, tu peux te l'acheter, floqué à ton nom…

— Là, je t'arrête tout de suite, tu touches à mon gagne-pain ! N'oublie pas que, chaque fois que l'équipe de France porte un nouveau maillot, les aficionados se ruent dessus, dès qu'il est mis en vente ! Enfin, tant qu'ils gagnaient leurs matches… Pour redevenir sérieuse, l'un des regrets de ma carrière, ce fut de recevoir une convocation pour intégrer l'équipe de France et de me blesser lors du dernier match avec le Stade Quimpérois avant de rejoindre les autres filles en stage. Jamais plus l'occasion ne s'est représentée, par la suite… C'est un aboutissement pour une carrière, même pour celui ou celle qui n'a joué que quelques minutes avec ce maillot ! Enfin, tant qu'on a des regrets, c'est qu'on est vivant ! Et vous vous connaissez depuis longtemps, tous les deux ? Vous avez pratiqué un sport, vous aussi, Dominique ?

— Non, pas vraiment, mes études m'accaparaient trop pour cela ! bredouilla la magistrate avec embarras. Mais je suis heureuse d'entendre des bribes d'anecdotes sur la jeunesse de Paul…

— Il faudra que vous veniez passer une soirée ici, pendant l'été, je suis la spécialiste du barbecue… On se remémorera le passé, mais pas seulement…

— Nous allons devoir te quitter ! coupai-je brutalement. Nous avons un criminel à dénicher et peu de temps pour cela, si nous voulons le coincer… Pour le barbecue, pourquoi ne viendrais-tu pas nous le préparer dans notre maison de Bénodet ? Tu ferais connaissance avec Sarah, ma fille… Elle ne comprend pas comment des filles peuvent courir derrière un ballon de football…

Sur le chemin qui redescendait vers le centre-ville de Quimper, je me perdis à nouveau dans mes pensées assassines, une sorte de tourbillon qui m'entraînait vers les abysses. J'arrivais à éprouver de la nausée en pensant à cette enquête, à ne plus pouvoir me concentrer sur un fait, sur un protagoniste, sur un lieu de Locronan, sans ressentir une désagréable sensation de malaise. Les siècles avaient passé, le destin des gens se confondait encore entre réalité et légendes, sentiments humains et passion religieuse, respect d'une parole et trahison des idées. L'avantage, avec des criminels “pure race”, en face d'eux, on savait à quoi s'en tenir ! Ils obéissaient à des codes, possédaient un sens particulier, mais réel, de la loyauté, ne minaudaient pas quand ils étaient confondus ! Finalement, je me sentais peut-être plus proche de Keben qui blasphémait, désireuse de défendre les valeurs de ses ancêtres, que de Ronan qui prônait un amour qui devait aussi causer tant de morts, au fil des siècles, même s'il le défendait avec sincérité. Je savais que j'avais tort, seulement, tel était mon état d'âme du moment…

— Nostalgie, quand tu nous attrapes ! lança Dominique pour me sortir de mon brouillard. Vous repensez à ces heures de gloire, quand toutes les filles sportives de la ville vous couraient après ?

— Procès d'intention, Madame le substitut du procureur ! Je me noie juste dans mon enquête ; j'ignorais qu'un bénitier pouvait être si profond, que le vin de messe avait un goût aussi amer, que l'amour de Dieu pouvait tant faire souffrir certains humains ! Je suis complètement perdu, Dominique…

— Vous souhaitez qu'on passe un moment au bureau, pour refaire le point ensemble ? Je n'ai rien d'urgent, hormis quelques papiers officiels à signer. Parfois, de discuter à bâtons rompus, cela aide à y voir plus clair dans ses idées…

— Ce que j'aimerais, au fond de moi, à cet instant, c'est vous suivre jusqu'à votre appartement et oublier tout cela jusqu'à demain matin. M'enivrer de whisky breton, des accents de Wagner et aussi un peu de vous, si vous me concédiez cette faveur… Cela fait une semaine que je tourne en rond, que je piétine, que je baigne dans une atmosphère d'encens et j'étouffe…

— Pas de problème, je téléphone immédiatement à Julie pour qu'elle fasse patienter le procureur jusqu'à demain, elle saura trouver une bonne excuse pour expliquer le contretemps ! De votre côté, vous appelez votre fille pour lui expliquer que vous êtes pris pour la soirée et la nuit, et que vous ne reviendrez que demain matin à Locronan. Elle sera ravie de respirer un peu, elle aussi, j'en suis certain…

— Le hic, c'est que Mademoiselle s'est amourachée du fils d'Anne et qu'elle va vouloir à tout prix aller le rejoindre ! Déjà que je lui ai cassé son plan d'hier soir en lui faisant peur… Et si Sarah rallie Locronan avec la voiture, je pars à quelle heure en jogging, pour y honorer mon rendez-vous de dix heures, demain matin ?

— D'abord, vous honorez la femme de votre vie, comme vous venez de vous y engager, si j'ai bien compris votre supplique émouvante ; ensuite, celle-ci vous conduira à Locronan, une fois sa paperasse signée, pour honorer votre rendez-vous de dix heures ! Des questions ?

— Oui, j'ignorais qu'on était déjà mariés, pour que vous me donniez des ordres comme si j'étais devenu un gentil toutou à sa maîtresse ! Comme Scoubidou au bout de la laisse de Vinciane Jansen… Une page du livre de ma vie a dû m'échapper… De la distraction, sans doute… Mais je me sens déjà mieux…

— Vous voyez, une fois de plus, vous reculez au dernier moment ! En équitation, on appelle cela un refus devant l'obstacle.

— Dominique, vous n'êtes pas un obstacle, vous le savez parfaitement ! Et je vais vous le prouver très rapidement…

C'est alors que le portable de la magistrate retentit. Je compris que le procureur lui ordonnait de se rendre immédiatement à son bureau où un dossier d'importance l'attendait. Il semblait furieux de l'absence de son bras droit sans raison valable. Dominique s'excusa sans même chercher à se justifier et promit d'arriver au plus vite… Le résumé de notre vie amoureuse ou encore la vengeance du bon Dieu que je devais irriter avec mes libertinages permanents… Le substitut m'abandonna à son corps défendant sur les bords de l'Odet pour filer au palais de justice, cherchant déjà quelle excuse fournir au procureur pour justifier sa fugue en douce. Je lui conseillai de dire la vérité : l'interrogatoire d'un témoin capital dont les révélations allaient permettre de dénouer rapidement le mystère des trois morts de Locronan…

Et comme les incidents arrivaient souvent en chaîne, une fois de retour au Colibri, j'appris de la bouche de Jean-Luc que Sarah avait déjà repris la route de Locronan, après avoir vainement cherché à me contacter sur mon portable. Effectivement, je notai plusieurs messages que, perdu dans mes pensées moroses, j'avais omis de consulter.

J'appelai alors Gilles Queffélec, mon copain chauffeur de taxi, pour apprendre de la bouche de sa femme qu'il se trouvait cloué au fond de son lit avec une bonne grippe… Je me trouvais bloqué à Quimper jusqu'au lendemain matin, en espérant que Dominique puisse m'héberger pour la nuit, car je ne me voyais pas rentrer à Bénodet pour repartir le lendemain à l'aube… Comme les mauvais hasards s'accumulaient, Dominique ne répondit pas aussitôt et, quand elle le put, ce fut pour m'annoncer qu'elle se trouvait à Brest avec le procureur et rentrerait certainement très tard. Tout juste me promit-elle de me conduire à Locronan le lendemain matin…

Je pris donc la direction de l'hôtel des Voyageurs où Françoise, catastrophée, m'apprit qu'elle ne possédait pas une seule chambre de disponible. Je remontais l'avenue de la Gare vers le centre-ville, le moral dans les chaussettes, quand j'entendis un coup de klaxon. Je levai les yeux et découvris Julie, la secrétaire de Dominique, qui s'arrêta à ma hauteur, sourire aux lèvres. Elle me demanda pour quelle raison je traînais la savate dans le secteur, je lui confiai mes malheurs, elle possédait la solution. Elle possédait d'ailleurs une solution pour tous les problèmes de la vie… Je finis la journée chez elle, elle cultivait le talent rare de me faire oublier mes soucis en une soirée et une nuit, et de me ramener aux réalités les plus prosaïques. Une fois à son domicile, elle me proposa de me servir un verre d'Eddu – elle l'achetait spécialement à mon attention – le temps pour elle de me concocter un dîner divin, comme, par exemple, une fricassée de volaille aux gambas anisées ; elle vint me susurrer à l'oreille, après avoir posé un bisou dans mon cou, que, pour le dessert, elle saurait improviser un peu plus tard. J'en acceptai l'augure, au fait de son talent particulier pour les gâteries.

— Alors, cette enquête sur la mort de l'une de tes anciennes copines, elle avance ? me lança-t-elle de loin.

— Non, justement, je me heurte au mur du silence de tout un village !

— J'ai connu une histoire de ce genre, lors d'un remplacement effectué en Auvergne : un crime, une enquête bouclée en une demi-journée à un détail près, l'identité du meurtrier ! Mon patron qui en perdait son latin, comme le juge d'instruction, jusqu'à ce qu'un détail insignifiant ne pousse l'enquêteur à comprendre que tout ce petit monde était complice d'un coup monté... Parmi ces dix ou douze personnes, une seule avait tué, toutes se couvraient avec une telle perfection qu'il fut impossible de découvrir le coupable...

— Tu m'avais promis de me remonter le moral, Julie, tu te souviens ?

— Un détail d'importance fait toute la différence entre cette enquête ancienne menée par un gendarme de Brioude et l'affaire qui t'intéresse, cette semaine...

— Parce que tu as eu accès à mon dossier, peut-être ? Tu as fouiné dans la paperasse de ta patronne, c'est cela ? Puis-je connaître cet élément tellement évident, qui aurait échappé à ma perspicacité ?

Julie s'approcha de moi, tablier de cuisine à la taille, cuiller en bois à la main et sourire aux lèvres, grande liane irrésistible de fausse ingénuité et de candeur désarmante. Une fois de plus, elle parvint à me déconcerter :

— Tout simplement, je n'étais pas la maîtresse de ce gendarme, il n'avait donc pas bénéficié du supplément de lucidité que confère une nuit passée à mes côtés...

Le samedi matin, comme elle me l'avait promis, Dominique avait vite réglé les affaires courantes, elle avait laissé des directives au substitut de permanence et annoncé qu'elle partait à Locronan pour clore la procédure en vue de transmettre le dossier du meurtre d'Anne Collinot à un juge d'instruction. Bien sûr, elle voulut savoir aussitôt où j'avais passé ma nuit. Pieux mensonge, je lui évoquai l'hôtel des Voyageurs ; Dominique ne chercha pas à en savoir davantage. Un coup de chance, elle n'avait pas le nez fin pour les parfums, sinon j'étais grillé ! De son côté, elle m'évoqua une soirée mortelle d'ennui à discuter de la nouvelle organisation départementale de la justice et à étudier quelques propositions à formuler… Tout cela pour regagner son lit vers deux heures du matin…

Pour sa part, Ronan Feunteun avait travaillé d'arrache-pied pour me fournir la liste assez longue des jeunes hommes décédés dans le Nord-Finistère, pour la période que je lui avais indiquée. Un premier regard sur les patronymes référencés ne suscita aucun déclic en moi, ce qui signifiait certainement que Dominique avait raison de privilégier la piste du couple Jansen. Du coup, la rencontre avec l'historien Mathurin Lannuzel s'avérait moins importante, car le lien entre les meurtres et le passé de la commune semblait s'éloigner.

Seulement, nous avions fait déplacer ce brave homme depuis Concarneau, avec sous le bras l'intégralité de son dossier, je n'allais pas lui dire qu'il pouvait refaire la route en sens inverse. J'espérais juste que Sarah saurait le piquer avec ses questions pertinentes, elle qui avait potassé la question à fond.

Et voilà où le bât allait blesser en premier ! Quand je me présentai au bar du Puits d'Amour, Philippe Gerbaud m'expliqua que Sarah avait bien dormi chez lui, mais qu'elle était partie de bonne heure, une fois son café avalé, car elle devait effectuer le parcours de la grande Troménie en compagnie du bibliothécaire. J'avais tellement le chapeau de travers, depuis la veille, que j'avais totalement oublié cette partie du programme de la journée…

— Vous savez si les enfants Collinot l'accompagnent ?

— Anaïs et Lucas, je ne le pense pas ! Ils sont à leur boutique en compagnie des parents de Stéphane Fleury, le jeune gendarme, pour un inventaire de leurs richesses. D'ailleurs, si vous libériez l'une des chambres ce soir, ils seraient heureux de l'occuper. Des gens sympathiques, ces antiquaires ou brocanteurs ! Dites, j'ai l'impression qu'entre ce gendarme et Anaïs, cela fonctionne bien… Vous entendriez les parents de Stéphane ; on a l'impression qu'ils vont rencontrer leur future belle-fille !

— Il est fiable, le bibliothécaire, il ne va pas sauter sur ma fille ?

— Xavier, c'est un garçon sans histoire et sérieux ! me rassura le tenancier. Jamais une goutte d'alcool, jamais un mot plus haut que l'autre ! Et puis, c'est un pèlerinage, tout de même ! Ce n'est pas le tour du bois de Trousse-Chemise…

— Oui, vous avez raison, je me soucie pour rien, je deviens parano ! Cette enquête va me rendre marteau, à force…

Une chance pour Sarah, le temps pluvieux avait laissé place à un soleil certes encore timide ; cependant, les gens du pays et la météo s'accordaient pour annoncer une belle journée qui se prolongerait le lendemain.

Je rejoignis Dominique qui s'était arrêtée devant la carte du restaurant et je lui confiai ma crainte. J'avais horreur de savoir Sarah en tête-à-tête avec un inconnu, surtout que ce Xavier possédait un profil qui pouvait correspondre à un éventuel frère aîné du curé qui s'était suicidé. Je ne l'avais jamais rencontré, mais ma fille m'avait expliqué qu'il avait une quarantaine d'années, ce qui excluait le fait qu'il soit le fils d'Anne et du curé, qui aurait aujourd'hui 33 ou 34 ans.

— Paul, cessez de couver en permanence votre fille, Sarah est majeure, elle est officier de police, elle n'est pas empotée ! Si elle se sent en sécurité auprès de ce bibliothécaire, faites-lui confiance, vous aussi ! Et lorsqu'elle reviendra avec l'ultime indice qui prouvera l'identité de l'assassin, vous pourrez vous montrer fier d'elle ! Une fois de plus… Car, entre nous, ce ne sera pas la première fois qu'elle vous aura sauvé la mise…

— J'aimerais lui faire entièrement confiance, Dominique ! Vous oubliez un peu vite la nuit durant laquelle nous sommes arrivés juste à temps pour la sauver des flots qui allaient l'engloutir, quand elle avait été enterrée vivante sur l'une des plages de Beg-Meil ! Et plus récemment, à Douarnenez, quand ce fou allait la massacrer à coups de barre de fer, après l'avoir désarmée, car Mademoiselle n'avait pas trouvé la force morale de tirer sur un criminel…

— Vous ne m'avez pas dit qu'elle avait utilisé son arme depuis, lors d'une intervention ?

— Oui, mais je ne sais même pas si elle l'a emmenée avec elle, puisqu'elle pense se balader avec un simple bibliothécaire…

— Paul, votre fille se balade avec un simple bibliothécaire ! Cessez de vous mettre dans un état pareil, c'est agaçant à la longue ! Il en pince pour elle ? Peut-être ! Il va tenter sa chance ? Quel homme ne ferait pas pareil à sa place, en face d'une fille aussi craquante que Sarah ? Si ce garçon avait trois meurtres sur la conscience, cela se verrait, cela se saurait…

— Vous êtes magistrate, je suis flic ! Je sens ces choses-là et j'éprouve en moi un picotement particulier qui me dérange, car il signifie qu'un événement majeur se passe autour de moi et que je ne peux pas intervenir pour influer sur son cours. Mais il est vrai que Sarah n'est pas votre fille…

— Je vous interdis de me parler ainsi ! Heureusement, je sais, à force de vous pratiquer, que lorsque vous paniquez, les mots dépassent votre pensée. Tenez, voilà votre historien ! Ce que je vous propose, pour vous aider, c'est de me renseigner sur le nom du jeune curé et sur celui de ce Xavier, et si les deux correspondent, je reviens vous prévenir ! Allez, faites-moi un gros bisou et cessez d'afficher ce visage bougon de gros nounours en mal de miel ! Mais je dirai à Sarah à quel point vous l'aimez, quand elle rentrera de sa balade dans la campagne environnante ! Je me pique cependant de savoir si l'une de mes absences vous causerait autant de souci…

VII

Mathurin Lannuzel approchait des quatre-vingts ans, mais il possédait toujours une solide prestance et une personnalité impressionnante. Et encore un peu plus quand il s'exprimait d'une voix gutturale, digne des plus grandes basses de l'Opéra de Paris. La perspective d'intervenir dans une enquête de police semblait le stimuler, l'émoustiller même.

Il ne mit pas longtemps à me sortir de mon marasme intérieur pour me conduire, par son récit envoûtant et passionnant, en des lieux tantôt enchanteurs, tantôt terrifiants :

— Tout d'abord, Capitaine, il vous faut savoir que la cité de Locronan n'est comparable à aucune autre, en Bretagne déjà, mais aussi en France ! Ici, par le fait de l'affrontement constant entre les traditions gaéliques et la religion chrétienne, du mélange permanent entre l'Histoire et la légende, par le lien visuel, mais aussi commercial entre la terre et la mer, par la position de place forte du village, au carrefour des vents et des courants du ciel, tout se bouscule en permanence. Et je ne vous parle pas des forces telluriques et magnétiques auxquelles étaient particulièrement sensibles les druides celtes…

— Oui, mais…

— Je vous parlais tout à l'heure de l'importance de la relation terre-eau. De tout temps, les paysans bretons cultivaient le chanvre et le lin, incités en cela par l'exceptionnel réseau d'irrigation constitué par l'ensemble des ruisseaux, des rivières et des fleuves côtiers de la région. Il a fallu qu'au XVe siècle, les marins de Pouldavid, l'ancien port de Douarnenez, cherchent la meilleure toile pour la confection des voiles de leurs navires, et voilà lancée la destinée de Locronan. Peu à peu, malgré la concurrence d'autres villes, notamment Vitré, la place deviendra le point de référence, par la qualité des tissages. À cette époque, il n'est pas farfelu ou prétentieux, en évoquant Locronan, de parler de la capitale mondiale de la fabrication des voiles ! Tous les bateaux de la côte, et ils se comptaient par milliers, étaient gréés de voiles tissées en cette ville, plus solides que celles de leurs concurrents, notamment ibériques. On venait d'Espagne ou du Portugal, pour s'équiper en ce lieu ! Mais aussi d'Angleterre ou de Flandre… Faisons un bond dans le temps, lors de la belle époque de la Compagnie des Indes, installée à Lorient, c'est-à-dire vers 1720-1750, Locronan représentait quasiment le fournisseur exclusif…

— C'est intéressant, mais…

— Pendant cette période, entre Locronan et les villes alentour, on comptait près de quatre cents métiers à tisser ! Voilà pourquoi ce village possède un tel cachet, des maisons aussi cossues, mais aussi un orgueil, dans le bon sens du terme, à nul autre pareil ! Nous sommes dans une capitale, Capitaine, dans une capitale…

— Ce qui m'intéresse avant tout, c'est la légende de Keben ! tentai-je d'intervenir, me voyant parti pour dix heures d'histoire de la Bretagne. En fait, ce n'est même pas cela l'essentiel, pardonnez-moi de vous brusquer, des vies sont en jeu ! Avez-vous eu vent, durant vos recherches, du suicide d'un prêtre de Locronan, dans les années soixante-dix, après qu'il eût entretenu une liaison avec une jeune femme de la commune ?

— Soixante-dix de quel siècle, Capitaine ? Ma mémoire fourmille de tant d'anecdotes…

— 1970 à 1975, ce n'est pas si vieux ! Cette année-là, la Troménie a été supprimée, en raison du scandale causé par la relation inconcevable entre ces deux êtres, aux yeux d'une population si croyante et surtout de la hiérarchie catholique.

— Oui, il me semble me souvenir de cette affaire que les gens d'ici n'aiment pas évoquer. Elle met en scène la fille de commerçants de la Grande Place, si ma mémoire ne me trahit pas. Attendez que je recherche cette anecdote dans mes notes, je sais que j'ai noté cela quelque part et mes documents sont classés par année. Voilà, 1971, l'année maudite, ai-je inscrit en titre ! Une jeune paroissienne de milieu athée, soucieuse de suivre l'enseignement catholique pour être autorisée à porter une bannière, a perverti un jeune prêtre et profité de sa candeur pour l'introduire dans son lit. Je vous vois froncer les sourcils, je lis les propos que j'ai recueillis auprès des habitants, je ne porte pas de jugement sur cette jeune femme…

— Cette jeune paroissienne de l'époque est morte la semaine dernière, à l'approche de la cinquantaine. Quand elle a quitté Locronan, elle était enceinte, et nous cherchons à savoir si elle a gardé cet enfant. Mais le plus important pour moi, à cet instant, serait de connaître le nom de ce jeune curé qui a vu son existence basculer, avec le scandale causé dans la place par la future arrivée d'un enfant.

— Attendez un peu… Je l'ai là… Le père Ronan ! Vous avez raison, la similitude avec l'histoire de Keben est étonnante, car, si j'ai bien tout compris, suite à cette histoire atroce, cet homme d'Église a quitté Locronan pour se retirer…

— Pardonnez-moi de vous couper et permettez-moi d'insister, je savais qu'il se prénommait Ronan. C'est son nom de famille qui me manque…

— Je poursuis la lecture de mes notes, je n'ai pas tout en mémoire ! J'ai l'impression que personne n'a mentionné ce détail, je suis désolé… Attendez, peut-être là, en évoquant le drame avec le couple Larvor, j'en ai appris davantage sur ce jeune curé… Je cite les parents de la jeune femme : « Ronan adorait notre fille Anne… Il avait compris que cet amour avait surpassé son engagement religieux. Même l'évêque avait donné son accord, seulement les parents Bothorel s'en sont mêlés et ont causé un véritable esclandre, refusant de voir leur fils souffrir, alors que notre fille sortait sans encombre du scandale qu'elle avait causé ! Ils ont tout gâché et ils sont les premiers responsables de la situation… »

— Ronan Bothorel, voilà ce que je désirais savoir ! soupirai-je en ne cessant de penser à Sarah.

— C'est tout ce que vous attendiez de moi ? Si j'avais su, je vous aurais répondu par téléphone…

— Je suis désolé ! En fait, la situation évolue d'heure en heure et, lorsque ma collègue qui avait suivi le dossier, vous avait contacté, elle espérait passer un long moment avec vous. Au lieu de cela, elle est peut-être quelque part dans la nature, en compagnie du tueur, coupable de trois meurtres, certainement par vengeance, suite au suicide du jeune prêtre. Si vous pouviez rester pour la journée à Locronan, vous nous aideriez à bien comprendre ce qui se trame, car j'ai la sensation que les prochaines heures vont être très longues et très éprouvantes…

— Vous piquez ma curiosité, je l'avoue, et je n'ai rien d'autre de prévu en ce jour, alors… Auriez-vous une photo de la jeune disparue ?

Je sortis un cliché de mon portefeuille qui ne me quittait jamais, avant de regarder ma montre. L'historien l'examina un long moment avant de relever les yeux vers moi.

— C'est étonnant, cette jeune femme porte une vierge noire en pendentif !

— Oui, elle est polonaise d'origine et dans ce pays…

— Dans ce cas, elle est certainement en danger… Pour certains catholiques bretons traditionalistes, les vierges noires sont des inventions du diable ou des esprits païens qui préféraient adorer Marie-Madeleine, la compagne de Jésus, à la place de la Vierge Marie. Sans entrer dans un débat théologique, je peux affirmer que, si le compagnon de marche de cette jeune femme est un esprit faible, il aura certainement opéré un transfert entre le drame de 1971 et le fait de découvrir une vierge noire au cou de votre équipière…

— J'en étais sûr, c'est un cinglé ! coupai-je en frappant la table d'un coup de poing.

Je m'éloignai pour tenter de joindre une fois de plus Sarah sur son portable, seulement il se trouvait toujours sur messagerie. J'espérais qu'elle rappellerait, elle ne l'avait pas fait, cela m'inquiétait. Je détestais ces instants où la situation m'échappait, car j'ignorais totalement où les retrouver sur ce parcours dont je ne connaissais pas un seul mètre ! Je me décidai à appeler l'adjudant-chef Jocelyn Rivoal pour lui soumettre ma désagréable intuition. Il me promit qu'il allait demander à la patrouille d'inspecter les points de passage accessibles à un véhicule et me supplia surtout de ne pas m'inquiéter. Pour le peu qu'il connaissait

Sarah, elle était apte à se défendre face à un garçon plus intellectuel que sportif.

J'avais à peine raccroché que Dominique revint, sourire aux lèvres, en m'assurant que je m'étais alarmé pour rien, le bibliothécaire se nommait Xavier Guerlédan, alors que, selon la secrétaire de mairie, qui avait recouvré la mémoire et la langue, le jeune curé qui s'était suicidé s'appelait Ronan Bothorel. Elle me sauta au cou en assurant que, même si elle faisait la fière, elle aussi avait eu peur pour Sarah…

— J'ai récupéré auprès de la jeune Maeva le dossier du bibliothécaire, par acquit de conscience, poursuivit Dominique en posant une main affectueuse sur mon épaule. Je n'ai pas encore eu le temps de le consulter, finalement, à présent, cela est un peu moins important ! On respire mieux, Paul, non ?

— Si l'historien a raison, Sarah est en danger au seul fait qu'elle porte au cou l'effigie d'une vierge noire… Donnez-moi ce dossier, tout ne colle pas comme je le souhaiterais dans cette affaire et je ne serai rassuré qu'en revoyant la frimousse de Sarah devant moi ! Tiens, voilà déjà le numéro de portable de Xavier sur sa fiche signalétique ; s'il ne répond pas, je vais commencer à me faire bigrement du souci… Cela signifierait que lui aussi a coupé volontairement la correspondance pour une raison que j'ignore, ou plutôt que je crains de comprendre… Regardez sa date de naissance, il n'a pas 40 ans, tout juste 33, Sarah l'a imaginé plus âgé qu'il n'est en réalité…

— Vous pensez qu'il serait… balbutia Dominique, incapable de finir sa phrase. Non, ce n'est pas possible…

Je composai le numéro ; nouvel abonné sur messagerie. Cette fois, je sentais l'angoisse monter en moi, comme à chaque fois que je savais Sarah en péril. Et souvent, cette panique affective me faisait perdre ma lucidité. J'avais, dans ma carrière, affronté des situations mille fois plus périlleuses et haletantes avec une froideur totale, et voilà que depuis l'arrivée d'une fille dans mon existence, je me sentais démuni quand elle affrontait un danger.

À mes côtés, Dominique ne fit rien pour me rassurer.

— Vous aviez raison, en feuilletant le dossier, je trouve de nouvelles informations ! Ce garçon est un orphelin, il a été élevé puis adopté par la famille Guerlédan qui habite Saint-Renan. Cela se trouve où exactement, Saint-Renan ?

— C'est au nord de Brest, environ à une quinzaine de kilomètres, dans la direction des abers. On sait de quel lieu précis était issu Ronan Bothorel ? L'information doit se trouver sur cette liste de décès dans le Nord-Finistère, dressée par Ronan Feunteun, si vous voulez bien la consulter, Dominique…

— Oui, voilà, Ronan Bothorel, inhumé dans le caveau familial à Saint-Renan ! Mon Dieu, ces deux familles se connaissent. Le bibliothécaire a été élevé par des proches du jeune curé, peut-être des voisins de ses parents, le doute sur ses origines me semble de moins en moins permis…

— Des proches ou même des cousins, un beau-frère, dans la haine de cette femme indigne qui a bousillé la vie de leur Ronan, transformant son chemin de foi en chemin de croix… Il faut appeler l'adjudant-chef Rivoal pour glaner tous les renseignements possibles sur ces deux familles et activer les recherches…

— Ce n'est pas la peine, Paul, le voilà qui arrive, nous sommes sauvés ! Enfin, tout va être mis en œuvre pour sauver Sarah…

Effectivement, le gendarme s'approchait de nous, de cette table de la salle de bar du Puits d'Amour, érigé pour la circonstance en QG de police. Juste derrière lui, je vis également arriver son adjoint, Stéphane Fleury, en civil, suivi par Anaïs et Lucas. Le responsable local de la maréchaussée tenta de m'expliquer que la traque semblait désormais inutile, trop de temps s'était écoulé, depuis le départ des deux marcheurs de la Grande Place de Locronan. Ses gars s'étaient rendus aux points possibles de départ pour le circuit de la Troménie, puis aux abords de la tombe de Keben et de la croix devant laquelle nul individu ne se signait, aucune trace du véhicule de Xavier, ne seraient-ce que des marques de pneus sur le sol ! Tous deux n'avaient certainement pas effectué le parcours.

Il fallait se rendre à l'évidence, le bibliothécaire avait pris la fuite, entraînant Sarah de force dans sa folle cavale…

De son côté, Stéphane Fleury revenait de l'appartement du suspect, au-dessus de la bibliothèque ; il y avait trouvé des dossiers sur Anne Larvor, sur Anaïs et Lucas, du matériel de plongée avec une carte marine des fonds situés au large de Porspoder et Portsall, les lieux où il pratiquait son sport tout au long de l'année, un plan d'état-major de la région de Saint-Renan, avec, entouré à l'encre rouge, la carte du lac de Tréoualen.

— Je me souviens de ce nom ! intervint Mathurin Lannuzel, resté à nos côtés. C'est le lieu où le petit curé s'est suicidé en se jetant d'une barque, un bloc de pierre attaché aux chevilles. En fait, autour de Saint-Renan, il existe cinq lacs, dans le secteur de marais qui bordent l'aber Ildut, correspondant à d'anciennes carrières de minerai, du temps où la commune était la capitale européenne de l'étain. C'était dans les années…

— Ce n'est pas le moment ! coupai-je sèchement.

— Paul, monsieur Lannuzel veut nous aider ! intervint Dominique en posant une main sur mon avant-bras.

— J'ai déjà alerté mes collègues de tout le Finistère, pour intercepter le véhicule, en expliquant que le suspect détenait un otage ! ajouta Jocelyn Rivoal. Je vais aller prévenir à présent la gendarmerie de Saint-Renan pour que les gars fouillent le secteur de ce lac maudit. Il faut un peu plus d'une heure, en voiture, si Guerlédan a emprunté la voie express, pour aller de

Locronan à Saint-Renan. Il est peut-être déjà sur zone… C'est une question de minutes…

L'adjudant-chef fut interrompu par le bruit de plus en plus assourdissant d'un hélico qui tournait autour de la place, avant de s'éloigner un peu. Le gendarme nous expliqua qu'il avait anticipé sur l'utilisation de moyens supplémentaires pour survoler le secteur.

— C'est un EC 135 de la gendarmerie, basé à l'aéroport de Rennes Saint-Jacques, opérationnel pour toute la région Ouest ! expliqua l'adjudant-chef Rivoal, main agrippée à ma manche. J'ai réclamé et obtenu son concours dès que j'ai compris par le rapport de mes équipes que Sarah avait été enlevée. Cela nous sera utile pour rallier au plus vite Saint-Renan ou un autre point du département susceptible de représenter le but de la cavale de Xavier Guerlédan. Suivez-moi, nous allons prendre place derrière le pilote et le mécano. Stéphane, tu montes à bord avec nous.

Il sentit à quel point j'étais abattu, me supplia de me ressaisir, assurant que ses collègues des différentes brigades allaient faire le nécessaire pour intercepter le suspect avant qu'il ne mette son plan à exécution. J'en arrivais à me demander si je leur serais d'un grand secours. Dominique me happa au passage, avant que je ne grimpe dans l'appareil, pour me serrer dans ses bras en me suppliant de garder confiance et de me ressaisir. Elle était certaine que tout allait bien s'achever et que son héros favori allait une fois de plus triompher de l'adversité et libérer sa fille… Mais à cet instant, je me sentais davantage zéro que héros ! Je courus jusqu'au parking du bout de la rue du Prieuré, sur lequel l'hélicoptère s'était posé. Stéphane Fleury m'attendait pour m'aider à grimper à bord, en me demandant de me baisser.

On prit place à l'arrière de la machine volante. Le pilote s'inquiéta de savoir s'il pouvait démarrer, Jocelyn Rivoal opina en lui définissant sur carte la direction à prendre, l'engin s'ébranla avant de s'élever rapidement à la faveur de ses deux puissants moteurs, pour nous offrir un panorama incomparable sur la baie de Douarnenez. Seulement, nous n'étions pas là pour le tourisme et mes pensées premières allaient vers Sarah ; j'espérais qu'elle soit toujours en vie, l'imaginant prisonnière dans le coffre d'une voiture qui filait à tombeau ouvert vers le lieu où son bourreau avait décidé qu'elle paierait au prix fort sa curiosité et sa relation privilégiée avec les enfants Collinot. Me tenaillait aussi le remords de ne pas avoir accompagné ma fille la veille au soir, je maudissais l'enchaînement de circonstances qui m'avait cloué à Quimper. Si j'avais été près d'elle, à l'heure du départ, je l'aurais convaincue de ne pas suivre cet individu suspect, alors que l'étau se resserrait autour du coupable potentiel.

Pour leur part, Anaïs et Lucas, qui devaient accompagner Sarah, avaient été sauvés par l'arrivée imprévue des parents de Stéphane.

Je ne parvenais pas à comprendre comment ma

fille n'avait pas pu flairer un piège aussi grossier, pourquoi elle avait pris le risque aussi insensé de suivre un garçon en rase campagne, sans même porter son arme de service sur elle !

Par chance pour nous, l'hélico prenait le chemin le plus court, passait au-dessus de la presqu'île de Crozon, puis du goulet de Brest. Jocelyn Rivoal tourna sa tête vers moi.

— Cet appareil est le dernier petit bijou de la gendarmerie. Il dispose d'un phare suffisamment puissant pour éclairer la surface d'un terrain de foot, cela ne nous sera pas très utile aujourd'hui. Il est aussi équipé d'une caméra à même de zoomer sur une plaque minéralogique, même à plusieurs centaines de mètres de hauteur ! De plus, si la visibilité est altérée, un filtre thermique peut être mis en fonction… Xavier Guerlédan ne peut donc pas nous échapper…

— Clocher de Saint-Renan à une heure, trois cents mètres ! annonça le pilote, doigt pointé sur la bourgade.

La ville semblait entourée de six lacs de tailles différentes ; comment savoir lequel était le bon, le lieu choisi par le jeune curé pour mettre fin à ses jours ? Jocelyn Rivoal interrogea l'équipe au sol, appartenant à la brigade de Saint-Renan, qui lui apprit que le lac de Treoualen était nommé lac de la Laverie, sur la carte d'état-major et que l'équipe les attendait sur le terrain de foot situé juste à côté. Sa dernière parole me laissa un espoir :

— Pas de traces du véhicule suspect pour l'instant. Il n'est pas encore arrivé sur zone, nous sommes en position depuis douze minutes. Nos gars sont déployés tout autour du périmètre, on ne peut le manquer dès qu'il pointera le museau de sa bagnole ! Terminé !

Le pilote entamait son approche quand je notai une voiture qui venait de faire demi-tour de manière brutale, avant de repartir vers un rond-point et d'emprunter une direction la menant vers la côte. Je montrai le véhicule au pilote :

— Je suis certain que c'est Guerlédan ! Ou il a repéré les véhicules de gendarmerie sur le stabilisé ou il a su que nous étions là pour lui ! Je vous en prie, suivez cette voiture… Je suis capitaine de police, je vous en donne l'ordre !

— Je fais quoi, Adjudant-Chef ? questionna le pilote, embarrassé, en se tournant vers son supérieur de référence.

— C'est bien l'immatriculation du véhicule suspect ! ajouta peu après le mécano, installé devant l'écran de contrôle de la caméra.

— Vous suivez ce véhicule, la cible a certainement changé d'objectif ! ordonna le gendarme. Le capitaine Paul Capitaine est aussi le père de la jeune femme qui a été enlevée, voilà pourquoi il est si angoissé ; nous le serions tout autant à sa place ! On ne perd pas le véhicule de vue un seul instant, mais on ne met pas non plus trop de pression à son conducteur ! Il ne faut pas qu'il perde les pédales en se sentant traqué et fasse une grosse bêtise... Peut-être serait-il bon de reprendre un peu d'altitude...

La voiture roulait toujours à vive allure sur une petite route qui rejoignait la côte. Jocelyn appela ses collègues de Saint-Renan pour leur expliquer la situation. Son interlocuteur lui répondit que ses gars allaient remonter dans les véhicules, avant de proposer d'appeler ses collègues de Ploudalmézeau pour qu'ils rallient au plus vite Lanildut.

— Surtout, expliquez-leur bien qu'il s'agit d'un gars prêt à tout et au bout du rouleau ! Il a déjà tué trois personnes et il détient un otage, un lieutenant de police. Donc, pas d'intervention intempestive. Désormais, nous suivons la côte en direction de Porspoder. Terminé !

Le spectacle était de toute beauté, mais l'angoisse à son comble. Je comprenais que Xavier Guerlédan possédait ses habitudes dans le secteur, peut-être des appuis parmi des camarades locaux, à coup sûr, une base de repli de laquelle il serait très difficile de le déloger. Il pratiquait la plongée en ce lieu depuis des années et connaissait donc le secteur comme sa poche. En tendant son doigt, Jocelyn Rivoal me signala la présence de deux véhicules de gendarmerie, dans le sens inverse du véhicule du forcené, l'un arrivant par la route de Portsall, l'autre par celle de Plourin. Pour tenter de me rassurer et de me détendre, il me murmura que nous étions installés aux premières loges pour assister au coup de filet ; peine perdue, mon esprit se trouvait ailleurs. Toutes deux stoppèrent leur avancée à l'endroit même du carrefour avec la route côtière, à la sortie de Porspoder. On les vit descendre de la fourgonnette, sortir leurs armes des fourreaux et se mettre en position, dans l'attente de l'arrivée imminente du forcené.

Guerlédan traversa à très vive allure le bourg, double cordon de maisons longeant le ruban d'asphalte. Il fonçait dans la tenaille formée par les deux véhicules de gendarmerie. Je priais pour qu'il conserve son calme, et les collègues de l'adjudant-chef Rivoal installés à mes côtés en faisaient certainement autant ; un coup de feu intempestif dans les pneus, à telle allure, un fossé servant de tremplin, un soleil dans les airs, quelques tonneaux et deux cadavres au final ; voilà le mauvais scénario toujours envisageable. Je l'avais connu, ce dénouement catastrophique, dans une mission policière en banlieue parisienne, avec une jeune recrue qui passait pour une fine gâchette. Il s'agissait d'un tir de neutralisation, les deux mômes qui avaient piqué la BMW y avaient laissé leur peau et la banlieue s'était enflammée. Car, en de telles circonstances, dans la presse nationale, on parle davantage de bavure policière que d'un car-jacking perpétré à deux heures du matin par deux gamins de dix-sept ans qui n'avaient rien à faire dans les rues ! D'autant que les témoignages des parents, jurant qu'il s'agissait d'enfants sérieux qui ne leur avaient jamais posé de problème, passent en boucle sur toutes les chaînes… À croire que la victime du vol avec violence affabule et leur a spontanément remis les clés de sa bagnole…

Là, la situation était différente, ce n'était pas un petit voyou, juste un homme d'un peu moins de quarante ans, bien sous tout rapport en apparence, qui poursuivait une croisade moderne en vengeant un proche qu'il identifiait à saint Ronan ! Seulement, que venait faire ma fille dans son scénario diabolique ? Elle allait payer pour les enfants Collinot, sauvés in extremis d'une mort certaine par l'arrivée des parents Fleury, pour le fait de porter l'effigie de la vierge noire de Czestochowa offerte par sa mère ou encore pour sa perspicacité, si elle avait compris l'implication du bibliothécaire et avait eu la naïveté de le lui faire sentir, avant d'imaginer qu'elle parviendrait toute seule à le neutraliser…

Le véhicule freina brusquement, dès que son chauffeur aperçut les gendarmes en face de lui et, dans une embardée nerveuse, il lança sa voiture sur un chemin menant à une usine devant laquelle on notait la présence d'un grand bassin d'eau de mer. Sans même freiner, le conducteur décida de faire un tout droit dans le réservoir. Après un court vol dans les airs, la bagnole s'abîma dans le vivier, créant une impressionnante gerbe d'eau… Si ce lieu abritait des dormeurs, ils avaient été réveillés en sursaut ! Par contre, quel destin pour les passagers du véhicule ? Je préférais ne pas y penser ; d'autant que la voiture coula aussitôt !

Le temps pour notre pilote de poser son appareil sur un lieu plat et solide, sous mes yeux inquiets, deux des gendarmes de Ploudalmézeau, avaient déjà plongé dans une eau sans doute pas très chaude, pour tenter d'apercevoir l'épave. Il me tardait d'avoir des nouvelles de Sarah, de savoir qu'ils avaient pu la libérer. Les secondes me semblaient des heures. Jocelyn, Stéphane et moi étions descendus promptement de l'hélico, en veillant à nous baisser pour éviter les quatre pales de l'hélice principale. Je me rapprochai du bassin en courant du plus vite que le permettaient mes vieux genoux. Enfin, l'un des deux courageux gendarmes s'approcha du bord pour apostropher son chef :

— Cet imbécile s'est enfermé à clé, impossible d'ouvrir la portière ! Et puis le vivier grouille de homards et de langoustes, ce n'est pas facile pour nous ! Il faudrait des plongeurs équipés…

— Je les ai appelés ! répliqua le chef d'équipe. Ils ne vont pas tarder à arriver…

— Et dans le coffre, vous avez pensé à visiter le coffre ? Vous allez certainement trouver une jeune femme prisonnière, si elle n'est pas dans l'habitacle avec son ravisseur ! Je vous en prie, il faut la sauver de là ; c'est ma collègue, et c'est surtout ma fille…

— C'est bon, j'y retourne ! lança-t-il, pas forcément satisfait de replonger dans la fosse aux homards.

Plus les minutes passaient, plus je comprenais que tout était fini. Pour le criminel, mais surtout pour Sarah ! Refusant la fatalité, je me déshabillai à mon tour pour sauter dans le vivier. Jocelyn Rivoal voulut me retenir, mais cela était impossible. Je ne voulais surtout pas regretter plus tard de ne pas avoir tout tenté… J'étais piètre nageur et j'avais horreur d'avoir la tête sous l'eau, seulement cette fois, la vie de ma fille était en jeu, je n'avais donc pas à hésiter une seconde. Je vis les deux gendarmes qui faisaient le tour de la voiture en tentant d'en ouvrir les portières ; alors que, pour sa part, le hayon était soulevé, Sarah avait certainement été éjectée lors de l'impact et croupissait à présent au fond, au milieu des crustacés à grosses pinces ! Je remontai à la surface en même temps que l'un des sauveteurs.

— Où se trouve la fille qui était dans le coffre ? interrogeai-je.

— Il n'y avait personne dans le coffre, il était vide ! D'ailleurs, la fermeture ne fonctionnait quasiment plus… Ils font quoi, les plongeurs ? Le gars ne va bientôt plus avoir d'air ! Vous ne voyez pas une barre à mine dans le secteur ?

— Comment ça, il n'y avait personne dans le coffre ? m'emportai-je en m'approchant du gendarme. Ce n'est pas possible ! Dans ce cas, elle se trouve au fond du bassin ! Continuez à chercher, nom de Dieu…

— Puisque je vous dis qu'il ne se trouve personne d'autre que le conducteur du véhicule dans ce vivier ! Vous êtes bouché ou quoi…

— Elle est où, ma fille, alors ?

Les renforts arrivaient derrière moi, les gendarmes

coururent vers eux, plus personne ne m'écoutait. Il n'en était même pas un pour m'aider à sortir du bassin avant qu'une langouste n'en pince pour mes orteils. Il me restait juste à me sécher sommairement avec une espèce de chiffon que me lança Jocelyn Rivoal, en s'excusant de n'avoir rien d'autre sous la main.

— Puisque le coffre ne se ferme plus, cela signifie que Sarah est parvenue à se libérer en cours de route ! m'affirma-t-il en me tendant mes habits pour que je ne prenne pas froid.

— Connaissant un peu votre fille, si elle a été balancée dans ce coffre par Guerlédan, elle n'est pas restée inactive, elle a certainement tenté de s'échapper ! surenchérit Stéphane Fleury, arrivé vers moi avec une couverture de survie.

— Il reste aussi l'hypothèse que son cadavre croupisse quelque part, dans la nature environnant Saint-Renan, ou encore dans l'un des bois qui environnent Locronan ! assénai-je, réaliste, entre deux mouvements de bras pour me réchauffer. Ou encore en un lieu fréquenté jadis par saint Ronan, sur une autre commune de la région…

— Seulement, dans ce cas, pourquoi ce fou aurait traversé le département pour se diriger vers le lac où le curé s'est donné la mort ? questionna Stéphane, désireux de me redonner espoir.

— Puisqu'il s'agit d'un esprit intelligent, même pas mal détraqué, précisai-je, comment ne pas envisager un plan diabolique de sa part pour nous éloigner de l'endroit où repose Sarah ? Il sait que nous allons le suivre et nous mène sur une fausse piste ; et pour nous laisser un faux espoir, il trafique la serrure de son coffre... alors que sa victime agonise loin d'ici, mourant à petit feu jusqu'à rendre son dernier souffle...

— Là, Capitaine, vous envisagez un mauvais scénario car vous aimez votre fille, ce qui est tout à fait normal ! asséna Stéphane, mains posées sur mes épaules pour tenter de me réveiller de mon cauchemar. Puisque la fermeture du coffre ne fonctionne plus, cela signifie juste que Sarah est parvenue à la fausser, avant de l'ouvrir pour s'échapper ensuite. Soit en profitant d'un arrêt, soit en sautant en cours de trajet, pour ne pas éveiller l'attention de Guerlédan. Vous ne devez pas envisager une autre possibilité que celle-là...

L'attente devenait intenable, je ne savais plus que faire et Jocelyn Rivoal le comprit bien, qui me prit à part pour m'arguer que, tant qu'il y avait de la vie, il y avait de l'espoir. Seulement, ce qu'il ignorait, c'était que Sarah prenait la mauvaise habitude de faire des pieds de nez à la mort, au point d'énerver celle-ci, décidée à prendre un jour sa revanche. Définitive !

Stéphane Fleury appela son supérieur pour lui expliquer qu'un collègue de Saint-Renan désirait lui parler. Aussitôt, l'adjudant-chef courut vers l'un des véhicules de gendarmerie et, à son visage, je repris confiance. Je m'approchai lentement de lui, attendant qu'il quitte la place de passager où il s'était installé pour l'interroger. Un pouce levé et un clin d'œil complice me rassurèrent totalement. Il sortit enfin et s'avança vers moi :

— Sarah est saine et sauve ! Les collègues l'ont retrouvée dans un fossé, elle n'a rien de cassé ! Juste quelques égratignures, rien de bien méchant... D'ailleurs, ils la conduisent jusqu'ici le plus rapidement possible ! Elle leur a raconté qu'elle a sauté du coffre de la voiture d'un bibliothécaire de Locronan qui l'avait enlevée. Une sacrée nana, votre fille !

— Je vais tout de suite appeler Anaïs et Lucas, ils doivent être morts d'inquiétude ! clama Stéphane en sortant son portable. Ils culpabilisaient tellement de ne pas l'avoir accompagnée, ce matin ! Moi aussi, je suis soulagé, je n'aurais jamais dû la laisser se débrouiller toute seule... J'étais si heureux de présenter Anaïs à mes parents, j'ai oublié tous mes devoirs les plus élémentaires...

— De mon côté, je vais appeler le substitut Vasseur, poursuivis-je, en m'éloignant lentement. Dominique doit se liquéfier sur place et se ronger les sangs... Allô, c'est moi, c'est presque fini, Sarah est saine et sauve ! Elle n'est pas encore auprès de moi, mais cela ne saurait tarder... Une fois de plus, elle s'en est sortie comme une grande, en s'échappant toute seule du véhicule...

— Dieu soit loué ! C'est sans doute idiot de ma part, je suis allée allumer un cierge dans la petite chapelle de Pénity, près du tombeau de saint Ronan ! Si cette histoire s'était mal terminée, je ne me serais jamais pardonné la mort de notre fille ! Enfin, de votre fille, mais je l'adore tant qu'elle est aussi désormais un peu la mienne… Elle est près de vous, maintenant ?

— Non, pas encore, on vous rappellera, dès que nous serons tous deux réunis. Par contre, les sauveteurs viennent de remonter le corps de Xavier Guerlédan ; pour lui, c'est fini ! Les secours ne sont pas arrivés à temps… C'est ce qu'il voulait, certainement ! Encore des vies gâchées pour des bêtises… Dites-moi que l'affaire ne va pas s'arrêter là, je vous en supplie !

— Non, je vais transmettre le dossier au juge Jouvain, charge à lui de déterminer la responsabilité de chacun. Pour les faits datant de trente ans, il y a prescription ; pour la mort des époux Larvor, pour celle de leur fille, Anne Collinot, par contre, je tiens à découvrir comment le silence et la haine d'un village, l'esprit de revanche de parents aigris, le bourrage de crâne, presque la programmation mentale d'un homme dès sa naissance, peut causer un tel carnage ! Oui, dans l'intervalle, j'ai obtenu la confirmation que Xavier Guerlédan était bien le fils d'Anne et Ronan… Je vous expliquerai tout cela à votre retour… Et dire qu'à cette heure, nous pourrions avoir trois victimes innocentes de plus ! Sans l'arrivée miraculeuse des parents du jeune gendarme et sans le sang-froid de Sarah… Quel soulagement, à présent ! Je vous embrasse, revenez-moi vite tous les deux !

Une demi-heure plus tard, dans l'hélico qui nous ramenait à Locronan, malgré son visage enrubanné, un bras bien éraflé, une épaule endolorie et des habits en lambeaux, Sarah nous racontait sa manière de procéder, avec le flegme d'un vieux briscard. Du moins, en apparence, car je connaissais ma fille ; dès qu'elle ne serait plus en représentation, elle viendrait craquer dans mes bras et déverserait sur mon pull toutes les larmes de son cœur. Un père, c'est aussi là pour assumer ces moments-là…

— Cela sert de regarder Mac Gyver à la télévision et de ne jamais partir à l'aventure sans un couteau suisse dans la poche. Tu te souviens, c'est celui que Papy m'a offert, la première fois que je suis partie aux Glénan pour faire de la voile ; il ne me quitte jamais depuis ! Le plus difficile, dans l'obscurité, ce fut de trouver les vis, d'autant que j'avais les poignets attachés et peu d'espace pour évoluer. Après, il s'agissait d'une affaire de patience et de concentration. Une fois le bloc de fermeture déverrouillé, le hayon s'ouvrait tout seul… Ensuite, pour s'en sortir sans trop de bobos, rien d'autre que la baraka et une bonne technique de roulé-boulé ! Second coup de chance, accaparé à scruter l'horizon et le ciel, Xavier n'a pas vu le hayon s'ouvrir dans le virage. Pour être honnête, j'ai quand même eu la peur de ma vie ! Enfin, l'une des peurs de ma vie…

J'avais bien d'autres questions d'ordre professionnel à poser à Sarah, seulement, je préférais attendre que nous soyons en famille pour les formuler, freiné par la crainte de la placer dans une situation embarrassante face aux gendarmes. Enfin, on arriva sur le parking situé à l'entrée de Locronan où un groupe d'une quinzaine de personnes aux visages rayonnants nous attendait. Avec sa tête de momie égyptienne et ses guenilles, Sarah attira bien sûr tous les regards. Elle plongea d'abord dans les bras de Dominique qui se moquait alors pas mal de sa position professionnelle.

— Ma fille, ma grande, ma chérie, j'ai eu si peur pour toi ! Ne me refais jamais un coup pareil, mon cœur ne le supporterait pas ! Il ne s'en est pas pris à toi, au moins ? Il ne t'a pas maltraitée, brutalisée, frappée, violentée ?

— Non, il ne faut pas se fier aux pansements, tout va bien, Dominique, tout va bien !

Ce fut ensuite au tour de Lucas et d'Anaïs de la prendre dans leur bras, si heureux de ne pas avoir à assumer le reste de leur existence avec la culpabilité de la mort de la jeune policière. Peu à peu, Sarah se débrouillait parfaitement pour se trouver presque exclusivement dans les bras du garçon, preuve que la tête marchait parfaitement sous les bandages ! De sorte qu'Anaïs les laissa pour aller se blottir dans les bras de Stéphane Fleury que ses parents étaient également heureux de voir revenir en bonne santé, même si, pour lui, il s'agissait d'une mission comme les autres, avec juste un petit stress affectif supplémentaire. Même Mathurin Lannuzel était resté, aussi ému que nous du dénouement, finalement favorable, de la journée. Il envisageait déjà de publier une nouvelle édition de son livre sur Locronan, amendée de cette histoire supplémentaire. Philippe Gerbaud clama qu'il offrait l'apéritif à tout le monde, pour fêter le dénouement positif de cette sinistre affaire.

Finalement, sortant les pains de campagne et les terrines de pâté maison, il servit un vrai repas improvisé que personne n'aurait manqué ! Sarah, car elle ne se lassait pas de raconter comment elle était parvenue à s'échapper, les gendarmes car ce résultat allait améliorer leurs statistiques, Anaïs et Lucas car il leur semblait entrevoir l'issue de leur cauchemar, même s'ils allaient devoir désormais composer l'avenir sans la présence protectrice de leur mère, Dominique, enfin, car les émotions lui avaient toujours creusé l'appétit ! Mais là, je suis un peu mauvaise langue, car elle rayonnait surtout d'un soulagement à la mesure de l'angoisse qui l'avait tenaillée durant toute la journée. Plus jamais je ne lui dirais que Sarah était ma fille et en rien la sienne…

Je pris quand même le temps d'aller me changer, après m'être offert une bonne douche chaude, ce qui ne m'épargnerait cependant pas un rhume carabiné le lendemain. Mais je m'en moquais, à l'étage du dessous, j'entendais les accents joyeux des rires de Sarah et cela valait bien d'attraper la crève…

Les premiers convives quittèrent la salle ; Mathurin Lannuzel devait regagner son bercail, pressé de rajouter un nouveau paragraphe à son bouquin ; Jocelyn

Rivoal tint à me saluer à son tour avant de s'éclipser. Je ne pouvais le laisser partir sans lui exprimer ma sincère et profonde gratitude ; je le pris à part, dans l'arrière-salle.

— Je voudrais vous remercier pour deux faits précis : vous avez tenu le cap quand je perdais les pédales, me ramenant en quelques mots aux devoirs de ma charge et à la réalité de la situation ; ensuite, vous m'avez fait confiance lorsque vous sentiez que mon intuition était la bonne. L'esprit d'équipe, ce n'est pas une formule, c'est une force qui se vérifie sur le terrain, même si nous ne portons pas les mêmes maillots…

— Dans le suivi de cette affaire, je n'ai jamais fait de différence entre police et gendarmerie ! J'ai agi avec vous comme je l'aurais fait avec un collègue d'une autre unité. Sans flagornerie, j'ai beaucoup appris à vos côtés…

— Et moi, je vous dois sans doute de ne pas pleurer ma fille, ce soir ! Si un jour, je peux vous rendre la pareille…

Finalement, nous avions perdu nos chambres pour la nuit, les parents Fleury en occupant une et un couple irlandais, venu se recueillir sur le tombeau de saint Ronan, la seconde. Dominique nous ramena donc à Quimper et nous invita à loger chez elle. On pourrait dormir notre soûl le lendemain matin, puis, selon le programme qu'elle avait organisé, nous prendrions la route de Bénodet. Sarah pourrait y panser ses plaies profondes, alors que nous pourrions, Dominique et moi, nous offrir une petite brochette de coquilles Saint-Jacques chez l'ami Christian, à une table de la brasserie La Vague… L'un comme l'autre, nous fûmes surpris de ne pas entendre une réaction véhémente d'objection de la part de Sarah, installée à l'arrière. D'ailleurs, depuis le départ de Locronan, elle n'avait pas pipé mot. Je me retournai et je compris qu'elle pleurait, même si elle tentait de contenir son chagrin. Et là, ce n'étaient pas les nerfs qui lâchaient…

— Tes blessures te font mal ? questionnai-je innocemment, me sachant à côté de la plaque.

— Non, ce n'est pas ça ! parvint-elle à exprimer, tout en reniflant. Les douleurs physiques sont supportables !

— Le contrecoup moral, c'est normal ! expliqua Dominique, en vieille routière des blessures intérieures. Tu as vécu une journée particulièrement éprouvante ! Tes nerfs ont été soumis à rude épreuve…

— Ce n'est même pas ça ! clama-t-elle, après s'être mouché un bon coup. C'est pire ! Je me suis pris les pieds dans le tapis, avec Lucas !

— Il ne veut pas de toi, il est déjà avec une autre fille ? questionnai-je avec un maximum de sérieux.

— Penses-tu, il est gay, il ne s'intéresse pas aux nanas ! À part sa sœur qu'il couve comme une mère poule prend soin de ses petits poussins… Quand il me l'a annoncé, j'ai eu la honte de ma vie ! Pour une fois qu'un gars me plaisait, l'attirance n'était pas réciproque, c'est tout moi ! J'aurais mieux fait de rester dans cette bagnole, tiens, et de plonger avec Guerlédan… J'ai toujours tout faux en permanence…

— Ne dis pas de bêtises, tu es jeune, tu as la vie devant toi ! rétorquai-je sur le ton le plus persuasif possible. Un jour, tu croiseras la route d'un garçon très bien et tu comprendras dans le fond de son regard, dès le premier contact, que vous deux, c'est l'évidence… Laisse du temps au temps, ne cherche pas à brûler les étapes, à forcer le destin ; cela évite souvent de se tromper et de s'embarquer dans une histoire tordue qui se révèle vite une erreur de jeunesse… C'est vrai que les années qui passent peuvent angoisser un peu, pourtant un tel raisonnement est complètement faux !

— J'ai bientôt la trentaine, tout de même !

— Tu exagères toujours, tu n'as pas encore fêté tes vingt-huit ! Je vais te donner un exemple, tu comprendras mieux ! Au hasard, attends un peu que je trouve quelqu'un que tu pourrais connaître… Oui, tiens, seule dans son coin, Dominique se lamentait de ne pas rencontrer le prince charmant, l'homme qui la mènerait au septième ciel, le compagnon de ses longues soirées d'hiver, le complice de ses instants de bonheur… Elle a attendu un peu, quelques années de plus que toi ! Sans doute a-t-elle connu des moments d'abattement, de profond désespoir même ; peut-être a-t-elle même songé à baisser les bras… Et puis elle m'a rencontré et j'ai compris dans le fond de ses prunelles que je fédérais toutes ses espérances en une même personne, et bien plus encore peut-être… Depuis, elle ne regrette plus un seul instant d'avoir attendu, même si elle tarde à me laisser lui prouver à quel point je suis amoureux de son corps…

— Le pire, c'est qu'il est convaincu de ce qu'il raconte ! se lamenta Dominique, regard rivé sur la route. Ce qui n'est même plus amusant avec vous, les duettistes comiques, c'est que la fin de vos sketches est connue : cela me retombe invariablement sur le coin du nez ! Un faire-valoir, voilà le rôle auquel vous me cantonnez dans vos aventures, un simple faire-valoir…

— Une fois que nous serons arrivés à Quimper, laissez-moi devant le Colibri, quémanda Sarah, pas encore guérie de son mal d'amour. Je vais aller frapper à la porte de la chambre de Rosie ; elle, au moins, elle saura comprendre mon désarroi et compatir à ma douleur intérieure…

— Mauvaise idée ! répliquai-je. Imagine, par exemple, qu'elle se trouve en compagnie de Joëlle Compan, ce qui n'est pas impossible, à bien y réfléchir ! Je te connais, tu vas te jeter dans l'Odet sans même vérifier si c'est marée haute… Et puis même, admettons, elle vient t'accueillir, elle découvre ta tête de zombie cousue de partout, elle prend peur et elle tombe dans les pommes… Imagine le vent de panique au Colibri… Nous ne sommes pas bien, tous les trois ? Sans parler d'un détail complètement passé sous silence : je me suis mouillé, moi, pour te porter secours…

— C'est vrai, Stéphane m'a raconté cela ! réagit Sarah, sourire à nouveau aux lèvres, en se redressant pour pointer son museau amoché entre nos têtes. Il paraît que tu t'es dévêtu et que tu as plongé dans la fosse aux homards ?

— Oui, Mademoiselle ! Je n'ai qu'une fille, je suis prêt à tous les exploits pour la sauver des pires situations ! Même à affronter, sur leur terrain, des homards aux pattes énormes !

— Alors, il a fallu que tu plonges ta tête dans l'eau ?

— Oui, Mademoiselle ! Pour constater, avec soulagement, il est vrai, mais aussi avec une certaine irritation, que le coffre était vide et que tu n'avais pas songé à me passer le moindre coup de fil pour me prévenir de ton évasion. Tu aurais pu m'éviter d'attraper la crève et quelques cheveux blancs… Eh oui, il arrive que je me fasse du souci pour toi…

— Mon Papounet, tu sais bien que tu seras toujours mon plus grand héros ! sanctionna Sarah en me gratifiant d'un bisou.

— Quand je pense qu'à l'air libre, dans une salle de restaurant, il n'est jamais fichu de me casser les pattes d'un homard ! marmonna Dominique. Et toi, la miraculée, au lieu de t'agiter comme une puce de sable, attache ta ceinture, je ne veux pas d'ennuis avec la police…

VIII

Un mois s'était écoulé depuis les dernières péripéties de cette enquête qui nous avait donné bien du fil à retordre. Le temps avait permis au soleil d'avril de sécher les gouttes de mars sur le paysage breton et aux plaies de Sarah de se refermer lentement. Pour cela, elle avait bénéficié de quinze jours d'arrêt durant lesquels elle n'avait pas souvent quitté Bénodet. Elle avait mis de l'ordre dans ses affaires, dans sa tête aussi certainement. Elle avait fini sa première entreprise avant la seconde, toujours en chantier, semblait-il. Il fallait avouer que Rosie ne l'avait pas aidée, visiblement accaparée par ses propres soucis, que Dominique, désireuse de suivre au plus près le dossier “Locronan” en compagnie du juge Jouvain, avait eu peu de temps à nous consacrer et que la vie de Sarah, malgré tous mes efforts, ne ressemblait en rien à celle d'une fille de bientôt vingt-huit printemps.

Sa seule compagnie, c'était son grand-père qui perdait de plus en plus la mémoire et nous en faisait voir de toutes les couleurs. Quand il n'oubliait pas d'éteindre le gaz sous une casserole d'eau, il prenait la poudre d'escampette et nous le retrouvions au bout de la pointe Saint-Gilles, alertés par les propriétaires du camping. Il devenait de moins en moins gérable, seulement, c'était mon père. Ma sœur Colette étudiait déjà sérieusement l'éventualité de son placement dans une maison de retraite, même si une telle perspective ne nous réjouissait pas, et Sarah peut-être encore moins que nous, qui avait découvert son papy depuis si peu de temps.

Durant ces quinze jours, je savais qu'elle avait également rendu visite à Micheline Jacq, une nonagénaire que nous avions connue lors d'une récente enquête et que Sarah avait choisi comme confidente. Cette ancienne institutrice de Tréméoc appréciait la compagnie de Sarah et celle-ci ne ratait jamais une occasion d'aller papoter avec une femme qui était un peu devenue sa grand-mère de substitution. Ce contact l'apaisait, lui apportait une détente propice à la prise de bonnes décisions. Un échange fructueux dont l'aubaine me comblait d'aise, même si je cultivais toujours la crainte que les soucis de ma fille ne pèsent sur le quotidien si calme de la retraitée.

Dans les premiers jours, Ronan Feunteun avait aussi tenu à venir voir Sarah, pour discuter avec elle de son enlèvement et surtout de sa spectaculaire évasion, point d'orgue de l'affaire ! Ah, cet enlèvement, j'avais fini par savoir le fin mot, de la bouche même de ma fille :

— Ce samedi matin, je suis allée prendre le petit-déjeuner avec Anaïs et Lucas, chez qui j'avais donné rendez-vous à Xavier Guerlédan. Tout allait bien jusqu'à ce que Stéphane ne vienne nous rejoindre et nous apprenne l'arrivée-surprise de ses parents, désireux de donner quelques conseils à Anaïs. Cela ne me gênait pas jusqu'au moment où Lucas a décrété que sa place était auprès de sa sœur. Je te promets que la pilule a été dure à avaler !

— Ton plan, c'était de lui déclarer ta flamme en pleine campagne, ricanai-je, gare aux incendies, quand même…

— Tu es bête ! Tu me connais, dès que Guerlédan est arrivé, j'en ai fait des tonnes, pour provoquer Lucas, le rendre jaloux, savoir exactement ce qu'il avait dans les tripes. Xavier ne s'est pas montré très jouasse, lui non plus, quand il a appris que le frère et la sœur ne nous accompagnaient pas. Je lui ai demandé de cacher sa joie devant la perspective de passer une journée entière en ma compagnie ; tout d'un coup, le déclic s'est effectué en moi ! Tout m'est apparu d'une manière si limpide : le bibliothécaire nous avait invités uniquement pour piéger les enfants d'Anne ! Je n'étais qu'un appât pour les attirer dans un traquenard ! Pire, je le voyais fixer mon pendentif, sans soupçonner encore les idées qui lui passaient par la tête…

— Dans ce cas, pourquoi prendre le risque de l'accompagner ? D'autant que tu n'étais pas armée…

— Je sais, avec le recul, c'était stupide de ma part ! Dans un premier temps, mon réflexe fut de l'éloigner de Lucas et Anaïs, de peur qu'il ne pète un câble et ne s'en prenne à eux aussitôt. Par la suite, je pensais pouvoir le raisonner et l'amener à se rendre aux gendarmes. Ma sottise a été de penser à haute voix, dans sa voiture, alors qu'on se trouvait en rase campagne, de remonter le fil de l'histoire pour comprendre qui il était réellement…

— C'est-à-dire le fils maudit d'Anne et Ronan…

— C'est devenu soudainement une évidence dans mon esprit. À l'instant précis où je suis arrivée au fin mot, il a pété les plombs. Il a fait le tour de sa caisse pour m'en extraire en manquant de m'arracher les cheveux, ensuite il m'a fichu deux gifles monumentales auxquelles je ne m'étais pas préparée. Alors que je tentais de me relever, il m'a attaché les poignets avec mon cache-col, avant de m'enfoncer mon bonnet de laine dans la bouche. Il voyait en moi une sorcière, à cause de la vierge noire de Czestochowa…

— Selon l'historien Mathurin Lannuzel, pour beaucoup de chrétiens sectaires, notamment dans l'Ouest de la France, la vierge noire est la rivale de la mère du Christ, un objet de culte des païens, sa réaction n'a donc rien d'étonnant…

— Ensuite, il m'a prise sur son épaule et il m'a balancée sans ménagement dans le coffre de sa voiture, en me promettant que j'allais rejoindre Keben dans les entrailles de la Terre, desquelles je n'aurais jamais dû sortir ! Je sais, ce n'est pas très glorieux comme capture, pour une policière normalement rompue aux corps à corps ; par chance, personne ne m'a demandé d'expliquer avec plus de précision ce versant de l'histoire…

Elle était ainsi, Sarah, franche du collier, pas vicelarde pour deux sous ! Toujours prête pour partir au combat, avec une fleur au fusil et sa candeur pour bannière ! Généreuse en toute circonstance, elle donnait beaucoup, sans autant recevoir en retour. À part des coups, trop souvent à mon goût… Et pour son confort, elle ne réclamait rien… Bien sûr, nous sortions tous les deux, quand je ne rentrais pas trop tard du bureau. Un cinéma, une petite bouffe, un tour de machines à sous au casino, une balade au clair de lune le long de la plage du Trez, je l'avais même accompagnée en discothèque à Combrit, moi qui détestais ces lieux si bruyants !

Elle me remerciait de tout, elle était adorable ; seulement, au tréfonds, je savais qu'elle saignait et que je n'y pouvais rien. De ma vie, je n'avais jamais éprouvé sensation plus abominable que de sentir ma fille se ronger de l'intérieur. Alors, moi, le mécréant, tous les soirs avant de me coucher, je priais le premier dieu disponible pour qu'un jour, et le plus tôt possible, un garçon bien comprenne qu'une perle perdait chaque jour un peu de son éclat, au bout du chemin tortueux qui menait à la pointe Saint-Gilles…

Durant ce mois, au commissariat, nous assumions les affaires de routine. Par bonheur, on ne rencontrait pas un meurtre toutes les semaines, à Quimper. Carole était partie en stage, je me retrouvais donc à la tête de l'équipe ! Enfin, ce qu'il en restait… Mario s'était fait porter pâle, une fois de plus ; il nous faisait de plus en plus de souci. Rose-Marie profitait des périodes creuses pour améliorer ses dispositifs de recherche, en nous expliquant qu'en matière d'informatique, tout évoluait chaque semaine et quasiment à une vitesse exponentielle. Un renfort était attendu, un jeune lieutenant avec une petite expérience du métier. Il serait le bienvenu, pour peu qu'il parvienne à se fondre dans l'équipe. Notre grande patronne, le commissaire Radia Belloumi, se montrait très discrète, ce qui, selon mon flair de flic, signifiait qu'elle avait rencontré une personne que sa position à la tête de la police de la ville n'effrayait pas. Une perspective qui me laissait de l'espoir pour Sarah ; à moins que le jeune lieutenant annoncé soit enfin l'homme de sa vie…

Parfois, je passais les journées auprès de Dominique. Elle tenait à suivre pas à pas l'instruction du juge Jouvain, qui avait compris que cette affaire nous tenait particulièrement à cœur. Il avait décidé d'interroger nombre de notables de Locronan, mais aussi les parents de Ronan Bothorel et le couple Guerlédan qui avait élevé et adopté Xavier. Pourtant, tout ce petit monde eut le bon goût d'attendre le retour de Sarah aux affaires pour nous permettre de retracer le fil complet de l'histoire. Il faut préciser qu'il s'agissait aussi d'un délai obligatoire pour convoquer des témoins, donc de posséder une chance d'en apprendre davantage sur le déroulement des faits.

Par contre, s'il en était deux qui avaient pris ce dossier particulièrement à cœur et ne s'étaient pas tourné les pouces dans l'intervalle, c'étaient bien l'adjudant-chef Rivoal et l'adjudant Fleury, qui ne voulaient laisser subsister aucune zone d'ombre dans leur enquête. Aussi effectuèrent-ils un travail minutieux de recherche pour obtenir une réponse cohérente à la plus petite de leurs interrogations qui demeurait sans réponse probante. Et leurs conclusions furent accablantes pour le microcosme local, offrant une matière consistante au juge, de nature à lui permettre de déstabiliser ces notables dont le comportement semblait bien moins irréprochable qu'ils ne s'évertuaient à le prétendre.

Les plus coriaces furent les parents du jeune curé Ronan Bothorel, qui nièrent longtemps avoir conservé des liens avec la commune de Locronan et encore plus avoir influé sur la venue de Xavier à la bibliothèque de la ville. Encore verts pour leur âge, ils se battaient bec et ongles, ne concédant pas un pouce de terrain aux gendarmes, puis au juge Jouvain. Le magistrat disposait cependant d'arguments convaincants pour leur faire avouer le contraire, sans pour autant parvenir à les faire craquer.

Par chance, malgré toutes les précautions prises pour bétonner leur système de défense, leur stratagème allait finalement être démonté par Jocelyn Rivoal... À force de ténacité, le gendarme avait réussi à établir deux faits accablants. Tout d'abord, le couple Bothorel avait eu l'imprudence d'échanger des courriers et surtout des appels téléphoniques avec des correspondants de Locronan. Rien de répréhensible, en apparence. Pourtant, les gendarmes allaient creuser la piste pour découvrir que leur interlocutrice privilégiée n'était autre que Françoise Garry, la veuve du notaire de la commune, la mère de Vinciane Jansen.

Bien sûr, lors de son interrogatoire préliminaire à la gendarmerie de Locronan, la veuve évoqua juste des dialogues émus pour honorer le souvenir du prêtre défunt, roueries illusoires qui ne dupèrent pas Jocelyn Rivoal. Aussi, malgré les menaces habituelles de la vieille harpie, jeta-t-il un œil plus averti sur ses affaires et sur celles de la ville. Très vite, il s'aperçut que la maison contiguë à celle des parents Larvor avait été achetée, peu après leur mort, pour une bouchée de pain, par une société civile immobilière. Celle-ci avait à sa tête un gérant, marchand de biens à Guilers, commune proche de Saint-Renan. De plus, son actionnaire majoritaire était une autre personne morale, la SCI de Tréoualen, qui semblait regrouper pour moitié de nombreux membres de la famille Bothorel. Les 50 % restants des parts sociales se distribuant équitablement entre Françoise Garry, sa fille Vinciane Jansen, Wilfried Jansen, le mari de cette dernière, la crêpière Marie-Pierre Macé et Marie Le Men, la sœur d'Anne Collinot.

Les gendarmes interrogèrent isolément chaque protagoniste, pour éviter toute manœuvre suspecte. Hélas, le plan avait été ourdi de longue date et chaque détail, mis au point avec précision. Chaque notable argua qu'il n'était pas interdit de créer une SCI pour acquérir un bien, ce qui était vrai sur le plan strictement légal, et plaida la bonne foi... Les uns comme les autres mirent au défi les enquêteurs de trouver une faille dans le montage juridique. Et ce n'était pas de leur faute s'ils avaient fait une bonne affaire ; qui pouvait le leur reprocher ? De telles opérations se menaient chaque jour sur tout le territoire français, sans que la justice n'y découvre la moindre manigance condamnable. Leur système de défense était bien huilé, implacable, et même le juge Jouvain, à la suite des gendarmes, se cassait les dents à chaque interrogatoire sur des complices qui avaient parfaitement appris leur texte et récitaient leur leçon au mot près.

Tout serait une nouvelle fois passé sous silence si le maire, Roland Guiffant, épuisé de se taire pour préserver le calme de sa commune, n'avait évoqué en premier le chantage exercé sur les propriétaires par Françoise Garry, pour expliquer de quelle manière ils avaient eux-mêmes acquis ce bâtiment, au sortir de la dernière guerre. Avant d'avouer ne pas avoir pu révéler le chantage, car lui-même se trouvait ficelé par la vieille vipère, pour avoir vidé un jour sa conscience sur les activités illégales de son père, à la même époque trouble de l'Occupation, pratiquant discrètement le marché noir pour ne pas éveiller les soupçons. Jamais le notaire n'avait trahi le secret de l'amitié ; à sa mort, en revanche, son épouse ne s'était pas privée de le rappeler au maire pour le museler… En fait, par les dossiers secrets de son époux, elle pouvait régner à sa guise sur la bourgade, en attendant de voir sa fille Vinciane occuper les plus hautes fonctions. Mais avant cela, elle voulait que son héritière possède une belle bâtisse sur la Grande Place… Et pas n'importe laquelle, celle de la famille Larvor…

Restait le volet le plus dramatique de l'affaire ; la mort des parents Larvor, puis celle d'Anne Collinot. Cette fois, les associés ne faisaient plus front commun, car la thèse du sabotage avait été avérée dans les deux cas. Ils se rejetaient la faute, certains arguant qu'ils se trouvaient trop loin de Locronan pour pouvoir agir, d'autres qu'ils ne possédaient pas la force ni la connaissance de la mécanique pour effectuer une telle opération. Et comme les enquêtes n'avaient pas permis d'aboutir à l'implication d'un protagoniste plutôt qu'un autre, les trois crimes ne pouvaient être attribués par le juge à l'un ou l'autre des prévenus.

Puis un jour, comme un seul homme, bien aidés en ce sens par leurs avocats, ils chargèrent le malheureux Xavier Guerlédan. Ses parents adoptifs juraient ne lui avoir jamais parlé de son passé, seulement, il voulait à tout prix savoir qui il était. Ses grands-parents, le couple Bothorel donc, parlaient de lui comme d'un garçon sensible, fragile, en quête de toutes les traces du passage de son père sur terre. Pour le reste, eux aussi assuraient ne jamais avoir parlé en mal d'Anne Larvor. Comment avait-il appris son existence ? Tous juraient l'ignorer. Marie Le Men évoqua, des trémolos dans la voix, le jour où il était venu la menacer à l'église, alors qu'elle y faisait le ménage. Il lui avait promis qu'il la ferait payer au prix cher, tout comme à sa sœur Anne, la mort de son père. Et que si elle allait raconter cela aux gendarmes, son complice achèverait un jour sa mission. Même son de cloche chez Marie-Pierre Macé qui expliqua, rouge de confusion, qu'un soir, à l'issue d'un repas amical, elle avait mené le jeune bibliothécaire dans sa chambre. Seulement là, au lieu de lui faire l'amour, comme tous ses amants, il l'avait rouée de coups et lui avait promis que cela n'était rien à côté de la punition qui l'attendait, si elle ne se tenait pas à carreau, une fois sa copine Anne éliminée. Xavier lui avait fait si peur qu'elle s'était tue à propos de ce fait abominable dont elle cauchemardait encore.

Vinciane Jansen semblait, du groupe, la plus fragile. D'autant que son époux avait demandé le divorce, tombant des nues devant le tableau affligeant dressé par les gendarmes. Il s'avéra rapidement qu'il ignorait tout des desseins de sa femme, dont elle s'était bien gardée de lui préciser la finalité.

Par contre, il finit par concéder qu'il se doutait de manigances ; son épouse passait au moins, une fois par jour, rendre visite à sa mère, elle en revenait à chaque fois, différente, agressive, hargneuse. Enfin, il se souvint d'un meuble qu'elle ne souhaitait pas vendre, arguant qu'il possédait pour elle une valeur sentimentale. Il s'agissait d'un secrétaire Louis XV à cylindre dont elle possédait toujours la clé sur elle. Il se doutait qu'elle y cachait ses secrets, il pensait qu'il s'agissait de lettres et de souvenir de ses amants ; à bien y réfléchir, il s'agissait peut-être de documents relatifs à son plan machiavélique…

Et ce jour où Sarah reprenait du service, justement le juge Jouvain souhaita réentendre Vinciane Jansen. Dominique avait tenu à assister aux débats, elle reçut même l'autorisation de s'entourer des quatre enquêteurs qui avaient suivi le dossier : les gendarmes Rivoal et Fleury de Locronan, mais aussi Sarah et moi. Selon le juge, nous connaissions suffisamment les différentes pièces du dossier pour l'aider à faire craquer la notable et faciliter enfin la révélation de la vérité.

Quand elle passa devant nous, Vinciane Jansen n'avait certes pas la queue entre les jambes, cependant elle n'en menait pas large ! Finalement, en parlant d'elle, tout le monde me brossait le portrait d'une pimbêche précieuse, hautaine et arrogante ; les deux occasions que j'avais eues de la côtoyer me laissaient une image différente. Et surtout une certitude : elle ne possédait pas l'aplomb ni la force mentale de sa mère ; la coquille faisait illusion, pas le contenu, une fois gratté le premier vernis, ce qui nous assurait une assise confortable pour la placer devant la réalité de ses actes. Déjà, en découvrant les visages des personnes réunies pour la contraindre à avouer la vérité, elle lut en chacun de nous une détermination dénuée de la moindre concession. Sans la présence de son avocat à ses côtés, sans doute aurait-elle d'ailleurs déjà craqué… D'emblée, le juge Jouvain lui demanda de relater ses différents contacts avec Xavier Guerlédan.

— Vous savez, il était bibliothécaire et j'ai toujours aimé lire ! Je le croisais donc toutes les semaines, quand j'effectuais l'échange d'ouvrages…

— Vous êtes aussi, si je ne m'abuse, adjointe au maire, notamment chargée de la culture, madame Jansen, précisa le juge Jouvain, dont la bonhomie naturelle, accentuée par une silhouette plutôt pataude, cachait un caractère tenace, parfois même teigneux. À ce titre, vous avez étudié le dossier de Xavier Guerlédan, avant de décider de lui accorder la place de bibliothécaire plutôt qu'à un autre candidat. Lui, l'homme du nord du département, en concurrence avec des postulants du pays de Douarnenez, des enfants du pays, peut-être même de la commune…

— Au moins, on ne pouvait pas me taxer de favoritisme ! répliqua la notable en souriant à son avocat. Ce garçon possédait l'expérience, il avait déjà 32 ans quand il a débuté chez nous, un cursus universitaire excellent, une licence en lettres classiques, complétée par une maîtrise en langues et littératures de l'Antiquité et du Moyen âge, ce n'est pas rien, tout de même !

— Tous ces efforts pour mener des études brillantes, un tel talent reconnu, pour devenir au final un modeste bibliothécaire à Locronan ? s'étonna le juge, appliqué à essuyer les verres de ses lunettes rondes. Veuillez pardonner ma réaction ahurie, mais sans dénigrer votre commune au riche passé et à l'aspect charmant, on pouvait imaginer que ce garçon pouvait prétendre à une situation plus gratifiante, non ?

— Chez nous, il avait la sécurité de l'emploi ; de nos jours, ce n'est pas négligeable ! répliqua Vinciane, assurée de son fait. Et puis l'histoire de la région le fascinait, surtout celle de saint Ronan. D'ailleurs, il me retenait souvent pour que je lui parle du village. J'avais été guide touristique pour la municipalité, avant de me marier, peu de détails sur le passé du village ne pouvaient m'échapper. J'avoue adorer, moi aussi, me plonger dans ces légendes bretonnes, dans lesquelles nul ne sait exactement la part de la vérité et celle du mythe… Oui, je l'ai initié aux arcanes de la vie de Locronan, à ses secrets ancestraux, aux mystères et aux réalités qui ont forgé la célébrité de la ville au cours des siècles. Si je pouvais me douter que ce garçon poursuivait de tels desseins, vous pensez bien que…

— Donc, lorsque vous l'avez engagé pour le poste de bibliothécaire, si je vous suis bien, vous ignoriez que ce garçon était le fils du curé Ronan Bothorel et, par le fait, aussi celui d'Anne Larvor ? intervins-je en m'avançant vers le juge.

— Comment aurais-je pu le deviner, je ne lis pas dans les boules de cristal !

— Vous avez imposé ce garçon, car les autres membres du conseil d'administration de la bibliothèque sont formels, vous avez forcé la décision, sans chercher à savoir d'où il émanait…

— Je suis une femme assez intuitive, je réagis souvent au coup de cœur, cette fois, mon instinct m'a trahie, je dois le reconnaître humblement.

— Je m'insurge contre la méthode employée, Monsieur le juge ! intervint l'avocat, visiblement excédé. Ma cliente a répondu à votre convocation et elle se trouve face à un tribunal digne de l'Inquisition. C'est intolérable !

— Je mène mon instruction comme bon me chante, Maître, et s'il me plaît de réclamer la présence du substitut Vasseur et de m'entourer des enquêteurs à la base du dossier préliminaire qui m'a été remis, aucun texte de loi ne m'interdit d'utiliser cette possibilité. Continuez, Capitaine, où vouliez-vous en venir ?

— Je m'étonne simplement, connaissant les relations étroites entre madame Jansen et sa mère, Françoise Garry, que celle-ci ne lui ait pas mentionné qu'elle maintenait le contact avec les parents de Ronan Bothorel, le jeune curé de Locronan.

— Ma mère possède ses secrets, dont elle se garde de m'affranchir, pour me protéger, prétend-elle ! intervint Vinciane.

— Françoise Garry savait que les Bothorel avaient retrouvé la trace d'Anne Larvor, après sa fuite de Bretagne ! affirmai-je à très haute voix. Elle savait également que ces personnes s'étaient occupées de son accouchement, avaient récupéré l'enfant pour le placer chez des amis intimes, les Guerlédan, qui ne pouvaient en avoir. Ce dernier couple avait par la suite adopté l'orphelin supposé, puisque son père était mort et que sa mère l'avait abandonné pour disparaître de la région. Françoise Garry le savait, nous en possédons la preuve, Vinciane Jansen ne pouvait donc l'ignorer, car tout ce qui touchait de près ou de loin à la famille Larvor l'intéressait au plus haut point !

— Qu'avez-vous à répondre, madame Jansen ? questionna le juge Jouvain en se tournant vers son interlocutrice.

— Je n'ai rien d'autre que ma bonne foi pour vous promettre que jamais ma mère ne m'avait entretenue de cette filiation… Je ne l'ai apprise que très récemment et de manière fortuite !

— Faux, Madame, complètement faux ! m'insurgeai-je en me penchant vers la suspecte. Monsieur le juge, cette femme tente de vous abuser. Elle savait ce qu'elle prétend ignorer, elle a tout manigancé de longue date avec sa mère, elle représente le pivot de l'abominable traquenard ! Vous avez déjà découvert comment Vinciane Jansen allait s'implanter dans le bâtiment acheté pour une bouchée de pain à la veuve Le Daim. Par une SCI, je vous l'accorde, seulement la jouissance du lieu, pour le faire fructifier en commerce de brocante et antiquités, lui avait déjà été concédée par ses partenaires en affaires. Mais cela ne suffisait pas à la cupidité de ces deux femmes diaboliques, il leur fallait la suite du bâtiment qui formait ce côté de la Grande Place, celui que possédait la famille Larvor.

— C'est de la pure spéculation, s'insurgea l'avocat, nous assistons à une parodie de justice...

— Maître, cessez d'interrompre en permanence mes interlocuteurs, cela devient agaçant ! s'emporta le juge, courroucé. Continuez, Capitaine...

— Puisque le couple Larvor se trouvait inattaquable, que leur seul point faible était leur fille, coupable d'un péché de chair qui avait causé le suicide du jeune curé de la paroisse, pourquoi ne pas utiliser cette arme imparable pour se trouver des alliés de circonstance ? La famille de Ronan Bothorel, voilà l'identité des sauveurs providentiels ! La venue à Locronan de Xavier Guerlédan, gavé depuis la naissance de haine à l'encontre de la famille Larvor, était une étape du plan. Grâce aux confidences de Marie Le Men, vous avez su que les parents Larvor envisageaient une petite croisière dans la baie de Douarnenez pour leur anniversaire de mariage. Même s'il ne travaillait pas encore à Locronan à cette époque, Xavier Guerlédan vous a prêté son matériel. Vous pratiquiez la plongée dans votre jeunesse, madame Jansen, pas vrai ?

— Oui, cela m'est arrivé, j'étais sportive à l'époque ! répondit la notable en haussant les épaules. Plus maintenant, je me suis empâtée, avec l'âge... Permettez-moi de vous affirmer que votre raisonnement n'est qu'un pitoyable tissu d'élucubrations ! Me voilà à présent capable de torpiller un voilier… Nous nageons en plein délire…

— Si je puis me permettre d'intervenir, Monsieur le juge, j'aimerais appuyer la thèse soutenue par le capitaine ! intervint l'adjudant-chef Rivoal en extrayant une chemise de son dossier. Au cours de notre enquête, nous avons eu l'occasion de rencontrer les responsables de la société de location de voiliers, située sur le port de Douarnenez. Je possède ici une copie d'un procès-verbal de leur audition ; vous possédez l'original dans votre propre dossier, riche de très nombreuses pièces, il est vrai !

— Pouvez-vous nous en livrer le contenu, pour gagner du temps ? proposa le juge Jouvain, l'une des mains posée sur le volumineux classeur posé sur sa gauche.

— Quelques jours avant l'accident des parents Larvor, vous êtes allée vous renseigner sur les conditions de location d'un voilier, madame Jansen. En fait, vous souhaitiez observer les lieux, le quai sur lequel se trouverait amarré le voilier des Larvor, pour intervenir plus facilement par la suite. Pas de chance pour vous, le responsable vous a formellement reconnue, lorsque nous lui avons présenté votre photo. Il est physionomiste et, sauf votre respect, vous êtes une femme de classe, dont le physique ne laisse pas indifférent. En plus, vous aviez laissé vos coordonnées, pour recevoir une documentation… Histoire de ne pas éveiller les soupçons, sans doute ! Seulement, pour des gens versés dans le commerce touristique, une adresse, c'est l'opportunité d'un client potentiel, cela ne se jette pas…

— Un tissu d'hypothèses, Monsieur le juge, rien de plus ! objecta l'avocat, les bras levés au ciel. Je vous en prie, mettez fin à cette mascarade de justice et laissez ma cliente regagner son foyer ! L'attitude de vos enquêteurs confine à l'acharnement. Ma cliente ne peut pas révéler ce qu'ils veulent entendre, au seul but de les satisfaire. Voilà qu'on lui reproche à présent une démarche somme toute banale auprès de commerçants…

Le juge Jouvain les regardait tous les deux, proche de capituler. Sans indice, sans preuve, sans aveu, une présomption ne pouvait se muer en culpabilité, mais en innocence. Je ne pouvais m'empêcher de repenser alors à l'affaire dont la grande Julie m'avait évoqué les grandes lignes et l'issue, si semblable à celle qui se profilait. L'avocat était déjà prêt à se lever, Vinciane Jansen avait repris de sa superbe, relevé la tête, repositionné son pull pour mettre en valeur une anatomie dont même le gendarme avait reconnu la perfection. Je me tournai vers Dominique, visiblement perplexe, et Sarah, rouge de colère, incapable d'intervenir car submergée par ses douleurs intérieures, mais assez lucide pour savoir justement qu'elle risquait de perdre rapidement son sang-froid si elle ouvrait la bouche.

Quant à l'adjudant Fleury, confronté à sa première grosse affaire, il semblait totalement dépassé par la tournure catastrophique des événements.

Mon regard croisa alors celui de Jocelyn Rivoal. Avant d'entrer dans la fosse aux lions, nous avions tenté de penser à tous les scénarios plausibles, d'anticiper toutes les réactions éventuelles, nous avions misé sur la fragilité du mental de Vinciane Jansen, décidés à profiter de sa première faiblesse pour placer nos banderilles ; et si cela ne fonctionnait pas, par la faute de son avocat, il nous restait juste une carte en main, un coup de bluff façon poker menteur qui me rappelait la résolution d'une affaire récente qui découlait, pour sa part, d'un mensonge durant les années de guerre… À l'époque, c'était Radia Belloumi, notre commissaire, qui avait percé le mystère d'un papier essentiel, caché dans un médaillon qui pendait au cou de la coupable. Je regardai Jocelyn Rivoal, il me donna l'autorisation de me lancer d'un signe de paupières ; je pensai à Anne qui ne possédait plus la faculté de se défendre, elle qui avait combattu, dès son enfance, les non-dits de son village et comptait à présent sur nous, sur moi en particulier, pour réhabiliter sa mémoire.

— Oui, maître Goufard a raison, hypothèses sans preuves ne valent rien aux yeux de la justice ! soupirai-je en tournant derrière le bureau du juge, désireux d'entrer, une fois dans ma vie, dans la peau d'un avocat. Combien de fois ai-je vu des coupables remis en liberté car je n'étais pas parvenu à prouver leur implication par des arguments irréfutables étayés par des indices matériels concrets. Mais pas aujourd'hui, je ne ferai pas cet affront à mon amie Anne Larvor. Elle est en droit d'attendre de moi, de nous, que justice soit faite… Je pense aussi à ma jeune collègue Sarah qui a failli disparaître par la faute d'un fou que des notables cupides et orgueilleux ont manipulé à leur guise. Il nous manque une clé pour comprendre ce plan machiavélique et cette clé existe…

— Dans ce cas, trouvez-la-nous, cette clé, Capitaine ! s'emporta l'impétueux avocat en se trémoussant d'agacement. Votre goût pour le théâtre vous perdra, nous ne sommes pas à la Commedia dell'arte, ici, mais dans le bureau d'un juge, dans un palais de justice ! Alors, cette clé ?

— Elle se trouve pendue au cou de votre cliente, Maître ! D'ailleurs, depuis quelques dizaines de secondes, elle la tripatouille, comme si, soudain, cette preuve tangible de ses crimes lui brûlait la peau… Comme si, à cet instant précis, elle regrettait amèrement de ne pas l'avoir retirée avant de venir à Quimper pour répondre à cette convocation…

— Et puis-je savoir à quoi correspond cette clé, puisque vous semblez ajouter des facultés de voyance à votre flair légendaire de policier ? ricana l'avocat.

— Cette clé ouvre le casier secret d'un secrétaire que votre cliente possède dans le fond de son magasin d'antiquités. Elle détient en ce lieu précis tous les papiers importants de son existence, dont ceux qui lui ont servi à élaborer un plan aussi abject, au seul but d'évoluer dans une boutique qui occuperait tout un côté de la Grande Place de Locronan, une dimension à la démesure de son ambition. Un emplacement qui, dans quelques années, devait lui permettre de légitimer sa candidature au poste de maire de Locronan, l'apothéose de son existence, l'accomplissement d'une vie, le rêve de sa mère… Il suffirait à madame Jansen de nous remettre cette clé pour que la vérité éclate dans la prochaine heure. L'indice imparable qui permettrait enfin de la confondre ou celui qui la disculperait définitivement. Dans le cas, peu vraisemblable, où nous aurions fait fausse route dans la conduite de cette enquête, l'adjudant-chef Rivoal et moi-même présenterions nos excuses les plus plates à madame Jansen pour les soupçons injustifiés que nous avons fait peser sur sa personne…

— Eh bien, madame Jansen, pouvez-vous me remettre cette clé ? questionna le juge Jouvain en se levant.

— Ce ne sera pas utile ! coupa la notable, au bout du rouleau, avant de poursuivre, tête baissée : Oui, j'ai tout manigancé, sur les ordres de ma mère, pour détruire les membres de la famille Larvor. C'est bien moi l'auteur du sabotage du voilier de location des parents. Je me trouvais aussi avec Xavier quand il a sectionné le câble de freins de la voiture d'Anne avec un cutter. S'il est devenu le bibliothécaire de Locronan, c'est parce que j'ai su imposer sa candidature au conseil municipal.

— Comment en arrive-t-on à une telle barbarie ? bredouilla le juge Jouvain, pourtant rompu aux affaires les plus sanglantes.

— Ma mère correspondait avec le couple Bothorel depuis des années, se faisant forte de permettre à ces gens de se venger, s'ils acceptaient de l'aider dans son plan. De plus, elle était parvenue à convaincre ces derniers qu'ils deviendraient riches en investissant sur Locronan… Voilà comment nous avons monté la SCI ! Il nous fallait des comparses ; ma mère connaissait suffisamment de secrets sur toutes les familles de la ville pour forcer Marie Le Men et Marie-Pierre Macé à nous suivre dans notre plan. Elles n'avaient pas le choix, et puis elles allaient gagner beaucoup d'argent, elles aussi…

— Et tout cela au nez et à la barbe des autres habitants du village ? s'étonna le juge.

— Le maire avait tout compris, seulement il ne pouvait rien dire ; Roland est le fils d'un officier de l'Abwehr qui logeait dans la somptueuse maison familiale, un superbe Teuton à qui la mère Guiffant ne savait rien refuser. Et comme, de son côté, son époux tirait profit de la présence de l'occupant à son domicile pour pratiquer le marché noir… Quelques personnes le savaient, dont mon défunt père… Voilà aussi pourquoi ma mère voulait que je devienne le maire de

Locronan ! Elle ne supportait plus de voir ce salaud, ce bâtard, porter l'écharpe tricolore… Je vous le disais, nous tenions à peu près tout le village, et même son chef… Voilà, vous êtes satisfaits, Messieurs, j'ai tout avoué !

— Vous devez vous sentir soulagée… murmurai-je en remerciant le ciel pour cette issue inespérée.

— J'ai fait ce que me dictait ma conscience, c'est tout… C'est mon mari qui vous a parlé de la clé, n'est-ce pas ? Cet imbécile, il n'a jamais rien vu de mes manigances, il m'a servi de tremplin pour asseoir ma position sociale, mon emprise sur le village ; il me suffisait de m'offrir à lui, la nuit venue, il ne me demandait rien de plus, au contraire ! Je lui aurais réclamé la lune, il se serait arrangé pour obtenir une place dans une navette spatiale et il me l'aurait ramenée…

— Dire qu'après nous avoir avoué le détail fatidique, comprenant que cette clé risquait de vous perdre, il a regretté aussitôt de nous l'avoir confié, car il vous aime toujours, malgré tout ! soupira Jocelyn Rivoal.

— Moi, il me reste un dernier point à éclaircir, pour ma gouverne personnelle ! intervint Sarah en se levant pour se planter devant la criminelle. Juste avant que nous montions dans sa voiture, Xavier Guerlédan s'est éloigné de moi pour passer un appel téléphonique. C'était à vous, n'est-ce pas ?

— Oui, bien sûr, les événements ne tournaient pas comme nous l'avions prévu ! Anaïs et Lucas ne vous avaient pas accompagnés et Xavier se demandait si cela valait la peine de t'éliminer. Je m'apprêtais à lui donner l'ordre d'arrêter quand il m'a parlé de la vierge noire que tu portais à ton cou… Dès lors, je possédais la certitude que tu étais aussi une sorcière, que tu complotais avec les démons… Xavier a trouvé normal de t'expédier en enfer et de faire endurer à ton père les souffrances atroces de la perte d'un enfant, lui qui m'avait humiliée sous mon propre toit. Finalement, je ne m'étais pas trompée sur toi, petite peste : seule une sorcière pouvait sortir de ce coffre de voiture…

— Cette médaille de la vierge noire de Czestochowa est le seul souvenir qu'il me reste de ma défunte mère, polonaise comme moi ! Point de sorcellerie dans sa couleur, elle s'est seulement assombrie au fil des siècles. D'ailleurs, le pape Jean-Paul II ne manquait jamais d'aller se recueillir devant cette icône, lors de ses voyages sur sa terre natale, et je ne pense pas que vous le considériez comme un charlatan… Juste une ultime question, pour ma gouverne : le corbeau dans ma chambre d'hôtel, c'était aussi l'une de vos idées ?

— Non, c'était la volonté de ma mère qui te trouvait bien arrogante. Elle a fourni la clé à Xavier, charge à lui de s'occuper de la mise en scène. Comme il s'inquiétait de te voir tourner autour de nos affaires, il ne s'est pas fait prier… Bon, finissons-en, à présent ! J'encours quelle peine pour mon dérapage, Monsieur le juge ?

— Vous avez beaucoup de chance, madame Jansen, la peine de mort a été abolie en France, le 9 octobre 1981…

ÉPILOGUE

Les journées qui suivirent, il me fut difficile de me concentrer sur mon travail. Parfois, je me surprenais à m'envoler auprès d'Anne, coupable aux yeux d'un village d'avoir dévié un jeune prêtre du bon chemin. Cette enquête m'avait marqué plus que je ne l'aurais imaginé et l'atmosphère oppressante de Locronan, les conditions météo effroyables qui avaient sévi durant notre séjour, si différentes de celles qui baignent d'ordinaire le village, n'y étaient pas étrangères. Tout comme la peur qui m'avait noué les tripes, en constatant que Sarah ne se trouvait pas dans le coffre de la voiture de Xavier Guerlédan…

À la suite de la mise en examen de Vinciane Jansen, mais aussi du couple Bothorel, le juge Jouvain vint me remettre la copie d'une lettre du jeune prêtre qui expliquait son geste. Un témoignage accablant pour ses parents, car ce n'était pas la culpabilité de déserter l'Église qui l'avait poussé à la dernière extrémité, au contraire ; il voulait quitter l'habit religieux et fonder une famille avec Anne et ce petit bout de vie qu'elle portait en elle. Il s'en était longuement expliqué avec l'évêque qui lui avait donné sa bénédiction, convaincu qu'il serait un bon époux et un père prévenant. Les parents de Ronan en décidèrent autrement et le forcèrent à rompre les ponts avec Anne qu'ils considéraient comme la responsable du détournement de leur fils de son sacerdoce. Plus tard, ils refusèrent d'admettre la vérité et d'endosser leur part de responsabilité, quand ils apprirent l'acte désespéré de leur enfant, reportant les reproches sur la damnée qui avait détourné Ronan du droit chemin.

Pire, ils finirent par retrouver la piste d'Anne à Paris, jeune femme enceinte, livrée à elle-même dans un univers, sinon hostile, du moins peu familier. Ils parvinrent à la convaincre de venir accoucher à Saint-Renan et, moyennant une somme d'argent pour prendre un nouveau départ, de se séparer de cet enfant qu'elle était indigne d'élever. Totalement anéantie, seule pour se battre, détestée de tous, Anne finit par baisser les bras et regagner Paris, quelques mois plus tard, dépouillée de son bébé. Du reste du parcours de Xavier, elle ne sut rien. Elle se lança à corps perdu dans le football, rencontra en Sébastien Collinot un homme merveilleux, donna naissance à deux enfants adorables, Lucas puis Anaïs. Seulement, le destin n'en avait pas fini avec elle. La mort subite de son mari allait lui porter un second coup destructeur. Qu'espérait-elle, avec son retour à Locronan ? Prendre une revanche ? Régler ses comptes ? Boucler la boucle d'une existence faussée ? Le savait-elle, elle-même ? Jocelyn Rivoal émit l'hypothèse que, consciente du destin qui l'attendait, en se jetant dans la fosse aux lions, elle s'était sacrifiée pour mettre fin à la malédiction. Cette forme de suicide prémédité se trouvait corroborée par le fait qu'elle avait fait de ses enfants, Lucas et Anaïs, les propriétaires de la bâtisse si convoitée. Le gendarme avait-il raison ? Nul ne le saurait jamais exactement, pas plus que je n'obtiendrais un jour la réponse à la question qui me taraudait : était-il encore temps de sauver Anne à l'instant où elle était venue m'appeler à l'aide dans mon bureau ?

En colère contre les dieux et les hommes, je me demandais quelle main inique décidait, dès la naissance, du parcours d'un individu, prompte à couvrir certains de pétales de roses et à parsemer d'autres de cailloux blessants et de ronces hostiles, d'autant plus qu'un parcours si ardu devait se jalonner aussi de drames affreux... Je ne pouvais pas concevoir que si un dieu existait, c'était lui qui décidait du sort de ses enfants, ou alors sa notion de la justice échappait totalement à mon esprit de mécréant...

Une fois de plus, l'expérience avait fait mûrir Sarah. Elle avait frôlé la mort, mais elle évitait de s'appesantir sur son sort ; elle refusait de se plaindre, il existait des destins tellement pires que le sien, à bien y réfléchir ! Elle ne me quittait plus, reportant sur moi l'affection qu'elle trouvait à offrir à profusion dans son cœur si généreux, puisant aussi une onde de force intérieure dans mon âme de baroudeur tannée par tous les soleils du monde. Elle avait tourné la page Lucas, ils étaient restés amis et se voyaient parfois, sur Quimper ; il lui avait même présenté son compagnon, suprême marque de confiance. Anaïs s'apprêtait à ouvrir sa boutique sur la Grande Place de Locronan, Stéphane l'avait aidée à mettre de l'ordre dans son bric-à-brac et s'impliquait totalement à ses côtés ; tous deux filaient le parfait amour et le gendarme, à l'issue de son contrat de six ans, envisageait sérieusement de quitter l'uniforme pour épouser sa belle. En effet, la vie commune représentait un véritable parcours du combattant, pour un militaire, même affublé d'un habit de pandore, et surtout pour son épouse, forcée de le suivre à chaque changement d'affectation… Jamais Stéphane n'avait eu un choix plus simple à effectuer ! Faut-il parfois un drame atroce pour engendrer dans sa douleur un bonheur tout neuf, pur et infini ?

Nous approchions de la mi-mai et de l'anniversaire de Sarah ; 28 ans déjà, 28 ans seulement… Lucas était venu me voir pour me dire que “la petite bande” désirait faire une surprise à ma fille. Pour que l'effet soit assuré, Anaïs et Stéphane allaient l'inviter à se joindre à eux pour fêter l'ouverture officielle de leur boutique. Ils avaient prévu un repas au Puits d'amour… Bien sûr, Dominique et moi étions invités également, mais en avions été informés à part, pour ne pas mettre la puce à l'oreille de Sarah. Tout comme Rose-Marie, l'amie des bons et des mauvais moments qui avait renoué avec ma fille, dès qu'elle avait pris conscience de la profondeur de son vague à l'âme. Une agréable et touchante connivence présidait à l'organisation de la journée, et encore… Lucas me prévint qu'il lui était impossible de tout me révéler…

Le samedi midi, un superbe soleil inondait Locronan. Comme le petit village de caractère nous semblait plus accueillant et hospitalier sous le ciel bleu, et conforme à l'image des dépliants touristiques ! Même les silhouettes derrière les rideaux bonne femme des fenêtres nous faisaient des signes amicaux de la main… D'ailleurs, une foule déjà conséquente déambulait dans les rues, entrait et sortait des échoppes, montait les marches du parvis de l'église pour se recueillir ou encore découvrir le gisant de saint Ronan. D'autres tentaient de repérer les sites du bourg qui avaient servi de toile de fond à des fresques cinématographiques comme les Trois Mousquetaires, les Chouans, Tess ou plus récemment Un long dimanche de fiançailles. Seule ombre à leur tableau, la salle du restaurant du Puits d'amour affichait complet. Et pour cause…

Bien sûr, Sarah avait tenu à ce que nous l'accompagnions, Dominique et moi, pour répondre à l'invitation d'Anaïs et Stéphane, en fin de matinée. Elle ne se doutait vraiment de rien de la suite du programme. Elle ne reconnut pas les lieux, s'émerveilla du travail accompli par la jeune femme, la complimenta pour son bon goût et son talent. Et encore la boutique n'était pas encore ouverte au public, car remplie de monde, elle prendrait un tout autre cachet, l'apparence d'une ruche bourdonnante… Comme on approchait de midi, Dominique suggéra que nous déjeunions au restaurant voisin, histoire de saluer Philippe Gerbaud. Je lui proposai une alternative, un repas de crêpes chez Marie-Pierre Macé dont la présence me manquait.

— Je serais heureux si Stéphane et toi, vous pouviez vous joindre à nous ! suggéra Sarah. Aujourd'hui, c'est mon anniversaire, j'aurai ainsi l'impression de ne pas le passer avec papa et maman…

— Pour moi, pas de problème ! répondit la jeune femme. Par contre, Stéphane est de permanence à la gendarmerie, je suis désolée…

— Et Lucas n'est pas disponible ? Non, bien sûr, il a sa vie de son côté…

— J'ai vu passer Erwan, le jeune secrétaire de mairie, il serait certainement heureux de déjeuner en face de toi… proposai-je candidement.

— Papa, tu n'es pas drôle !

— Bon, à trois, à quatre ou à cinq, il va falloir y aller, intervint Dominique, car j'ai retenu une table pour les environs de midi et je ne voudrais pas qu'elle accueille d'autres convives, si nous sommes en retard…

Effectivement, la Grande Place était noire de monde et c'était la queue à la crêperie de Marie-Pierre. On s'approcha du Puits d'amour et je fis entrer ma fille en premier. Sarah tomba de haut en entrant dans l'établissement de Philippe Gerbaud, quand elle comprit qu'elle était l'invitée principale de la fête organisée.

Une longue guirlande lui souhaitait un bon anniversaire, et puis la présence de Rose-Marie avec son large sourire lui mit la puce à l'oreille : la veille, elle avait expliqué qu'elle passait le week-end à Paris, la chipie ! Une table avait été préparée sur le côté, avec quelques cadeaux, mais pour ma fille, ce n'était pas l'essentiel. Tous ceux qui étaient là avaient pensé à elle et, rien que d'en prendre conscience, elle s'effondra en larmes, chercha une épaule pour s'épancher en préservant sa pudeur et se blottit spontanément au creux de la mienne. Elle me demanda si j'étais au courant, avant de formuler elle-même la réponse : bien sûr, et j'avais su tenir ma langue, j'étais en progrès...

Après quelques minutes de sympathique tumulte, au nom de tous, Lucas se lança dans une affectueuse allocution en l'honneur de Sarah, la remerciant surtout d'avoir tant donné d'elle-même pour que les coupables soient démasqués ; ainsi désormais, Anne, sa mère, pouvait reposer en paix, sa mémoire avait été lavée et sa belle histoire d'amour réhabilitée. De son côté, sa sœur Anaïs pouvait désormais envisager son existence en toute sérénité, sur le chemin qu'elle avait choisi en toute liberté, découvrant même à Locronan plus qu'un projet de vie, un compagnon de route... Et lui-même pouvait continuer à tracer son sillon avec l'esprit dégagé, cela grâce à la résolution de l'enquête sur la mort de sa mère et de ses grands-parents. Tous savaient ce qu'ils devaient à une courageuse jeune policière qui avait pris tous les risques pour mener sa mission à bien. Aussi Anaïs et lui avaient-ils voulu marquer l'anniversaire de leur nouvelle amie par ce témoignage de reconnaissance qui venait du fond de leur cœur. La longue salve d'applaudissements achevée, Sarah parvint à se ressaisir pour adresser quelques mots à son public :

— Si j'étais une fille blasée, je vous dirais que j'ai juste accompli mon job de policière et que ma plus belle récompense réside dans la satisfaction du devoir accompli… Dans ce cas, j'ajouterais que mes larmes sont causées par le pollen des fleurs du bouquet, auquel je suis allergique depuis ma naissance ! Mais je suis une jeune femme qui croque encore la vie au jour le jour ; avec un cœur qui éprouve des émotions, des joies et des peines, des émerveillements et des déprimes. Tout simplement, il bat au rythme des sentiments, des impressions de chaque instant, comme le cœur de chacun d'entre vous ! Votre élan si inattendu me touche au plus profond de moi-même, il me va droit au cœur, j'y suis particulièrement sensible… Je ne vais pas m'étendre, je ne suis pas douée pour les discours, je suis plutôt une fille pragmatique, une fille de terrain… Je tiens seulement à vous dire un grand merci, je n'oublierai jamais ce jour, il restera l'un des plus inoubliables de mon existence…

Cette fois, sous les applaudissements, Sarah était réellement proche des larmes. Elle recula de deux pas pour tenter de se fondre dans la masse, avant d'accepter les bises de chacun. Tout rentrait dans l'ordre pour son palpitant quand Lucas s'approcha à nouveau d'elle.

— Avant que nous passions à l'apéritif, Sarah, je voudrais aussi te présenter Tanguy, un ancien camarade parisien, avec qui j'ai renoué le contact, voilà quelques jours ! Tanguy est journaliste dans une boîte de production audiovisuelle et les péripéties de ton enquête récente l'ont fasciné. Il aurait aimé organiser un sujet sur ton évasion rocambolesque, destiné à l'émission *Les tournants du destin*... Bien sûr, tu peux refuser, mais ton histoire est tellement exemplaire !

Sarah ne sut que répondre, déjà bien appliquée à contenir son émotion ; Tanguy, garçon athlétique à la gueule de baroudeur, l'avait déjà prise sous son bras protecteur pour l'éloigner du brouhaha, soucieux de lui présenter rapidement son projet. Tout en les regardant s'éloigner, je m'approchai de Lucas pour lui réclamer quelques renseignements sur le journaliste. Il sourit et me certifia qu'il s'agissait d'un garçon sérieux, hétérosexuel et breton d'origine, ce qui, dans sa bouche, représentait une sérieuse garantie. Peu à peu, je vis Sarah changer de visage, recouvrer sa verve habituelle, ce pétillement dans le regard qui me fascinait tellement, sa gouaille inénarrable, un tantinet cabotine. Bref, Sarah redevenait Sarah, à mon grand soulagement.

Dominique s'approcha de moi pour me donner un coup de coude dans les côtes.

— Je ne lui donne pas dix minutes avant de tomber à nouveau amoureuse, à votre fille ! Elle me fascine par sa capacité à remettre les batteries en marche, à passer du plus sombre abîme au septième ciel, en quelques instants ! Nous sommes vraiment tous différents… Quand je pense au temps qu'il me faut pour me débarrasser du carcan de mes vieux préjugés et accepter de m'ouvrir à un bonheur pourtant si proche de moi…

— Il s'agit parfois de se jeter à l'eau, et je ne parle pas seulement de mon expérience dans le bassin aux homards ! Un mot de vous, je demande à Philippe la clé de l'une des chambres et nous remplaçons le déjeuner par un pur moment de bonheur intense… Personne ne s'apercevra de notre absence, j'en suis certain…

— Paul, vous n'y pensez pas ! J'ai passé l'âge des rendez-vous coquins en milieu de journée, tout de même ! Approchons-nous de la table du buffet, je crois que tout le monde nous regarde… Vous me suivez ?

Nous allâmes échanger quelques paroles avec les uns et les autres. Jusqu'au retour de Sarah, tout excitée, qui avait hâte de nous apprendre la teneur de la proposition du journaliste :

— Tanguy tient absolument à ce que je l'accompagne demain sur le parcours de Locronan à Saint-Renan. Il veut visualiser les lieux pour envisager un petit scénario susceptible de tenir les téléspectateurs en haleine. Il est très pro, il ne veut rien laisser au hasard… Cela ne vous dérange pas, si je vous fais faux bond pour le déjeuner à La vague ? Vous savez, si j'accepte tout cela, cet éclairage particulier sur mon acte de bravoure, c'est surtout pour valoriser la place des femmes dans la police…

— Bien sûr, ma fille, j'en suis convaincu, je te connais, la gloriole, ce n'est pas ta tasse de thé… Et même si Tanguy avait été moche ou homosexuel comme son pote Lucas, tu aurais accompli ce parcours avec la même ferveur que les pèlerins du pardon de Locronan à la grande Troménie. Tu aurais prêché avec la même ferveur pour la paroisse des jeunes filles qui sacrifient leur existence pour sauver celle des autres…

— Que vas-tu chercher, mon Papounet, je le connais à peine ! Et puis, il habite Paris et moi, Bénodet ! Il parcourt la France et moi, la Cornouaille. De plus, il sort d'une aventure sentimentale compliquée et craint de se lancer trop vite dans une nouvelle expérience… Et puis, il a trente-six ans, huit de plus que moi, ce n'est pas rien… De toute manière, je te l'ai dit, c'est uniquement professionnel. Je me prête à ses questions, il réalise son reportage et on se dit adieu…

— Tu sais déjà tout cela de lui ? m'étonnai-je, un sourire au coin des lèvres. Cela fait pourtant juste un quart d'heure qu'il t'a abordée, tu me sidéreras toujours…

— Ce n'est pas tout ; en plus, il est passionné de foot, il est supporter de Lorient et il adore le whisky ! C'est vraiment dommage pour toi que je ne souhaite pas m'attacher à lui, car je suis certaine qu'à tes yeux, il aurait représenté le gendre idéal… Et puis, j'ai décidé de ne plus m'emballer au premier regard, j'ai 28 ans, tout de même…

— Voilà peu, j'ai eu si peur de te perdre, ma grande ! confiai-je à Sarah en posant mes mains sur ses joues, pour lui déposer un long baiser sur le front. Aussi, file ton chemin comme bon te semble, débrouille-toi comme tu veux, mais sois heureuse, c'est ce qui compte pour moi ! Pour le reste, ne te fais aucun souci ; Dominique est là pour me le donner, quand elle le voudra…

— Et une fois de plus, vos querelles me retombent sur le coin du museau ! grommela la magistrate. Décidément, chacun son chemin de croix…

FIN

Quadri Signe - Editions Alain Bargain
125, Vieille Route de Rosporden - 29000 Quimper
E-mail : contact@editionsalainbargain.fr
Site Internet : www.editionsalainbargain.fr

Dépôt légal n°8 - 2e trimestre 2011
7e tirage - Dépôt légal n°16 - 1er trimestre 2022
ISBN 978-2-35550-086-2 - ISSN 1281-7813
N° d'impression : 202522
Imprimé en France